Blues bigouden à l'île Chevalier

FRANÇOISE LE MER

Blues bigouden à l'île Chevalier

ÉDITIONS DU PALÉMON
ZA de Troyalac'h - 10 rue André Michelin - 29 170 Saint-Évarzec

DU MÊME AUTEUR

n°1 - Colin-maillard à Ouessant
n°2 - La Lame du Tarot
n°3 - Le Faucheur du Menez Hom
n°5 - Blues bigouden à l'île Chevalier
n°6 - Les santons de granit rose
n°7 - Les ombres de Morgat
n°8 - Le Mulon rouge
n°9 - L'Ange de Groix
n°12 - Maître-chanteur à Landévennec
n°13 - Maux-de-tête à Carantec
n°14 - Les âmes torses
n°15 - Arrée sur image

Retrouvez ces ouvrages sur www.palemon.fr.

CE LIVRE EST UN ROMAN.
Toute ressemblance avec des personnes, des noms propres, des lieux privés, des noms de firmes, des situations existant ou ayant existé, ne saurait être que le fait du hasard.

Bibliographie

Quel jour sommes-nous ?
Firmin Le Bourhis - Éditions Chiron.

Remerciements

À Michelle Le Mer ma maman

À Françoise Chacun, ma fée-marraine.

I

L'île Chevalier, 20 octobre 1972

— Maman ! Je compte jusqu'à dix. Après, on joue plus. D'accord ?

La mère ne répondit pas.

Faraude, la petite voulut montrer tout son savoir mathématique à ses parents présents dans le salon où, malgré la douceur automnale de ce dimanche, un feu amical hantait la cheminée de ses crépitements.

Pour une meilleure concentration, la fillette crispa les doigts sur le jouet de métal qu'elle tenait depuis un moment déjà et plissa les yeux. Cette mimique la vieillissait et, par là même, la gonflait d'orgueil. Elle devinait, sans pouvoir les contempler, les fines ridules qui, peu convaincues, tentaient de tracer des sillons au coin de ses paupières neuves.

Une fois, à la télé, elle avait vu une dame, avec de longs cheveux noirs comme elle, faire ça. La dame renversait la tête contre le bras poilu d'un bonhomme et riait avec sa gorge. Après, le monsieur s'était penché sur elle et l'avait embrassée… avec la langue !

Ce souvenir émouvant raviva les joues de l'enfant.

— 1, 2, 3, 4, 7, 18, 5, 10 ! Ça y est !

Elle se frotta les paupières et ouvrit les yeux.

Ses parents poursuivaient le jeu convenu.

— J'en ai marre, Maman ! J'ai envie d'aller dehors ! Tu m'habilles ?

Soudain, elle reconnut sa chanson préférée. Elle mêla sa voix à celle de son père, si belle, si chaude. De concert, ils entonnèrent le refrain :

Si tu m'aimes, my baby,
Dis-moi oui, oui, oui,
Oui pour la nuit.
Sois gentille, my baby,
Et dis-moi oui, oui, oui,
Oui pour la vie…

À l'école de Paris, ses copines ne l'avaient pas crue quand elle leur avait annoncé que le célèbre Tony Black était son papa. Cette chipie de Caroline Gauthier avait même prétendu que son père, à elle, s'appelait Johnny Hallyday ! Et les autres de pouffer : « Oh, la menteuse ! Elle est amoureuse ! »

La musique se tut. À la place, un crachotement régulier et agaçant. L'enfant, tenant toujours le jouet, contourna son père et se dirigea vers la chaîne-stéréo. Le 33 tours poursuivait sa ronde inlassable. Pourtant, le bras du pick-up était levé. Elle jeta un coup d'œil retors vers ses parents. Braver l'interdit ? Elle se sentait tout à fait capable de changer elle-même de disque… Hésitante, la fillette se frotta le pied gauche contre le mollet droit. L'épaisse laine du tapis aux teintes cramoisies lui chatouillait la voûte plantaire.

Cette position instable la fit vaciller. Tentant de reprendre son équilibre, elle s'agrippa au premier objet malvenu : un gracile guéridon sur lequel finissait de s'étioler un bouquet alangui dans les mortes-eaux de son vase. Aussitôt, le tapis humecté exhala son haleine croupie. Le vase de cristal, quant à lui, avait roulé sur le plancher avant de terminer sa course au pied de la cheminée. Il n'était plus, à présent, qu'un concept de Bohême…

Catastrophe ! Épouvantée, l'enfant attendit la sentence de ses parents. Elle ne vint pas. Aussi bizarre que cela pût paraître, ils s'obstinaient à jouer le jeu. Ou alors n'avaient-ils pas entendu le bruit de verre cassé ?

Dans le doute, la petite récolta les débris et les offrit au ventre ballonné du bahut breton. Ce gros plein de soupe digérerait bien sa bêtise ! Puis, elle recueillit une à une les tiges malodorantes et les jeta toutes ensemble dans les flammes purificatoires. Un coup d'œil circulaire. Plus rien ne la dénoncerait.

Rassérénée, la petite fille souffla sur une mèche de cheveux qui lui tombait dans les yeux et reprit le jouet qu'elle avait laissé tomber afin de réparer sa bévue. Décidément, il était trop lourd ! Elle préférait le sien… Et puis, le vert, c'est plus joli que le gris.

Elle courut dans la bibliothèque attenante au salon, déplaça une chaise et se jucha dessus. Même sur la pointe des pieds, il manquait à sa menotte dix centimètres pour pouvoir récupérer son bien. Elle réfléchit quelques secondes, avisa un coussin fessu sur un fauteuil…

À présent, elle était de taille. À l'aveuglette, elle tâtonna sur l'étagère et dénicha derrière une pile de livres - malin ! la cachette - le jouet jumeau que son papa lui avait confisqué. Elle l'essaya. Le bruit la ravit ! Il était bien plus épouvantable que le gris !

La fillette sauta de son perchoir, un revolver dans chaque main. Elle tenait à faire part de son exploit à ses parents.

De retour au salon, elle s'agenouilla à côté de sa mère.

— Maman ! Regarde ! J'ai trouvé le mien. Je suis plus un bébé ! Ti-na-ni-na-nè-re !

Mais Maman ne réagissait pas. À quatre pattes l'enfant chercha le visage aimé derrière le rideau de cheveux noirs, épais comme une nappe d'algues. Elle posa sa joue sur cette couverture soyeuse et chuchota contre l'oreille maternelle :

— Qu'est-ce que tu regardes comme ça maman ? On joue plus. D'accord ? Tu es toute blanche. Tu es malade ?

Puis, ce mutisme obstiné l'énerva. Elle s'adressa à son père, allongé, lui aussi, à deux mètres de sa femme.

— Papa ! Dis à maman que c'est plus rigolo ! J'ai envie de m'habiller, moi ! Je veux aller jouer dehors avec Sultan !

En désespoir de cause, l'enfant passa la main sous la poitrine de sa mère afin de tenter de retourner le corps. Quelque chose la dégoûta. Y avait-il des limaces sur le tapis ? Elle retira vite sa main et regarda, interloquée, ses doigts rouges et poisseux. Quelque part, dans la maison, le téléphone sonna. Alors seulement, la petite fille hurla.

II

Avril 2002.

La BMW du docteur Despré roulait à une vitesse excessive, avalant des rubans de départementales, déglutissant à peine dans les agglomérations qu'elle traversait avec morgue.

— Je crois que je vais battre mon record, lança le conducteur. Paris-Pont-l'Abbé en moins de quatre heures trente ! Elle a la pêche, ma petite !

Indifférente à cette prouesse purement machiste, sa passagère haussa le sourcil et tourna le bouton de la radio.

— Je ne te comprends pas, Philippe. Toi qui passes le plus clair de ton temps à réparer les gueules cassées, à quel confrère confieras-tu les nôtres quand ton joujou aura dépassé les bornes ? Kilométriques… s'entend.

— Je te l'ai déjà dit, Judith. Il est plus sûr de rouler à 180 dans une grosse cylindrée, qu'à 110 dans une vieille guimbarde. Détends-toi un peu… Admire le paysage !

— En bref, ne m'emmerde pas… murmura pour elle-même, la jeune femme qui se cala, résignée, contre le dossier de son siège.

Les yeux mi-clos, bercée par les notes mélancoliques d'une sonate de Schubert intimement mêlées au ronron de la ventilation, Judith se laissa dériver vers une douce torpeur, peuplée de rêveries éparses. Depuis combien de temps n'avait-elle pas revu ses grands-parents ? Six… huit mois, peut-être. Le sourire espiègle de son aïeule s'imposa à elle, telle une caresse. Elle crut percevoir les effluves suaves de son fondant au chocolat égarées dans les volutes bleuâtres du cigare de son mari. Les paupières lourdes, elle cherchait à tâtons l'ouverture automatique de sa vitre lorsqu'un violent coup de freins la projeta en avant. En se bloquant, sa ceinture de sécurité lui coupa le souffle. Les vitupérations du conducteur achevèrent de la réveiller.

— Et, merde ! Un radar ! Je pense l'avoir vu à temps… Ça devrait passer… Au lieu d'ingurgiter tes fichus calmants qui te font roupiller, tu pourrais peut-être coopérer et te montrer un copilote digne de ce nom !

Comme d'habitude, dès qu'il se sentait fautif, Philippe s'en prenait à elle. Comme d'habitude, elle ne pipa mot, non par crainte d'envenimer les choses, mais par lassitude.

Quelques centaines de mètres plus loin, deux motards obligeaient la BMW à se garer sur le bas-côté de la route. Philippe Despré n'attendit pas que les gendarmes viennent à lui. Après avoir extirpé son portefeuille de sa veste, il marcha à leur rencontre.

À l'intérieur de la voiture, sa femme assista à la séance de cinéma muet. Ébauche d'un salut militaire d'une part, déploiement de séduction virile de l'autre. Judith ne s'en faisait pas pour son mari. Il savait gagner un public à sa cause. Et puis, de toute façon, il avait largement mérité un retrait de permis... Elle le vit signer sans broncher son procès-verbal et revenir vers la voiture, la mine satisfaite.

— Pas de problème, ma chérie. Je n'ai dépassé la limite autorisée que de 38 km/h. Quand je t'affirme que les freins de ce bijou sont fantastiques ! Je m'en sors avec une amende plutôt salée... Bah ! Aucune importance...

Cet épisode aurait pu rendre plus léger le pied droit du conducteur. Mais c'était mal connaître Philippe Despré.

Quelques minutes plus tard, Judith lorgna sur le compteur du tableau de bord. Il affichait un petit 160 km/h. Une mignardise, somme toute, pour le chirurgien esthétique.

— Les flics sont comme les trains, tu sais... Ils peuvent en cacher d'autres...

— Fie-toi à mon flair, Judith ! Tu n'as plus rien à craindre.

Estomaquée, la jeune femme écarquilla les yeux. Qu'avait-elle à craindre, en effet, si ce n'est de finir sa vie au bord d'une route ?

Ce culot parvenait encore à la déconcerter au bout de quatre ans de mariage. Lion ascendant Scorpion, songea-t-elle, un cocktail explosif de volonté, d'autoritarisme et de passion. « Qui m'obéit me suive », aurait pu être la devise de l'homme qu'elle avait épousé. Assistant du professeur Bevenstein, alias Dieu le Père pour les poitrines tombantes, les fesses molles ou les rides du gotha parisien, Philippe devait ronger son frein auprès du grand ponte en attendant la passation de pouvoir… Pas étonnant, après tout, qu'il appuie sur le champignon en dehors de la clinique.

Judith observa le profil de son mari, plus viril que réellement beau. Elle devait lui rendre justice cependant. Au début de leur liaison, le professeur Bevenstein poursuivait de ses assiduités toutes paternelles son jeune et fringant poulain. Sourires enjôleurs, invitations à dîner dans sa propriété d'Auteuil, petites privautés à la clinique… Il fallut un certain cran à Philippe pour s'opposer aux désirs du grand patron : il n'épouserait pas mademoiselle Bevenstein. Grâce à cette union, son avenir eût pourtant été assuré… Ascension sociale inespérée pour ce fils et petit-fils de modestes commerçants de province. Qui plus est, Sophie-Anne Bevenstein, sans répondre aux canons de l'orthodoxie esthétique, était loin d'être le laideron incasable convenu.

— Sais-tu qui tes grands-parents ont invité à leur fête ?

— Oh… le cercle habituel de la famille et de leurs amis, je présume. Edmond, le frère aîné de papa, sa femme Iris, mon cousin Guillaume…

— Ça promet ! soupira Philippe Despré. Je ne peux pas le voir en peinture, celui-là ! Prolonger une crise d'adolescence au-delà de trente ans n'a jamais été le signe d'une intelligence fulgurante… Je serais curieux de savoir quelle panoplie il aura choisi de porter cette fois ton cousin au QI de lapin ! Trotskiste ? Punk, comme l'année dernière ? Bouddhiste ?

Judith réprima un sourire.

— Tu exagères un peu, Philippe. Guillaume est un gentil garçon, malgré ses sautes d'humeur. Il n'est pas facile de se forger une personnalité quand on n'a pas eu de modèle parental. Je te rappelle tout de même que son père a fui ses responsabilités lorsque Guillaume avait cinq ans et que sa mère, ma tante Agnès, est morte d'un cancer huit années plus tard. Le cadeau est lourd…

— Mais toi aussi… Ce n'est pas pour autant…

Philippe Despré ne poursuivit pas la phrase. Elle lui avait échappé malgré lui.

Ils arrivaient à Pont-l'Abbé. À l'entrée de la ville, Judith ne put s'empêcher de jeter un coup d'œil sur le panneau indiquant une autre direction : celle de l'île Chevalier. Depuis les événements, elle n'y était jamais retournée. La psychothérapie qu'elle avait entamée, quelques mois auparavant, parviendrait peut-être à vaincre ses démons… et à l'aider à peindre à nouveau. Oui… C'était cela l'essentiel… Sans la peinture elle pouvait survivre mais non vivre. Le néant de la toile blanche lui donna le vertige. Par association d'idées, sans doute, elle rabattit le pare-soleil et rectifia son maquillage dans le miroir de courtoisie. De profonds cernes accentuaient l'ambre clair de ses yeux. Elle plissa les paupières. Des rides d'expression se frayèrent aussitôt un chemin vers les tempes.

Du coin de l'œil, son mari s'amusa à l'observer.

— Tu veux que je t'arrange cela, ma chérie ? Pour toi, tu sais, ce sera gratuit !

Un peu vexée de s'être laissé surprendre, Judith rétorqua :

— Non merci, je garde mes rides ! Il n'est pas donné à tout le monde de vieillir. C'est un cadeau du temps.

— On en reparlera dans dix ans, ma chère, de ce cadeau. Les rides, c'est comme les paires de draps que les nouveaux mariés reçoivent le jour de leurs noces. Ils en conservent deux ou trois, les plus jolis, et se débarrassent des autres. Tu n'échapperas pas à la règle.

— C'est bien mal me connaître, Philippe. Vends ton tissu métaphorique à tes clientes, si tu veux ! Pas à moi.

— Tu te crois plus forte que tout le monde, hein, Judith ?

— Non au contraire... murmura-t-elle, les larmes aux yeux. Au contraire... Que ferais-je d'une peau neuve ? Je me sens si vieille...

*

— Tiens ! Voici notre belle Judith accompagnée de son boucher mondain...

— Arrête de boire, Guillaume ! Tu en es déjà à ton troisième punch. Et montre-toi aimable, si faire se peut, envers Philippe. C'est un chic type.

— À vos ordres, oncle Edmond ! Que ne ferait-on pas pour la famille !

Le jeune homme, verre à la main, se fraya un passage entre les différents groupuscules disséminés dans le salon. Sa stature dégingandée attira aussitôt le regard du chirurgien qui bavardait avec les grands-parents de Judith. Il se pencha vers sa femme et lui murmura à l'oreille :

— Voilà ton chien de garde... Il a délaissé les « nonosses » du buffet pour venir se coucher à tes pieds... C'est quand même affectueux ces petites bêtes !

Judith posa l'index sur la bouche de son mari, lui intimant ainsi l'ordre de se taire et accueillit son cousin germain, les bras ouverts.

— Comme je suis contente de te voir, Guillaume ! Ma parole, on dirait que tu as encore grandi !

La grand-mère de Judith intervint alors.

— Ce n'est pas cela, ma petite fille. Notre Guillaume a beaucoup maigri, ces temps derniers. Il ne mange pas suffisamment. Maintenant que tu es là, j'espère que tu lui feras entendre raison.

Philippe Despré leva au plafond un regard éloquent. Dieu seul savait à quel point ce grand escogriffe avait le pouvoir de l'agacer. Ses pommettes trop saillantes et ses joues creuses mettaient en valeur un appendice nasal bosselé et luisant que le chirurgien plastique aurait volontiers raboté sans anesthésie. Tout à l'heure, devant le buffet, ce palmipède avait le bec suffisamment aiguisé pour trier les petits fours et ingurgiter les seuls canapés garnis de foie gras ou de caviar… À présent repu, le pélican faisait des mines à sa femme et l'ignorait tout à fait. À peine avait-il consenti à tendre une patte molle au médecin. Avec humeur, Philippe décida d'asticoter ce drôle d'oiseau.

— Alors, mon cher Guillaume ! Et ce job dans ta boîte d'informatique ? Ça marche, cette fois ?

Il savait pertinemment que le jeune homme venait de claquer la porte du cabinet qui l'avait pris à l'essai et ignora, sans ciller, le pincement infligé par Judith dans le bas de son dos.

Tout en s'adressant à sa cousine, Guillaume Cossec daigna lâcher une information :

— Grand-mère ne vous a pas prévenus, Judith ? Il aurait fallu que je consente à bosser presque gratis pendant un trimestre ! Très peu pour moi ! Il existe des lois contre le terrorisme patronal et je compte bien faire valoir mes droits ! D'abord les attaquer aux Prud'hommes… Ensuite, demander des dommages et intérêts.

— Bonne idée… osa Philippe. En plus du RMI, cela te fera un joli magot ! À trente-deux ans, ajouta-t-il avec une hypocrisie consommée, tu dois avoir hâte de quitter le nid de tes grands-parents et de voler de tes propres ailes…

À peine venait-il de proférer cette dernière remarque que Philippe se posait une question au sujet de sa métaphore filée. Les pélicans volent-ils au moins ? Ne restent-ils pas au ras du foin comme les poules ou les autruches ?

Les oreilles chauffées par l'alcool et l'outrecuidance de cet homme qu'il détestait, Guillaume allait répliquer vertement sa façon de penser quand un tintement cristallin appela l'attention des commensaux.

Un cercle se formait autour de Raymond Le Du qui, muni d'un couteau et d'un verre, réclamait le silence. À ses côtés, se tenaient ses parents, silhouettes graciles, visiblement émus.

— Mes amis ! Nous voici tous réunis pour fêter ensemble un couple extraordinaire, celui d'Émile et de Victorine Le Du. Ils ont tenu à célébrer avec nous le soixantième anniversaire de leur mariage…

Le discours de Raymond fut émaillé d'anecdotes colorées, serties dans la monture d'une vie, somme toute, simple.

Judith faisait confiance à son oncle. Il n'évoquerait pas les épisodes dramatiques qui avaient terni le bel ouvrage de ces deux êtres en telle osmose qu'ils avaient fini par se ressembler. Néanmoins, chacun, ici, devait songer à la douce Agnès, emportée une vingtaine d'années auparavant par un cancer de l'utérus, ou à Antoine, le benjamin… mort le premier dans de nébuleuses circonstances.

Enfin, l'oncle Raymond porta un toast. Les rares enfants présents dans l'assemblée, tenus depuis d'interminables minutes à écouter sans bouger ce monologue assommant, en profitèrent pour s'ébrouer. Un jeune garçon sortit de sa poche un pistolet à eau et courut après une petite fille, ravie du jeu. C'est alors qu'une détonation claqua. Un bouchon de champagne…

Deux ou trois personnes prêtèrent main-forte à Philippe Despré. Un genou à terre, le médecin tentait de réanimer sa femme. Judith venait de s'évanouir…

*

L'effroyable machine avait déjà happé ses doigts. Elle finirait par la broyer tout entière. Appeler quelqu'un… Arrêter le mécanisme… Elle hurla. Mais son cri ne connaissait pas le chemin de la sortie. Il tombait dans son ventre. Un puits… Où retrouver son cri dans une telle masse d'eau ?

— Philippe ! Je crois qu'elle revient à elle. Elle murmure quelque chose.

Iris Le Du continua d'humecter le front et la nuque de sa nièce à l'aide d'un gant de toilette tandis que Victorine serrait toujours la main de sa petite-fille.

Lorsqu'elle rouvrit les yeux, Judith vit trois visages penchés sur elle.

— Que m'est-il arrivé? J'ai si mal à la tête... balbutia-t-elle.

— Tu en es quitte pour une belle bosse, ma chérie... En tombant, tu t'es heurté la tempe contre le barreau d'une chaise. Mais n'aie pas peur... Tout va bien maintenant... la tranquillisa son mari.

Judith regarda autour d'elle. Elle reconnaissait les murs couverts de photos et de posters. La chambre de son père... Elle tenta de se redresser sur les coudes mais fut prise aussitôt de vertiges et de nausées.

— Ne fais pas de zèle, ma choupinette. Reposetoi. Tout le monde, en bas, s'inquiète à propos d'une belle au bois dormant. Nous allons rassurer ta cour. Mais si tu préfères, ton prince charmant - moi, en l'occurrence - reste à tes côtés.

Judith sourit à son mari.

— C'est inutile, Philippe. Je suis fatiguée... Je crois que je vais dormir un peu.

La nuit était tombée lorsque Judith se réveilla. À tâtons, la jeune femme fouilla l'obscurité et finit par trouver l'interrupteur de sa lampe de chevet. Du plancher, lui parvenait un brouhaha étouffé. Les invités de ses grands-parents étaient toujours là. Lorsque ses yeux se furent habitués à la lumière feutrée, elle consulta sa montre. Elle avait dû dormir plus d'une heure. Il aurait sans doute fallu qu'elle descende mais elle ne se sentait pas le courage d'affronter les questions de tous ces gens ou leurs témoignages de sympathie. La chambre qu'occupait son père lorsqu'il était jeune, offrait à Judith un cocon protecteur. Les rares fois où elle venait passer un week-end à Pont-l'Abbé, sa grand-mère leur destinait la chambre d'amis, plus vaste. Or cette pièce, véritable mausolée conservé tel quel à la mémoire de son père, paraissait attendre encore son occupant : un jeune homme de la fin des années soixante. Par là même, Judith mesurait le chagrin de sa grand-mère depuis la disparition de son petit dernier. Chaque nuit de ces trente années passées, sa peine devait s'endormir dans ce lit étroit, un peu plus profondément peut-être... Mais on n'oublie rien, on accumule. Seule concession faite à l'adolescence d'Antoine Le Du ; quelques photos plus tardives, lorsque le papillon Tony Black était sorti de sa chrysalide, comme autant de témoignages d'une carrière et d'un succès fulgurants.

Judith s'approcha de ces clichés épinglés sur une tapisserie aux motifs géométriques, si désuète à présent, mais qui, à l'époque, passait pour avant-gardiste. Tony Black sur scène, entouré de Sylvie Vartan et de Johnny Hallyday. Une autre photo prise sur la butte Montmartre le représentait en compagnie de son ami et mentor : Charles Aznavour. Tony sur le pont d'un bateau, au large de la Corse, faisant le pitre au milieu de copains, parmi lesquels on reconnaissait Jacques Dutronc, Françoise Hardy et Nino Ferrer. Judith s'arrêta plus longuement devant un autre portrait : celui d'une jeune femme brune appuyée contre l'épaule de Tony Black, sous le regard bienveillant de Montserrat Cabane. Du bout des doigts, elle caressa la joue de papier glacé.

— Maman...

Aussi bien d'un côté comme de l'autre, nul n'avait compris cette union. Judith avait pieusement conservé les revues de l'époque où son père et sa mère faisaient la une. Selon le camp choisi, on pouvait lire en gros titres : « *La sublime contralto Sarah Goldfisch s'entiche d'un chanteur yéyé* », ou « *Le coeur de notre Tony n'est plus à prendre : il épouse l'opéra.* »

L'image des Capulet jouant à saute-mouton avec les Montaigu n'aurait pas paru plus saugrenue aux yeux des fans ou des idolâtres que le mariage de ces deux êtres aussi appelés à se rencontrer que le blizzard et le sirocco. D'une famille à l'autre, l'incrédulité avait été la même. Chez les Goldfisch, famille juive parisienne très aisée, et qui, depuis des générations, avait fait fortune dans le commerce international, on recevait tout ce que la capitale comptait d'intellectuels, de scientifiques et d'artistes bon teint. Cette bourgeoisie-là était sans commune mesure avec celle des Le Du, gens simples et discrets qui s'enorgueillissaient d'un arrière-grand-oncle amiral.

En passant devant l'armoire à glace, Judith tenta de remettre de l'ordre à sa tenue. Peine perdue. Le lin se froisse aussi vite qu'une vieille fille susceptible. La bosse sur son front la faisait encore souffrir. Elle grimaça lorsqu'elle la tâta pour en évaluer la proéminence. On toqua à la porte.

— Entrez… Ah ! C'est toi, Iris ?

— Je ne te dérange pas, ma fille ? Nous voulions savoir si tu allais mieux…

La tante de Judith s'avança vers la jeune femme et examina son front avec attention.

— Tu ne préfères pas qu'on téléphone à un médecin ?

— Je te rappelle, ma chère tante, répondit Judith en riant, que j'ai épousé la faculté. Si tu veux vexer Philippe…

— Loin de moi cette idée ! se défendit aussitôt Iris Le Du. Tu sais combien je lui dois ! Mais en l'occurrence, c'est un spécialiste et l'avis d'un généraliste est parfois nécessaire.

Judith sourit au regard rempli de sollicitude. À cinquante-sept ans, Iris aurait pu passer pour une très belle femme encore, n'eût été l'accident de voiture qui l'avait défigurée deux années auparavant. Son visage en conservait des séquelles. Pourtant, sans l'intervention de Philippe Despré le résultat aurait pu être dramatique. Pendant plus de trois heures, le chirurgien avait enlevé les minuscules éclats de pare-brise, suturé les plaies. Judith se souviendrait toujours de ce réveillon si joyeux au départ et si tragique au final. alors qu'ils venaient de fêter tous ensemble la nouvelle année, une sonnerie de téléphone avait réveillé la maisonnée vers quatre heures du matin. En rentrant chez eux, Raymond Le Du et sa femme avaient dérapé sur une plaque de verglas. Le service d'urgences de l'hôpital où les pompiers avaient transporté Iris, était débordé. Par l'intermédiaire de Raymond, sorti indemne de l'accident, et renseignements pris auprès de la clinique parisienne où travaillait Philippe, on faisait appel au chirurgien esthétique. Iris, qui avait failli perdre la vue, s'en était tirée au moindre mal.

La tante de Judith, parvenue au seuil de la chambre, se retourna vers sa nièce, la mine tourmentée.

— Je me permets d'insister, ma chérie, au sujet d'un médecin. Il est des circonstances, tu comprends, où les maris aussi compétents soient-ils, ne se rendent pas compte de l'état de leur femme…

Intriguée par ce discours alambiqué, Judith leva les sourcils.

— Qu'essaies-tu de me dire, Iris ?

Sans répondre, la femme posa un regard insistant sur le ventre de sa nièce qui, soudain, comprit.

— Ah ! Tu penses que je me suis évanouie parce que…

— Oui, l'interrompit Iris. Il serait tout à fait raisonnable qu'au bout de quatre années de mariage, vu ton âge, tu attendes enfin un enfant !

Judith sourit et posa les mains sur les épaules d'Iris.

— Non… aucun risque. Je ne me sens pas prête encore à devenir mère. Plus tard, peut-être. Pour l'instant, j'ai d'autres problèmes à régler…

— De quel ordre ? ne put s'empêcher de répondre Iris. Tu n'as pas, loin s'en faut, de soucis d'argent. Avec Philippe… heu… tout va bien dans votre couple ?

— Mais oui, répliqua Judith un peu plus vivement qu'elle ne l'aurait voulu. C'est juste un passage à vide… Je n'arrive plus à peindre… Et je me sens un peu déprimée… sans raison.

Iris Le Du, pour se donner une contenance, joua avec ses doigts. Sa nièce restait polie mais refusait de se livrer outre mesure, et elle ne savait pas comment mettre un terme à cette fin de non-recevoir. En déclarant vouloir se reposer encore un peu, Judith libéra sa tante qui sortit de la chambre sans bruit. La jeune femme s'accroupit devant une pile de 45 tours posés à même le sol et en choisit un sans avoir vérifié au préalable si l'antique pick-up fonctionnait toujours. Lorsque le diamant griffa le vinyle noir, Judith reconnut les premières mesures qu'elle pensait pourtant avoir oubliées. Elle marqua le rythme de la plante du pied, baissa la tonalité et attendit que son père eût entamé le refrain pour chantonner de concert :

« *Si tu m'aimes, my baby,*
Dis-moi oui, « oui, oui,
Oui pour la nuit.
Sois gentille, my baby,
Et dis-moi oui, oui, oui,
Oui pour la vie… »

La bouche fermée, elle fredonna ensuite l'air du second couplet, incapable de retrouver les paroles. Un sentiment de tristesse infinie l'envahit, non qu'elle pensât à ce père mort si jeune et dont elle n'avait presque plus souvenir. C'était autre chose, comme une trahison faite à la petite fille qu'elle était jadis et qui béait d'admiration devant cette chanson. Or, à présent, la niaiserie de cette rengaine sirupeuse lui parvenait telle quelle, non filtrée par un amour filial inconditionnel. Judith eut honte de ses pensées. Elle releva le bras du pick-up et remit la chanson au début, s'appliquant à lui trouver quelque qualité. Après tout, trente ans auparavant, c'était un tube… Pendant plus de quatre mois, nul ne l'avait détrôné de sa première place au hit-parade… On ne pouvait nier un certain rythme… Quant aux paroles, elles reflétaient l'insouciance de l'époque… Cette chanson, de toute façon, aussi insipide fût-elle, faisait corps avec elle.

Afin de mieux s'imprégner de la romance, elle se lova en position fœtale, les bras étreignant les mollets, la joue gauche posée sur les genoux. Lorsque les trémolos s'évanouirent, elle remit le disque une troisième fois. Puis une quatrième.

L'ombre fugace d'une réminiscence balaya le ciel blanc et amnésique de son passé. Le matin où son père et sa mère s'étaient suicidés, n'écoutait-elle pas cette mélodie ?

Aussitôt, la question lancinante qu'elle s'était mille fois posée, éclata comme une bulle de gaz à la surface d'un magma putride de matières en décomposition. Lequel des deux avait tué l'autre avant de se donner la mort ? L'enquête n'avait pas pu se prononcer. Une petite fille de quatre ans avait ramassé l'arme auprès de l'un des corps, sans pouvoir rien préciser. Traumatisée et aphasique durant de longs mois, l'enfant-roi, métamorphosé en poussière d'étoile, avait été aspiré par le trou noir de l'oubli.

Tout à l'heure, cette même béance l'avait humée puis absorbée avant de la vomir quand elle était revenue à elle. Elle eût été incapable d'expliquer son évanouissement. Des enfants jouaient entre eux… Un petit garçon poursuivait une fillette avec une arme en plastique… Un bouchon de champagne avait explosé… Soit ! Et alors ? Quelle étrange combinaison psychique avait désorganisé la chimie de son cerveau ?

Un picotement significatif engourdit le bout de ses doigts, annonciateur d'une crise de tétanie. Judith se leva d'un bond, fouilla l'étroite chambre du regard. Son sacré sac à main… Par acquit de conscience, elle souleva les pans du couvre-lit. Son sac avait-il glissé sous le meuble ? Rien ! Il lui fallait ses médicaments ! Déjà, le fourmillement gagnait ses avant-bras. Personne n'avait songé à lui monter son sac… Que faire ! Sa peau devenait moite. Les battements de son coeur allaient s'accélérer d'une seconde à l'autre jusqu'à atteindre ce paroxysme où elle aurait l'impression de mourir… Elle devait enrayer cet immonde mécanisme. Affolée, la jeune femme se souvint alors des conseils de son analyste au cas où se produirait ce scénario. Trop d'oxygène parvenait au cerveau. Il fallait respirer du gaz carbonique pour arrêter la crise… D'une main fébrile, Judith s'empara de la première poche de plastique qu'elle trouva sur une étagère, en déversa le contenu à même la moquette et enfouit son visage à l'intérieur du sac. Petit à petit, les palpitations se calmèrent, laissant une place dévastée à une immense fatigue. Alors, seulement, Judith ôta de la poche un visage ruisselant de sueur et se mit à sangloter.

III

— Bonjour, ma chérie. Tu t'es bien reposée ? Thé ou café ? Je ne sais plus…

— Café, s'il te plaît, grand-mère. L'après-midi, c'est du thé. Mais laisse… Je me servirai moi-même. Assieds-toi… Où sont passés les autres ?

— Ton mari et ton grand-père sont sortis depuis plus d'une heure déjà. C'est jour de marché sur la place. Quant à ton cousin, tu le connais, il dort encore.

Judith eut un sourire de connivence pour la vieille dame qu'elle trouvait si mignonne avec ses yeux bleu porcelaine, sa peau rose et fripée, sa joie de vivre congénitale. Avec lenteur, les mains parcheminées - paysage raviné où circulaient à fleur de peau des torrents noueux - s'appliquèrent à beurrer une tartine qu'elles tendirent, un peu tremblantes, à la jeune femme. Ce geste simple émut Judith. Ses yeux se mouillèrent.

— Merci, grand-mère.

Décidément, sa sensiblerie d'adolescente mal dégrossie s'hypertrophiait… Il était temps d'y mettre un frein avant de sombrer dans le ridicule.

— Ta soirée était super, tu sais, ajouta-t-elle avant de planter les dents dans la tartine ensoleillée.

— Oui, soupira Victorine. Le moins que l'on puisse dire, c'est que tu n'en as pas profité.

Puis, après un silence, elle ajouta :

— Ta tante Iris pense que tu es enceinte.

Judith s'étrangla en avalant sa bouchée de pain. Victorine Le Du, égale à elle-même, n'avait pas son pareil pour dire les choses tout à trac, sans cérémonie.

Entre deux quintes de toux, Judith promit à sa grand-mère que, le cas échéant, elle serait la seconde au courant.

La jeune femme finissait de ranger les bols dans le lave-vaisselle lorsque son mari entra dans la cuisine, portant à bout de bras un panier d'osier où luisaient les carapaces bleues de homards bretons.

— Quelle merveille ! Je vais préparer un court-bouillon dans la grande marmite.

— Tu es folle ! s'insurgea Philippe Despré. Tu ne vas pas me gâcher d'aussi belles pièces ! Il faut les découper vivants et leur arracher au préalable les grosses pinces afin qu'ils conservent tout leur jus !

— Beurk ! grimaça Judith ! Eh bien, c'est ta partie ! Je te laisse opérer seul.

Tandis que le chirurgien rassemblait son matériel - planche de bois, marteau et grand couteau - pour la première et ultime intervention auprès de ses patients crustacés, sa femme s'assit à l'autre bout de la table et ouvrit devant elle le journal-paravent au hasard. Elle tomba sur la rubrique nécrologique. Bel à-propos…

Le chevalier Philippe, seul contre tous, guerroyait pourfendait ou estoquait les seigneurs de la mer, cherchait le défaut de la cuirasse. De temps à autre, Judith levait les yeux de son quotidien, essayant d'évaluer la fin du massacre.

— Ton grand-père m'a demandé si l'on restait plusieurs jours, cette fois-ci.

— Que lui as-tu répondu ?

— Tu sais bien que j'ai trois opérations prévues après-demain. Toi aussi, tu dois préparer ton expo. Elle a lieu dans deux mois, non ? Tu as quelques toiles de prêtes ?

Devant le mutisme soudain de sa femme, Philippe Despré releva la tête. Les tronçons de ses amis déchiquetés continuaient à se débattre dans une mare d'entrailles et de jus qui commençait pourtant à se gélifier. Question de nerfs...

Le chirurgien réitéra sa demande. D'un air las, Judith haussa les épaules.

— Je ne peins rien de bien en ce moment... Tout est nul... Je n'y arrive pas.

— Ma fille, je te rappelle que c'est toi qui as voulu embrasser une carrière d'artiste ! Tu pourrais très bien jouer les mondaines à la maison et tenir salon. Grâce à tes parents - et je passe sur mon modeste salaire à côté de tes dividendes exceptionnels - tu as les moyens de faire vivre trois générations sans qu'aucune ne travaille ! Alors, respecte au moins tes choix ! La galerie de peinture avec laquelle tu as passé un contrat a besoin de toi. Les critiques d'art t'attendent au tournant. Eh bien, fonce ! Pas d'état d'âme !

Judith savait que son mari avait raison sur le fond. Pourtant la sévérité du ton désarçonna son fragile équilibre du moment. Elle fondit en larmes.

Philippe s'approcha de sa femme sans pour autant la prendre dans ses bras.

— Excuse-moi, ma chérie. Mais m'attendrir sur ton sort serait le dernier service à te rendre… Si, pour une raison quelconque, tu es déprimée, dis-le moi ! Ou fais du sport ! C'est un excellent remède, bien plus efficace que tous les médicaments dont te bourre ton psy ! Il ne tiendrait qu'à moi, je les ficherais à la poubelle !

Les morceaux de homard rissolaient à présent dans un mélange d'huile d'olive et de beurre salé, aromatisé d'estragon, de thym et d'aneth frais.

— Sais-tu où ta grand-mère range ses épices ? Je cherche le piment et le safran.

Judith se leva et apporta à son mari les ingrédients désirés.

— Tu n'as pas oublié la purée de tomates et le vin blanc ?

— Chaque chose en son temps, voyons ! Je ne les ai pas encore flambés ! Si tu veux te rendre utile, passe-moi l'assiette d'échalotes et d'ail.

Pendant que Philippe officiait, uniquement concentré sur son fait-tout d'où s'exhalaient des fragrances subtiles, sa femme, songeuse, observait son profil au nez droit, ses yeux d'un bleu métallique, l'ossature de son visage, fine mais carrée. Il s'était forgé une personnalité à l'image de son physique… Ou peut-être était-ce l'inverse ? Elle sortit de son sac une cigarette qu'elle alluma.

— Tu fumes le matin, maintenant ? De mieux en mieux !

Il n'avait pourtant pas eu besoin de tourner la tête vers elle.

Ignorant sa remarque, Judith inhala une profonde bouffée.

— Dis-moi, Phil… est-ce que cela t'ennuierait beaucoup si je restais quelque temps ici ?

— Chez tes grands-parents ? Tu veux te débarrasser de moi ?

Le ton blagueur qu'il avait pris ne donnait pas créance à ses propos. « De toute façon », songeait Judith, « Philippe ne se remettait jamais en question. Elle, si… trop souvent. »

Tandis qu'il goûtait sa sauce, la jeune femme tenta de lui expliquer son besoin de se retrouver, de faire le point avec elle-même afin de repartir d'un nouvel essor. La vie parisienne la stressait en ce moment. Peut-être, en Bretagne, parviendrait-elle à se ressaisir, à peindre à nouveau…

Seul, ce dernier argument fit réagir Philippe.

— À la bonne heure ! Judith… Inutile de vouloir te justifier ainsi. Tu es une grande fille et tu fais tes choix. Je me débrouillerai bien, seul à Paris. Et puis, je reviendrai les week-ends… à moins que tu ne t'y opposes ?

— Mais non, Phil ! protesta-t-elle. Si tu pouvais rester avec moi, je serais contente.

— En tous cas, tu es sûre de faire un heureux : ton cousin pot-de-colle. T'avoir à domicile ! Un rêve pour lui !

— Je n'ai aucune intention d'habiter ici ! Pour le coup, la curiosité de Philippe s'éveilla.

— Et on peut savoir où ? Tu as horreur de passer plus de huit jours à l'hôtel !

Judith hésita un instant avant de répondre. Bien que sa décision fût prise, il lui semblait jouer son va-tout par le simple fait de la verbaliser.

— C'est toi qui, sans t'en rendre compte, m'en as donné l'idée, Phil. J'ai parlé à Grand-mère ce matin... La maison de l'île Chevalier n'est pas louée en ce moment.

Philippe Despré délaissa ses fourneaux et vint s'asseoir auprès de sa femme. Il lui prit la main et la caressa. D'une voie devenue soudain très douce, il lui expliqua :

— Fais attention à toi, Judith. Je t'ai peut-être dit que, pour te débarrasser de tes démons, il faudrait d'abord les provoquer en duel... Je ne suis pas psy, Dieu m'en préserve ! Seul, le bon sens me fait penser qu'on ne peut pas effacer d'un coup d'éponge son passé. Il est indélébile et il faut s'en accommoder. Mais en auras-tu la force, ma chérie ? Tu n'as pas remis les pieds depuis trente ans dans la maison où tes parents se sont suicidés. Cette démarche n'est pas sans risque psychique... Tu me sembles parfois si fragile !

Judith embrassa son mari.

— Chut... Ne t'inquiète pas pour moi. Je me sens prête. Si je veux arriver à peindre à nouveau et à honorer mes contrats, c'est le moment où jamais. Cet après-midi, ajouta-t-elle d'un ton plus léger, j'accompagne grand-père à la Torche. Je passerai dans la soirée voir l'état de la maison. Et toi ? Quel est ton programme ?

— Le golf, ma chérie. À Bénodet.

Guillaume Le Du, le cheveu hirsute, surgit à ce moment-là dans la cuisine et interrompit leur tête-à-tête.

— Il reste du café ? bâilla-t-il.

— Non... rétorqua Philippe en jetant un coup d'œil au cadran de l'horloge. Mais ta grand-mère ne va sûrement pas tarder à préparer ton goûter...

*

Émile Le Du, malgré ses quatre-vingt-six ans, avait tenu à conduire lui-même sa voiture, au grand dam de sa petite fille qui, de sa vitre ouverte, signalait aux véhicules du cortège ainsi formé, le moment opportun pour dépasser la pièce de musée : une antique 4L chevrotante et cachectique.

Plus très sûr de sa vue, Émile, au mépris des klaxons de tous ces sauvages, s'en tenait à son plan infaillible : mordre la ligne blanche médiane ; quitte à donner un coup de volant énergique et se rabattre sur la berme lorsqu'il croisait un chauffard qui aurait mieux fait d'être au travail plutôt que d'encombrer la route des retraités.

D'ailleurs, Émile Le Du eut l'occasion de fermer son clapet à l'un de ces malotrus quand on le doubla.

— Eh ! Pépé ! Ça fait du bien un p'tit coup de gnôle avant de conduire, hein ?

— Sachez, jeune impertinent, que j'ai mon permis depuis 1934 et…

La fin de sa phrase se perdit dans la campagne bigoudène. Le freluquet n'avait pas attendu son reste !

Au grand soulagement de Judith, ils quittèrent la départementale de Plomeur pour s'engager sur une cantonale, en direction de Tronoën. Malgré les lacets de la route, la jeune femme se détendit un peu. Ils étaient seuls…

En parvenant sur le parking de terre battue occupé par un hangar, la voiture cala.

— Ça tombe bien, Judith. Je dois m'arrêter ici pour acheter des oignons de fleurs pour ta grand-mère. Tu m'accompagnes ou tu fais un tour ?

La jeune femme préféra prendre l'air. Une marche tonique soulagerait sa nausée. Elle choisit au hasard une sente à travers champs. Le vent s'était levé, modelant à la façon d'un sculpteur l'épiderme de la terre. À perte de vue, des myriades de tulipes dodelinaient de la tête sous la caresse rugueuse du noroît. Des parcelles rouge vermillon côtoyaient des rubans d'un rose tendre, des bandes jaunes ou orange au mépris d'un bon goût codifié. C'était la revanche de la pauvreté, cette terre sableuse, élimée par les bourrasques salées, au ventre tari incapable de nourrir ses enfants ou d'assouvir le désir de ses hommes. Tous les ans, au printemps, elle masquait son indigence à la manière d'Arlequin qui eût été bien en peine de s'offrir pour Carnaval un habit monochrome. Judith s'inclina devant une telle fierté.

Son œil exercé de peintre esquissait dans le vent une toile imaginaire. C'est alors qu'une idée germa pour la première fois depuis de longs mois dans son esprit à l'inspiration égarée.

Lorsqu'elle rejoignit son grand-père, ils décidèrent de marcher vers l'océan situé à deux kilomètres de là à vol d'oiseau. Déjà, ils percevaient son bruissement assourdi. À l'horizon, une ligne azurée griffait aussi la frontière des deux mondes. Sans boussole, égaré dans une terre inconnue, l'homme de la mer retrouvait son élément à la lecture du ciel qui n'est jamais le même quand il rompt les amarres pour une rêverie marine.

Émile et sa petite-fille avançaient contre le vent. C'était un bon marcheur mais elle lui tenait le bras. De sa main libre, il plaquait sa casquette sur le sommet du crâne.

— Tu ne diras pas à ta grand-mère que c'est moi qui ai conduit, hein ?

— Quoi ? cria Judith.

La vanité d'un dialogue s'imposa d'elle-même.

Seul le vent avait voix au chapitre.

Ils longeaient à présent l'un des derniers champs cultivés. À travers les nuages, une coulée de lumière ondoya sur la glèbe, transfigurant le jaune des tulipes en un or mystique. Puis, peu à peu, l'explosion chromatique exhala ses derniers souffles, laissant épars, çà et là, quelques éclats colorés sur de petits lopins extirpés à la pelouse maritime. La nature ôtait sa robe de pavane et exhibait sa nudité ; un corps dont l'âpreté s'étendait à perte de vue.

L'air, saturé de sel, se poissait, engluait dans son haleine d'ivrogne des goélands qui tentaient, en vain, de naviguer à contre-courant. Ils finissaient, à bout de force, par se laisser dériver.

Ils gravirent la dune derrière laquelle leur parvenait le fracas des vagues. Une végétation parcimonieuse et revêche, engorgée dans le sable, irritait les mollets nus de Judith. Des touffes d'oyats laissaient leurs épillets tanguer au gré de leur extravagance. Ces graminées côtoyaient les pâles chardons dont les bractées épineuses, confites dans le sel, craquelaient sous les pas des promeneurs.

Parvenus au sommet, le grand-père et sa petite fille se nichèrent dans une excavation de la dune protégée du vent. Émile sortit de sa vareuse une pipe et un paquet de tabac gris.

— Tu comprends, elle ne nous a pas vus partir. Elle n'en saura rien…

— Qui ? De quoi tu parles, Grand-père ?

— Mais de Victorine, voyons ! Je lui ai dit que tu me conduisais… Elle n'aime pas me voir au volant.

Elle prétend que je n'y vois plus guère… Très gentille, ta grand-mère. Mais, côté aventureux… Et moi, c'est mon plaisir…

Judith sourit à son grand-père et lui promit de garder le secret. À une seule condition, cependant…

Amusée, elle comprenait à présent l'insistance d'Émile à se faire accompagner par elle.

Le vieil homme tendit sa bouffarde vers la mer.

— Regarde, fifille, si mes yeux sont si mauvais ! Tu as repéré, là, le troupeau d'otaries ?

Il rit lui-même de sa blague…

En contrebas, des surfeurs, vêtus de combinaisons noires, défiaient les lois de la gravité. Semblables à des mouches, ils agaçaient les lèvres glauques des vagues. Parfois, le monstre aux mille bouches se rebellait, ouvrait grand ses mâchoires rageuses d'écume, et en gobait un au hasard, pour le recracher un peu plus tard.

De nature contemplative, Judith se laissait happer par cette sauvagerie jubilatoire. Sur des kilomètres, le bassin de la terre dévoilait à l'océan une ligne de peau d'un blanc étincelant. Ici, à la Torche, l'accouplement de ces deux éléments était un rituel barbare.

Sur la plage, quelques surfeurs fatigués, un sac de plastique à la main, récoltaient les détritus que la mer avait vomis, sous l'œil indifférent de rares promeneurs emmitouflés qui passaient, sans les voir, devant ces vassaux de l'océan.

— On s'en va, fifille ? Si tu dois te rendre à la maison de l'île Chevalier avant la nuit, il est temps…

*

Philippe n'était pas encore rentré du golf lorsqu'ils rejoignirent la demeure de Pont-l'Abbé. Aussi, emprunta-t-elle la 4L de son grand-père pour parcourir les quelques kilomètres la séparant de l'île Chevalier. En fait, il s'agissait à présent d'une presqu'île. Le lieu était relié à la terre matrice par son cordon ombilical ; une étroite route qui traversait la vasière. Les rares habitations, pour la plupart d'anciennes fermes transformées en résidences secondaires, étaient pour la plupart situées à l'entrée de l'île. Seul, le « château », une villa cossue construite au XIXe siècle et ainsi dénommée par les autochtones, jouissait du prestige de se singulariser à l'autre bout.

Avant que sa petite fille ne parte, Victorine Le Du lui avait expliqué le chemin de la maison et remis les clefs. Pourtant, Judith dut faire demi-tour avant de trouver. Elle gara la 4L dans la courette attenante. La façade de la longère ne lui rappelait rien. Une plate-bande de jonquilles égayait ses pierres de taille. Les volets, d'un bleu délavé, étaient clos. Dès qu'elle eut pénétré à l'intérieur, ses narines furent assaillies par un fort remugle. L'odeur de moisi, prégnante, flottait dans chacune des pièces. Avant même d'allumer, Judith ouvrit grand volets et fenêtres. Le dernier locataire avait quitté les lieux depuis un mois. Ce laps de temps suffisait à la putréfaction d'une maison morte en bord de mer. Les meubles poissaient. Aucune trace de poussière cependant. Le ménage avait été soigneusement fait après le départ du locataire. À l'étage, Judith inspecta l'état des deux chambres, séparées l'une de l'autre par une salle d'eau. Elle eût été incapable de dire dans laquelle elle dormait, trente ans auparavant.

Les tapisseries, les couvre-lits et l'agencement des meubles avaient sûrement été changés depuis cette époque. Quand elle eut regagné le rez-de-chaussée, un sentiment de « déjà-vu » s'empara d'elle cependant. Elle parcourut la minuscule cuisine, la bibliothèque attenante au salon sans pouvoir capturer cette impression évanescente. Ce fut lorsqu'elle atteignit le séjour qu'elle crut entendre les pulsations du passé. Qu'y avait-il là de si remarquable ? Elle ferma les yeux pour mieux apprivoiser sa mémoire rétive. Ni la longue table de chêne, ni les deux canapés face à la cheminée de pierre, ni le buffet de style breton ne lui parlaient. Découragée, elle s'assit en tailleur sur le tapis et ses doigts, d'un geste machinal, entortillèrent les fibres de haute laine. Elle regarda autour d'elle. Près de la cheminée, un banal guéridon happa soudain son attention. Une idée saugrenue lui traversa l'esprit. Pourquoi ce meuble lui paraissait-il si nu ? Elle y aurait posé un objet… Un vase, par exemple. Oui, un vase de cristal…

Judith s'en rendit compte alors que le malheureux tapis, trituré par ses doigts, perdait des touffes de laine. À quatre pattes, elle l'examinait, à la recherche de mites, lorsque le fond cramoisi de l'ouvrage, sur lequel se détachaient des motifs d'inspiration africaine, lui parut familier. Tout à coup, sans qu'elle en comprît la raison, une bouffée d'angoisse lui noua la gorge. Sa vue se troubla. Elle se leva, se dirigea sans hâte vers la fenêtre et s'appuya au chambranle. Peu à peu, la jeune femme parvint à maîtriser sa respiration.

Cette ouverture donnait pratiquement sur l'unique route de l'île. Dans la clarté crépusculaire, la silhouette d'un cycliste se détacha. L'homme, engoncé dans une vareuse, tanguait un peu sur son engin. Quelque pêcheur rentrant chez lui. Amarré au porte-bagages, un panier rond en osier recueillait sans doute le fruit de ses efforts.

En passant devant le pignon, l'homme releva la tête. Son regard rencontra celui de Judith qui le salua d'un signe de la tête.

Puis elle referma la fenêtre, amusée. Si elle avait douté de ses charmes, l'expression stupéfaite de cet inconnu l'eût tout à fait rassurée…

Judith verrouilla la maison, satisfaite de sa visite. Elle avait trouvé le refuge idéal où elle pourrait enfin travailler. Il suffirait de dégager un ou deux meubles encombrants du salon afin de loger son matériel.

Dès le lendemain, après le départ de Philippe, elle s'installerait ici. La promenade en compagnie de son grand-père l'avait inspirée. Elle tenait enfin le thème de sa future exposition et piaffait d'impatience à l'idée de se mettre à l'ouvrage.

*

Pourtant habitué à pédaler, il ahanait sous l'effort. Faut dire que le choc avait été rude… De grosses gouttes de sueur aigre coulaient de son front, lui barbouillaient les yeux. De temps en temps, il les essuyait du revers de la manche.

Il avait hâte de rentrer chez lui, hâte de vérifier…

Peut-être, que ce soir, il sacrifierait le cérémonial ? Non… Il ne pouvait pas lui faire ça… À chaque fois, il devait savourer le moment, comme quand on gobe une palourde vivante.

La petite lumière de son vélo bringuebalait lorsqu'il atteignit le bourg de Combrit. Un passant le héla.

— Salut ! Joseph. La pêche a été bonne ?

— Trois livres… marmotta-t-il sans quitter le bitume des yeux.

— Et la mère ?

— Ça se maintient…

D'avoir autant causé lui desséchait la bouche. Arrivé devant la minuscule maison, il laissa choir son vélo devant la porte, à même le trottoir. Dans la pénombre de l'unique pièce du rez-de-chaussée, il alla droit vers l'évier et fit couler l'eau froide. Elle ne parvint pas à désincruster la croûte de sauce de la première assiette de la pile. Il prit, au hasard, l'un des gros verres au fond coloré de tanin séché et se servit une grande rasade qu'il but d'un trait.

Un coup de canne toqué au plafond. Un seul. Il connaissait le code. De son pas lourd, il gravit les marches conduisant à l'étage et, sur le palier, ouvrit l'une des trois portes.

— T'as besoin ?

Elle hocha la tête.

Alors, il souleva le corps squelettique du lit médicalisé et l'emporta comme un fétu de paille vers la salle d'eau. Après l'avoir posée sur le cabinet, il se regarda un instant, pour attendre, dans l'unique glace de la maison. Le miroir lui réfléchit son reflet : un visage vieilli dans de la graisse couperosée. Ses cheveux grisonnants se raréfiaient encore.

Derrière lui, la mère dodelinait de la tête. Ses paupières flétries rougissaient sous l'effort. Elle allait sur ses quatre-vingt-treize ans et n'espérait de la vie qu'une seule consolation : ne pas devenir incontinente.

— T'as fini ?

— Vé…

Il la prit sous le bras, essuya les fesses décharnées, tira la chasse d'eau et la remit au lit.

Avant de la quitter, il alluma la télé pour son jeu.

— À t'à l'heure… La soupe.

— Vé…

Lorsqu'il redescendit, un corniaud blanc et noir l'attendait au pied des escaliers.

— Où que t'étais passé, toi, hein ? À courir ?

La porte d'entrée était restée ouverte sur la rue. L'homme sortit chercher son vélo affalé sur le trottoir et le ramena dans la cuisine.

Puis, il alluma sous la soupe, préparée le matin. La marmite en aluminium contenait toujours la même chose : trois carottes, trois navets, trois pommes de terre, et deux oignons. Le chien n'aimait pas l'oignon. Seule variante à ce pot-au-feu sommaire : un bout de lard ou un morceau de bœuf. Parfois un poisson, quand un pêcheur lui en donnait un pour la mère.

Perdu dans ses pensées, Joseph restait devant la gazinière, à contempler son bouillon. Il venait de servir le chien, qui lapait sa part dans une assiette posée sur le sol en terre battue. Le bruit de la télé lui parvenait distinctement. À la fin du jeu, la mère frapperait deux coups, réclamant sa soupe.

Il ne savait que faire. Retournerait-il sur l'île Chevalier après dîner ? D'ici trois heures, la mère, après un premier sommeil, le demanderait pour ses besoins. Demain, s'il voulait être tranquille, il faudrait prévoir de la bouillie d'avoine au souper. Pas de liquide.

Quand le chien eut fini, Joseph ramassa l'assiette et la remplit à nouveau, pour lui, cette fois-ci.

Il gargotait son bouillon à longues sucées en lorgnant sur l'armoire. Tout à l'heure, il ne devait pas être dérangé pour ça, même si l'envie de vérifier lui mangeait tout le coeur. Il se servit un verre de vin blanc dont la bouteille, débouchée depuis la veille, paressait sur la toile cirée. Il le but d'un trait. Tiède mais bon. Comme dessert, il préleva dans son panier quelques palourdes et les ouvrit à l'aide de son canif. Le jus des mollusques dégoulina un peu au coin des lèvres. Il s'essuya la bouche du revers de la manche. Puis, ce fut le générique de la fin de l'émission, suivi aussitôt des deux coups de canne.

Alors, Joseph répandit sur la toile cirée les coquilles qui embarrassaient son assiette pour y verser deux louches de pot-au-feu. La part de la mère. Il revint dans la cuisine une demi-heure plus tard et débarrassa un coin de table. Il ouvrit l'armoire dont il gardait l'unique clef toujours sur lui, déposa sur la toile le trésor : une boîte de ferblanterie qui avait perdu le souvenir de ses madeleines. Avant d'en soulever le couvercle, il ferma les volets. Il y avait peu de risque pour qu'un passant ne vienne l'espionner, mais on ne sait jamais… Il était bien placé…

Photographies et coupures de journaux s'égaillèrent pêle-mêle sur la table. Trente-deux années de recherche documentaire ! Il fouilla le tas pour trouver son portrait préféré. Un cliché de *Paris-Match* où elle posait en maillot de bain sur le pont d'un bateau. Autrefois, son mari la prenait par la taille mais il l'avait découpé pour ne pas gâcher la photo. Seule, la main de l'homme sur sa hanche lui avait donné du souci. Alors, il avait eu l'idée d'acheter un crayon-feutre et de dessiner sur l'endroit indésirable un papillon noir.

Enfin, les doigts épais aux ongles maculés de vase extirpèrent l'image désirée.

— Ma Sarah… murmura le colosse.

La revoir aujourd'hui après trente années d'absence lui avait causé un effrayant bonheur. De surprise, il avait failli lâcher son guidon…

—… Ce n'est pas possible. Tu m'es revenue. Je t'ai vue morte mais on a eu pitié de moi là-haut… J'accepte cette si longue épreuve… Maintenant tu es à moi à nouveau. On ne va plus se quitter…

Une onde de mots frissonnés parcourait les lèvres de cet homme d'ordinaire si peu loquace. Sarah l'écoutait, épanouie dans ce maillot de bain rose qui mettait en valeur ses douces rondeurs.

—…Tu as beaucoup maigri, tu sais. Non… Chut ! N'aie pas de peine… Même comme ça, tu es très belle… Tes yeux aussi sont plus clairs… Je l'ai remarqué au couchant. Avec le temps, ils ont pris la couleur des feuilles jaunes qui commencent à mourir. Dis… Tu chanteras encore pour moi tout seul ?

Joseph colla alors sa bouche sur la chevelure noire flottant au vent tandis que ses mains déboutonnaient son pantalon.

—…Tes cheveux sentent toujours le chèvrefeuille… Viens, ma Sarah… Viens… On va faire l'amour.

*

— Et tu comptes y aller quand ?

— Dès demain, après le départ de Philippe, répondit Judith à sa grand-mère. Enfin, j'ai encore quelques détails à régler… trouver une voiture de location et acheter à Quimper le matériel que j'ai laissé à Paris : chevalet, toiles, peinture, etc.

— Tu sais… Tu n'es pas obligée d'habiter là-bas, souligna Émile Le Du, en regardant sa petite-fille d'un air gêné. Tu peux rester avec nous et installer ton atelier dans l'ancienne chambre de ton père. On te laissera tranquille.

Judith sourit à son grand-père dont l'embarras un peu bougon l'émouvait.

— C'est très gentil à vous deux. Mais je ne peins bien que lorsque je suis seule.

Un instant de silence accueillit la détermination de Judith. Ils étaient sept, ce soir-là autour de la table de la salle à manger. Victorine avait tenu à inviter son fils Raymond et Iris avant que Philippe ne regagne Paris. Les conviés faisaient honneur au bar à l'oseille de l'excellente cuisinière. Tous louèrent les talents de Victorine, excepté Guillaume qui, le nez sur une grille de mots croisés, mangeait toutefois de bon appétit.

— Je vous ressers, Philippe ?

— Non, pitié pour mes patients de demain, Victorine ! Entre le homard du déjeuner et le poisson de ce soir, je vais m'endormir sur mon scalpel !

— Ça ne fera pas grande différence pour eux, susurra Guillaume d'une voix inaudible.

— Pardon ? se pencha le chirurgien pour mieux comprendre son vis-à-vis.

— Rien… Je disais : en treize lettres, vous l'êtes…

— Écornifleur ? proposa alors Philippe du tac au tac.

Consciencieusement, le cousin de Judith compta les cases blanches.

— Non, ça ne colle pas. Manque deux lettres. Et puis d'abord, qu'est-ce que ça veut dire ?

Raymond Le Du choisit ce moment opportun pour morigéner son neveu. Il est malséant de faire des mots croisés à table… Il pourrait tout de même participer à la conversation et attendre d'avoir regagné sa chambre pour s'adonner à ce loisir…

— Mais ! glapit Guillaume tel un enfant pris en faute, je dois le poster demain ! C'est un concours. Il y a un voyage en Andalousie à gagner ! Et si personne ne veut m'aider…

Judith eut pitié de son cousin. Après avoir avalé sa bouchée, elle lui toucha l'avant-bras d'un geste protecteur.

— Essaie : cruciverbiste. Ça marche ?

La crainte d'un orage familial était passée. On servit le fromage quand la grille de mots croisés fut enfin terminée. La conversation reprit son cours.

— Tu as dû trouver de grands changements, Judith, à la maison de l'Île… Était-elle identique dans tes souvenirs ?

Iris venait à peine de poser cette question anodine qu'elle sursauta légèrement. Son mari ou son beau-père, l'un comme l'autre à ses côtés, devait lui avoir flanqué un coup de semonce au tibia, rappelant par là même à Judith combien le suicide de ses parents avait marqué toute cette famille.

Décontractée, la jeune femme répondit à sa tante avec naturel.

— J'avais l'impression qu'elle était beaucoup plus grande! Il faut dire que je l'ai quittée à l'âge de quatre ans... Je n'ai rien reconnu, excepté le tapis rouge de la salle commune.

— Le tapis rouge? ne put s'empêcher de reprendre Victorine, très étonnée. Tu veux dire vert, ma petite fille?

— Non, Grand-mère, se défendit Judith. Tu te trompes. Le tapis africain a un fond cramoisi.

— C'est tout à fait impossible, rétorqua alors Émile. On s'est débarrassé de ce vieux tapis depuis des années. On a dû le jeter ou le rouler dans le grenier, quelque part. Vous vous rappelez, vous, ce qu'on en a fait? ajouta-t-il à l'adresse de son fils et de sa belle-fille?

L'un et l'autre hochèrent la tête, dubitatifs.

— Tu es peut-être daltonienne? suggéra Guillaume. Un comble pour une artiste-peintre!

Cette boutade fut accueillie avec bonne humeur. Seule, Judith, très pâle, ne participa pas à la liesse générale.

Philippe s'en aperçut et prit sa femme par l'épaule.

— Allons, ma chérie... Je ne sais rien de cette histoire de tapis qui semble tous vous préoccuper. Mais il y a sûrement une explication rationnelle à cela! Vous ne m'avez pas dit que l'ancien locataire avait quitté la maison il y a un mois?

Après un signe d'assentiment des dîneurs, le chirurgien poursuivit sa théorie, en réalité, fort simple. Ayant déniché dans un coin du grenier le fameux tapis rouge et l'ayant trouvé plus beau que celui mis en place, ledit locataire avait tout bonnement interverti les deux.

Victorine allait répliquer quelque chose mais, devant le sourire retrouvé de sa petite fille, elle se tut, troublée toutefois.

La conversation se tourna alors vers Germain Reçonveau, l'ex-locataire de la maison de l'île Chevalier. Judith, bien qu'elle l'eût connu lorsqu'elle était enfant, ne se souvenait plus de lui. L'ancien impresario de son père, à présent retraité, avait pris l'habitude de passer tous les hivers dans ce coin perdu. Passionné d'ornithologie, il prétendait trouver là son bonheur. Le reste de l'année, il vivait soit à l'Île-Tudy soit en Camargue, l'été.

Émile Le Du promit à sa petite fille de lui présenter cet homme, fort sympathique, qui ne quitterait la région qu'au début du mois de juin.

Après la traditionnelle tisane du soir, Philippe manifesta le désir d'aller se coucher tôt. Il comptait s'en aller à cinq heures du matin, moment idéal où les « lambins » n'embouteillaient pas encore les routes. Une fois Raymond et Iris partis chez eux, chacun regagna sa chambre.

*

— Tu peux éteindre la lumière, Judith ? Je suis crevé !

Dans le grand lit à présent ouvert à la nuit, la jeune femme se pelotonna contre son mari.

— Tu as encore pris cette saleté de somnifère ? lui demanda-t-il en bâillant.

— Oui, impossible de dormir sans cela…

Les deux époux s'embrassèrent pour se dire bonsoir. Allongée sur le flanc, Judith, que le sommeil ne parvenait pas à convaincre, songeait à sa future exposition. À ses côtés, Philippe, pourtant fatigué, se tournait et se retournait dans le lit. Au bout d'une demi-heure, il s'assit, excédé.

— Ce réveil est insupportable ! Il fait un boucan d'enfer ! Tu n'as pas le tien, Judith ?

Pour la première fois, la jeune femme se rendit compte, en effet, du tic-tac obsédant qui avait dû marteler le temps des années cinquante. Ce bruit qu'elle n'avait pourtant pas entendu au préalable, finit, elle aussi, par l'agacer. Elle alluma sa lampe de chevet, se leva et fouilla les poches de son sac de voyage.

— On a de la chance, Phil. Je l'avais pris… J'emporte cette relique dans la salle de bains. Il nous fichera la paix.

Quand Judith regagna la chambre, son mari, les mains croisées sous la tête, semblait en communication avec le plafond.

— À quoi penses-tu, Phil ? lui demanda-t-elle en se glissant à nouveau sous les draps.

— À toi… seule là-bas… Je t'appellerai tous les jours et je reviendrai passer le week-end… Mais si jamais tu ne te sentais pas bien, promets-moi de te trouver de la compagnie… féminine, s'entend ! ajouta-t-il en souriant. Tu as bien une amie ?… Tiens ! Léonor, par exemple ! Téléphone-lui. Je suis certain qu'elle serait ravie de venir se ressourcer dans ta cambrousse !

— Mais Léonor a sûrement un spectacle en train ! riposta Judith. Et puis, que crains-tu pour moi ?

Philippe ne répondit pas aussitôt. Il éteignit la lampe de chevet et se blottit contre sa femme. Dans le noir, il chuchota :

— Méfie-toi de Guillaume. Il est amoureux de toi…

— Guillaume ! faillit s'étrangler de rire Judith. Mais c'est mon cousin !

— Et alors ? À huit ans, la première femme que j'ai embrassée était ma cousine germaine. Elle s'appelait Véronique et possédait des nattes d'un blond d'enfer ! Non… blague à part, ajouta-t-il plus sérieux. Ne te laisse pas déborder par lui. Dès que j'aurai le dos tourné, il va rappliquer et sera aussi collant qu'une sangsue en mal d'affection.

— Il est tout à fait inoffensif, le pauvre… bâilla Judith.

— Prudence ! Sous un prépuce de langoustine, il cache une libido de lapin reproducteur ! Crois-moi, cette race est la pire !

La jeune femme marmotta quelque chose avant de sombrer dans le sommeil. Elle ignorait encore que l'avenir donnerait raison à Philippe…

IV

Le lendemain, Judith arriva tard dans l'après-midi sur l'île Chevalier. La location d'une 106 Peugeot, l'achat de son matériel et les courses alimentaires lui avaient demandé plus de temps que prévu.

Les bras chargés, elle claquait la portière de sa nouvelle acquisition à l'aide du pied, lorsqu'elle entendit un vrombissement à l'intérieur de la maison.

D'ailleurs, la porte entrouverte laissait supposer la présence de quelqu'un. Une femme d'un certain âge passait l'aspirateur dans la cuisine. Elle sursauta lorsque Judith déposa ses sacs d'épicerie sur la table.

— Oh ! Excusez-moi, madame. Je ne vous avais pas entendu venir.

Elle dut éteindre son engin pour se faire comprendre de Judith et se présenter.

— Je suis Simone, précisa-t-elle d'un sourire chaleureux. La femme de ménage de votre grand-mère, à Pont-l'Abbé. Madame m'a demandé de venir ici donner un p'tit coup de propre. Faut dire que ça devient vite poisseux !

La nouvelle venue proposa, après quelques minutes de bavardage à bâtons rompus, de faire du thé, initiative aussitôt acceptée par Simone.

Alors que la jeune femme cherchait une éventuelle bouilloire, l'aide-ménagère en profita pour lui montrer les différents rangements.

Puis, Judith partit chercher ses autres achats restés dans la voiture. Elle les déposait, en vrac, dans le salon lorsque son regard se porta sur le plancher. Là, elle crut défaillir.

Les jambes encore flageolantes, elle fit demi-tour dans la cuisine, tentant de maîtriser son émoi.

— Simone ! Avez-vous changé le tapis du salon ?

L'interpellée, surprise par le ton légèrement suraigu, crut qu'on l'accusait d'une quelconque bévue. Elle se justifia, un peu vexée.

— Mais non, madame ! Je n'ai touché à rien…

— Venez voir !

Docile, Simone suivit cette excentrique jusqu'à la salle commune, priant de ne pas être tombée sur une maniaque. D'habitude, les artistes ont une réputation de bohème…

— Oui, Madame… Eh bien ?

Toutes deux se tenaient devant l'objet du délit.

— S'il vous plaît, Simone, décrivez-le moi… C'est très important… J'ai l'impression de devenir folle !

« Ce n'est peut-être pas une impression… », songea la forte femme en se grattant l'oreille, perplexe.

— Vous savez, madame, j'y connais rien en tapis persans, « aghfans » ou tralala. Tout ce que je peux dire, c'est qu'il est difficile d'entretien. Le vert est trop clair. Les taches transparaissent…

— Donc, vous voyez bien comme moi un tapis vert. Expliquez-moi alors pourquoi, hier, quand je suis passée ouvrir la maison, ce tapis n'existait pas. Il y en avait un autre, à la même place ; un rouge !

Interloquée, Simone fixa de ses yeux candides cette jeune femme dont le menton tremblait et qui paraissait se trouver mal.

— Je sais pas, madame… Faudra demander à madame Victorine… Moi, j'ai toujours connu ce tapis-là, depuis neuf ans que je travaille pour votre grand-mère.

Judith, lasse, s'essuya d'un revers de main les larmes brûlantes qui lui picotaient les yeux.

— Ça ne fait rien, Simone… Ça ne fait rien.

Campée sur ses solides jambes, la femme de ménage ne savait plus quelle attitude adopter devant une détresse aussi apparente. Comment une si jolie fille pouvait-elle se laisser abattre pour une histoire de tapis ! Vert, rouge ou bleu… En voilà une affaire ! En femme de marin, habituée à commander à son bord, elle trouva bien vite un dérivatif.

— J'entends la bouilloire chanter… On le prend, ce thé ?

Elles étaient pourtant rigolotes ses histoires bigoudènes ! D'habitude, elle obtenait un franc succès quand elle les racontait avec l'accent ! Mais allez dérider une Parisienne ! Il fallait toujours qu'elle remette la question sur le tapis… C'était le cas de le dire.

— Buvez au moins votre thé, si vous ne m'écoutez pas !

Judith obtempéra mais grimaça au contact du liquide trop chaud pour elle. Elle repoussa sa tasse.

— Dites-moi, Simone… Qui possède une clef de la maison ?

— À ma connaissance, madame Victorine a les deux. La sienne et celle du locataire. Il la lui a remise avant son départ. J'étais là.

— De toute façon, soupira Judith, le premier imbécile venu pourrait obtenir une troisième. Rien de plus facile.

— À quoi pensez-vous, madame ? demanda la femme de ménage qui aurait préféré potiner mais qui, faute de mieux, faisait ainsi reposer ses jambes variqueuses.

— Quelqu'un a pu s'introduire ici, hier, avant ma venue, échanger les tapis et revenir, après mon départ, remettre le vert…

— Pour quoi faire, tout ce *reuz*[1] ? Vous trouvez pas, sauf votre respect, que c'est beaucoup de *chistrou*[2] pour rien du tout ?

Judith crut comprendre la réaction de Simone. Même si elle ne connaissait pas certains termes, ils chantaient d'eux-mêmes.

Pour sa part, Simone cherchait aussi un mot compliqué qu'elle avait déjà entendu à la télé. Délire de quoi déjà ?

— Allez, vat ! Tout ça s'arrangera ! Vous trouverez bien l'explication à votre affaire ! conclut-elle sans y croire une seconde. C'est pas tout, mais madame Victorine ne me paie pas pour *conchenner*[3]. Je monte faire votre lit.

*

1. *Reuz (breton) : complications, désordre, bruit.*
2. *Chistrou (breton) : remue-ménage.*
3. *Conchenner (expression dialectale) : bavarder, commérer.*

À présent seule dans cette maison inconnue, Judith se demandait si son idée première était si judicieuse que cela. Le romanesque de sa situation lui apparaissait soudain tellement dérisoire! Elle pensait à son appartement parisien du boulevard Montaigne, si vaste, si confortable. Ici, elle errait d'une pièce à l'autre, l'âme vacante, étrangère aux choses et à elle-même. Les murs suintaient d'humidité. Malgré ses deux pulls superposés, elle grelottait. Elle aurait bien allumé un feu dans la cheminée mais ignorait où l'on remisait le bois. Si elle téléphonait à son grand-père pour lui poser la question, celui-ci en profiterait pour venir à son secours. Elle ne voulait pas. Il conduisait déjà si mal en plein jour…

Dix-neuf heures quinze… Combien de fois n'avait-elle pas regardé sa montre! Elle se rendit compte alors qu'elle n'attendait que le moment propice pour appeler Philippe. Il n'était sûrement pas encore rentré…

Si sa quête de solitude commençait comme cela! Un parieur ne lui aurait pas donné deux jours pour regagner Paris…

Elle eut l'idée de mettre un disque. Le Stabat Mater de Pergolèse. Lorsque la voix de Sarah Goldfisch s'éleva dans la pièce, elle réchauffa les murs, habita la maison tout entière de ses graves modulations, la rendit accueillante.

Si Judith, dans une vie antérieure, avait hanté les salons du XIXe siècle, les mélomanes avertis auraient encouragé ce joli brin de voix… Rien de comparable avec sa mère. Sarah Goldfisch continuait, par-delà la mort, d'envoûter les passionnés de bel canto. Selon son habitude, Judith mêla sa voix à celle de la contralto. Elle connaissait par coeur les paroles latines du Stabat Mater. Cette communion vocale, à la fois si intime et si collective, était le seul lien qui la rattachât à sa mère.

Tout en remuant dans une casserole le potage en sachet qui lui servirait de dîner, Judith essayait de rassembler les fragments de souvenirs du puzzle maternel. Peu de chose à dire vrai. Un mouvement de la tête quand elle rejetait ses cheveux en arrière, des baisers picorés sur le nez de sa petite fille, un parfum de fleurs évaporé par le temps qui passe.

Alors qu'elle se retournait pour chercher un bol, Judith eut l'impression d'avoir aperçu quelque chose bouger derrière la fenêtre. Son cousin lui rendait-il visite afin de s'assurer de son confort ? Elle baissa la tonalité de la platine et ouvrit la porte d'entrée.

— C'est toi, Guillaume ?

Seul écho à sa voix, le chuintement d'un laurier enrobé de nuit. Sur sa gauche, en face de la fenêtre de la cuisine, un vieux pommier berçait ses branches. Le vent s'était levé, orchestrant les vibrations de la nature.

Elle referma la porte sur elle, rassurée. Évidemment, elle n'avait pas eu l'idée de faire le tour de sa voiture…

Son potage n'eut qu'une seule vertu : celle de la réchauffer un peu. Assise sur le canapé, elle achevait l'insipide breuvage lorsque le téléphone sonna. Sa précipitation à répondre l'étonna elle-même. Parfois, à Paris, elle négligeait le timbre de l'appareil quand elle était trop occupée. Sa solitude, toute neuve, se mettait déjà en marche.

— Allô, ici Judith Despré.

Elle accueillit la voix de son mari comme la manne envoyée par Dieu aux Hébreux dans le désert.

Il venait de rentrer chez eux. Oui… Il avait dîné. Non pas au restaurant japonais, mais chez Sulliman. Il s'inquiéta de sa journée, lui raconta la sienne. Au bout de dix minutes d'une conversation à bâtons rompus, il lui demanda d'un ton joyeux si elle avait éclairci l'énigme du siècle : « Le mystère du tapis rouge ».

Aussitôt, la voix de Judith se brisa. Submergée par l'émotion, elle se mit à sangloter à l'appareil.

À l'autre bout du fil, l'anxiété de Philippe devint palpable.

— Mais enfin, Judith ! Parle-moi ! Dis-moi ce qui se passe !

Par bribes, la jeune femme parvint à lui relater l'entrevue avec la femme de ménage, l'incompréhension stupéfaite de cette dernière lorsqu'elle l'avait harcelée de questions.

— En plus, je suis sûre, Phil, qu'elle m'a prise pour une hystérique ou une paranoïaque… C'était affreux…

Philippe se taisait. L'oreille de Judith, collée au récepteur, ne percevait que le souffle régulier de sa respiration. Ce silence augmenta son angoisse.

— Allô ! Tu ne réponds rien ? Toi aussi, alors, tu me crois folle !

— Ne dis pas de sottises, Judith ! Et calme-toi ! Je réfléchissais tout en t'écoutant… Je pense avoir trouvé une solution plausible à ton problème.

Le cœur de la jeune femme tressaillit de joie. Elle eut à ce moment-là un besoin charnel de se blottir dans ses bras, de l'embrasser. Philippe avait toujours les mots qui rassurent. Son esprit rationnel fonctionnait comme un rouage bien huilé.

— Hier soir, à table, reprit-il, tu as bien dit avoir reconnu ce fichu tapis rouge ? C'est donc que tu l'avais déjà vu auparavant !

— Oui. Il décorait cette maison lorsque je passais mes vacances ici, avec mes parents.

— Bon... Mon explication n'est peut-être pas très orthodoxe pour une fois, je te l'accorde, mais à tout prendre, elle vaut largement la tienne. J'imagine mal quelqu'un s'introduire chez toi juste avant que tu n'arrives dans le seul but d'intervertir des tapis. Qu'aurait-il à gagner ? Et comment aurait-il été au courant de ta venue ? Il n'y avait que ta famille et moi à connaître ton projet. Non... Ce n'est pas raisonnable. Mais avant de monter sur tes grands chevaux, réfléchis bien à ma théorie.

Dès qu'elle l'eut entendue, Judith se sentit déçue. La logique rigoureuse dont faisait preuve d'habitude son mari était exempte de la solution qu'il proposait. Pourtant, peu à peu, cette idée traça son chemin en elle.

Pour Philippe, tout le monde avait sous-estimé l'impact qu'auraient sur son psychisme les retrouvailles de Judith et de cette maison où ses parents s'étaient suicidés trente ans auparavant. La brutale immersion de la jeune femme dans son passé lui avait créé un choc, sans qu'elle n'en eût eu elle-même conscience. Rêveuse, elle avait dû faire le tour de la maison, en quête de souvenirs perdus. Des images oubliées avaient alors ressurgi, se superposant à la réalité.

— Tu penses vraiment, Phil, que j'ai cru revoir le tapis rouge de mon enfance alors que j'avais sous les yeux un tapis vert, jusque-là inconnu ?

— C'est possible, Judith. Téléphone à ton psy. Il te confirmera peut-être cette théorie. Pour une fois, ce bougre d'âne servira peut-être à autre chose qu'à te nourrir d'antidépresseurs et de somnifères.

Lorsque Philippe eut raccroché, Judith resta un moment, songeuse, à caresser du bout des doigts le combiné. La conversation avec son mari l'avait calmée, même si elle doutait encore d'un tel impérialisme de l'imagination.

Elle passa le reste de sa soirée emmitouflée dans sa robe de chambre, à prendre des notes et à esquisser quelques traits, en vue de l'élaboration de ses futures toiles. Vers minuit, elle monta se coucher, assez contente de son travail.

La fillette tentait en vain d'avancer dans la savane. Les hautes herbes rouges emprisonnaient chacun de ses pas. Lorsqu'elle les touchait pour essayer de se dégager, ils se métamorphosaient aussitôt en brins de laine visqueux. La petite comprit alors qu'elle marchait sur un immense tapis. Elle devait atteindre un guéridon sur lequel tanguait un vase au bouquet magnifique. Une onde mouvante l'atteignit. Une armée de limaces cramoisies. Elles laissaient sur leur sillage une écume de bave rutilante. La fillette allait être engloutie dans cette vague gluante. Elle hurla, s'agrippa au guéridon. Quand le vase tomba, des milliers d'éclats de verre s'élancèrent vers le ciel.

— Maman, j'ai fait une bêtise !

Hébétée, Judith se retrouva assise dans son lit, à crier cette phrase incongrue. Toujours séquestrée par l'horrible cauchemar, elle chercha ses repères. Elle grelottait, tremblait de fièvre. Où diable était passée la lampe de chevet… Non, pas de ce côté. Elle ne se trouvait pas à Paris. De l'autre…

La lumière brûla les démons de l'ombre. Judith déglutit avec peine. Sa gorge douloureuse lui semblait un brasier. Elle se leva. Un lait de poule et deux aspirines la soulageraient. Cette maison humide l'avait rendue malade.

Au rez-de-chaussée, elle passa devant la table de chêne où elle avait laissé son carnet de croquis avant de monter se coucher. Malgré sa forte température, elle ne put résister à l'impulsion autoritaire de s'en saisir. Il lui fallait impérativement esquisser le bouquet apparu dans son rêve, avant qu'il ne s'étiole dans les brumes de l'oubli. Il en allait de sa survie. Pourquoi ? Elle n'aurait su le dire…

V

À la terrasse de *Chez Pierrette*, Germain Reçonveau goûtait au plaisir de cette fin de matinée printanière en compagnie d'une blonde mousseuse. Les tempêtes des jours précédents avaient lavé à grande eau le ciel de l'Île-Tudy. Seuls quelques cirrus échevelés jouaient encore les filles de l'air dans le grand bleu céruléen. Tout allait pour le mieux. Sa blonde était de conversation agréable : elle se laissait boire.

De dos, il reconnut une silhouette familière. L'homme se rendait sans doute au *Malamok* de son pas tranquille. Germain le héla.

— Serge !

L'interpellé s'arrêta et fit demi-tour, cherchant à capter l'origine de la voix. En chemisette blanche, il tenait sa veste en bandoulière sur son épaule droite. Germain dut lui faire signe. L'homme sourit enfin et s'approcha de la terrasse.

— Tu planes, mon vieux ! Salut. Tu m'accompagnes à la bière ?

— OK, pour une pression. En fait, j'allais vite manger un morceau avant de repartir à Pont-l'Abbé. J'ai un patient à treize heures trente.

— Bienheureux les retraités comme moi ! s'exclama Germain Reçonveau. La pêche, les oiseaux… les rendez-vous avec une jeune femme inconnue…

— Toi ? ne put s'empêcher de s'étonner Serge Le Végant. Tu t'es laissé rattraper par le démon de midi ?

— De midi moins le quart ! Fiston ! Ne sois pas grossier. Je n'ai que soixante-huit ans. C'est la puberté du troisième âge, ça ! Non, blague à part… Ma conquête téléphonique portera une écharpe verte autour du cou pour que je la reconnaisse.

— Je ne voudrais pas être indiscret, alors ; répondit Serge Le Végant en se relevant. Il ne faut pas contrarier la libido retrouvée des vieux bonzes cacochymes ! Elle est si fragile ! ajouta-t-il, taquin.

— Non, reste. Tu ne me déranges pas. D'ailleurs, la voilà… dit-il en fixant un point derrière son vis-à-vis. Nom de nom… Si jamais on m'avait dit…

En homme bien élevé, Serge Le Végant ne se retourna pas, curieux néanmoins de l'apparition qui venait de chambouler le visage de son compagnon de pêche dominicale. Celui-ci se leva pour aller à la rencontre de la nouvelle venue et la ramena à leur table deux minutes plus tard. Les présentations faites, Germain Reçonveau se tourna vers la jeune femme.

— Je dois vous avouer que j'ai reçu un choc en vous voyant. J'ai cru me retrouver trente années en arrière. Vous ressemblez tant à votre mère ! En plus mince, sans doute…

— On me l'a souvent dit, fit simplement Judith.

La jeune femme commanda un thé.

Depuis trois jours, elle souffrait d'une angine. Ils discutèrent de choses et d'autres. L'ancien impresario de Tony Black se doutait de la requête de Judith qui lui avait téléphoné la veille afin de convenir d'un rendez-vous. Il attendait d'être seul avec elle pour lui parler de ses parents. Il s'enquit de sa nouvelle vie de recluse sur l'île Chevalier. Judith avoua n'être sortie de sa retraite que pour faire quelques achats. La première journée avait été la plus difficile. Les commodités de la vie de citadine, notamment le chauffage, lui manquaient. Les deux jours suivants, malgré la pluie et le vent, avaient passé à une vitesse déconcertante. Elle travaillait du matin au soir sans relâche, s'accordant toutefois une petite pause déjeuner. Elle venait de terminer, le matin même, sa première toile.

— Quel est le thème de votre future exposition ? demanda alors Serge Le Végant.

— Ce sont des natures mortes. Des fleurs fanées…

— Fanées ? répéta-t-il, intrigué.

— Oui… enfin, pas toutes. J'ai du mal à parler de ma peinture. Je nage un peu à contre-courant, vers le symbolisme.

— Je serais curieux de voir cela.

— Un jour, peut-être, répondit-elle évasive. Mes toiles ne prendront de sens que lorsqu'elles seront toutes terminées.

Germain Reçonveau se leva et pénétra dans le café afin de régler l'addition. Serge Le Végant profita de l'occasion pour demander à la jeune femme :

— Vous vous êtes remise de votre chute ? Judith, interloquée, tressaillit.

— Nous sommes-nous déjà vus ?

— Je suis ravi de savoir combien ma présence peut être remarquable ! répondit-il les yeux rieurs. Oui, nous nous sommes rencontrés… ou plutôt entr'aperçus. J'étais invité à l'anniversaire de vos grands-parents. Ils n'ont pas eu le temps de me présenter à vous ni à votre mari. Vous étiez déjà évanouie.

Le souvenir de sa faiblesse fit rougir Judith. Ce regard vert, braqué sur elle, la gênait. Peut-être était-il myope ? Ou alors son maquillage coulait-il ?

— J'ai quelque chose ? balbutia-t-elle.

— Je me posais une question. Portez-vous des lentilles ou est-ce la couleur naturelle de vos yeux ?

Son ton la rassura. Ce n'était pas celui d'un dragueur patenté, mais plutôt d'un anthropologiste auquel on aurait présenté une erreur de la nature.

D'ailleurs, il n'attendit pas la réponse de Judith.

Germain Reçonveau reparut et Serge s'esquiva après les avoir salués.

— Qui était-ce ?

Ils marchaient à présent à travers un dédale de ruelles, si étroites que, les bras tendus, on aurait presque pu frôler les maisons qui, face à face, semblaient se faire des confidences.

— Vous parlez de Serge ? Je l'embarque sur mon canot les week-ends. La pêche le délasse. Il faut dire que son métier n'est pas toujours des plus marrants ! Psychiatre ou psychanalyste… Non ! Les deux, je crois. Un très chic garçon…

Judith interpréta aussitôt le regard insistant posé tout à l'heure sur elle : celui du professionnel qui pressent un client potentiel.

Les différents noms du labyrinthe étaient évocateurs : rue des Embruns, rue des Tempêtes ou des

Mouettes… La mer avait sculpté cette pointe et signé tous les passages où elle permettait aux vents de s'engouffrer. Les façades des maisons, mères, femmes ou filles de marins, petites et trapues, se blottissaient les unes aux autres, solidaires. Certaines, virginales, parées comme des communiantes se permettaient un colifichet : des volets bleus ou verts. D'autres, en véritables filles de port, osaient la couleur criarde des belles-de-nuit. Parfois une courette ou un jardinet en éloignait une, grise ou recluse dans sa viduité. Un chat la veillait alors, allongé sur un muretin.

C'est dans l'une d'elles que Germain Reçonveau fit entrer son invitée. L'étroitesse du penty ne laissait place qu'à l'essentiel. Sans avoir demandé à Judith si elle désirait déjeuner avec lui, il décrocha d'autorité une poêle du mur et sortit du réfrigérateur deux maquereaux et un morceau de beurre.

Puis, tout en sifflotant, il mit sur la table deux assiettes dépareillées et les couverts. Il déboucha une bouteille de vin rouge, emplit les verres.

De la poêle en fonte s'exhalait une buée odorante : l'encens des marins. Le beurre chantait en grésillant, mordorait la nacre des poissons. Enfin, l'homme au visage buriné s'assit.

— Que voulez-vous savoir Judith ?

Cette abrupte entrée en matière prit la jeune femme au dépourvu. Le visage de son hôte était pourtant bienveillant.

— Je ne sais pas trop, au juste… J'aurais peut-être aimé connaître leurs rapports, comprendre leur suicide… J'ai été élevée par la famille de ma mère qui a toujours ignoré mon père. Même chose du côté paternel. Je suppose donc que chaque clan voit midi à sa porte et accuse la pièce rapportée d'avoir tiré la première. Mais, de part et d'autre, ce ne sont que des non-dits. Pour cela, tous au moins se mettent d'accord! Papa, maman, vous les avez vus vivre ensemble, n'est-ce pas? Même si vous étiez l'impresario de mon père, vous devez être neutre?

Germain fixait le visage triangulaire tendu vers lui. Puis, il baissa les yeux.

Judith crut lire dans son regard de la pitié. Les doigts de l'homme jouaient avec de la mie de pain.

— De leur mort, je ne saurais rien vous dire, ma pauvre petite… soupira-t-il. Antoine et Sarah ont emporté leur triste secret dans leur tombe. Ils n'ont pas laissé de mot d'explication. J'avais vu Antoine deux jours auparavant, dans leur maison de l'île Chevalier. Il avait quitté Paris pour venir se reposer… Il était gai, comme d'habitude… Sarah devait être absente une huitaine de jours, une tournée en Italie.

— Mais… l'interrompit Judith, comment expliquez-vous alors qu'elle se soit trouvée là?

— On l'a su plus tard… La veille de sa mort, Sarah est tombée malade. Elle était sujette aux angines. Elle a dû annuler tous ses concerts: Rome, Naples, San Geminiano… Elle a pris l'avion et est rentrée.

Judith restait songeuse. Il semblait qu'elle avait hérité de sa mère ses fréquents maux de gorge. Le caractère héréditaire, si naturel pour le commun des mortels, paraît insolite dès lors que l'on connaît peu ou prou ses attaches.

Elle chipotait dans son assiette, du bout de sa fourchette jouait avec les morceaux de ce poisson qui, pourtant, avait l'air appétissant.

— Vous ne mangez rien, ma petite. Ce n'est pas comme ça que vous allez grossir ! Vous n'aimez pas le maquereau ?

La jeune femme se força à avaler quelques bouchées. Sa gorge, irritée, se nouait dès qu'elle déglutissait.

— Est-ce qu'ils étaient heureux ensemble ? demanda-t-elle entre deux quintes de toux. Vous savez, vous pouvez tout me dire. Je ne suis plus une enfant… J'ai simplement un vague souvenir de cris et de disputes.

Avant de répondre à Judith, Germain Reçonveau se cala au dossier de sa chaise. Un léger sourire errait sur ses lèvres.

— Oh, oui ! Ils se querellaient souvent ! Je ne sais pas si j'emploierais le mot « amour » en ce qui les concerne. Leur relation était plutôt passionnelle et passionnée… Un jour, ils divorçaient. Le lendemain, ils se cajolaient comme deux adolescents pour mieux se déchirer le jour suivant. Ils étaient attachants mais tellement fatigants !

— Connaissez-vous les motifs de ces disputes ?

— Je crois, oui… Même si Sarah passait pour être l'une des plus grandes voix de ce siècle, comme tous les véritables artistes, elle était peu sûre d'elle-même. Et ce manque d'assurance la rendait jalouse…

— Jalouse ? s'étonna Judith. Mais de qui ? De mon père ? Lui donnait-il des raisons de l'être ?

Germain se leva pour aller faire le café. Il était visible qu'il pesait ses mots. Judith ne le brusqua plus, attentive à ses silences. En posant la cafetière émaillée sur le gaz, l'homme écarta le rideau de dentelle en crochet qui habillait la fenêtre. Dans la venelle, deux chats se disputaient un festin de boëte[4]. L'un d'eux, au pelage tigré, posait la patte sur son bien et surveillait le manège de l'autre, un matou noir et borgne qui passait et repassait derrière lui, cherchant la faille. De la cuisine on entendait leurs grondements sourds. Lorsqu'ils explosèrent en feulements, Germain s'écarta de la fenêtre et, hochant la tête, mit les tasses sur la table.

— Je ne sais pas si vous imaginez bien ce milieu et cette époque, Judith. Tout allait vite… tout était fou… et tout était permis. L'après-soixante-huit… Tony, comme d'autres, incarnait cette liberté fraîchement acquise. Ses fans, et les femmes en règle générale, l'adulaient. Il était jeune, beau et insouciant. Sarah, son aînée de neuf ans, avait davantage acquis, de par son art, rigueur et amour de la perfection.

Les circonlocutions de Germain Reçonveau ne laissèrent pas dupe Judith. Impresario de Tony Black, il était mieux placé que quiconque pour connaître la vie privée de son poulain.

— En bref… dès que l'occasion se présentait, mon père trompait ma mère. C'est ça ? Et ma mère le savait ?

— Attention, Judith ! Je tiens à remettre les choses à leur place ! Certes, Tony avait de nombreuses aventures, jamais de liaisons suivies. Il aimait Sarah, ne l'aurait jamais quittée. Mais votre mère était exclusive… Normal, d'ailleurs… ajouta-t-il à voix basse.

— Et elle ? Lui a-t-elle un jour rendu la monnaie de sa pièce ?

Germain Reçonveau la regarda, stupéfait.

---

4. Boëte (dialecte) : amorce préparée à partir de déchets de poisson.

— Sarah ? Mais vous n'y pensez pas ! Oh, pardon… Judith, bégaya-t-il de confusion en tapotant la main de la jeune femme sur la table. Excusez ma maladresse… Je ne voulais pas dire ça… Mais c'est tellement incongru ! Sarah… si droite… si pure…

À entendre cet homme, Judith eut l'impression d'assister à un procès en béatification de sa mère. Sainte Sarah avait sûrement, elle aussi, ses faiblesses.

Malgré son caractère entier, est-ce que les gens l'appréciaient ?

— Tout le monde aimait ta mère… tout le monde, répondit-il, la voix un peu altérée.

Était-ce l'émotion qui l'avait fait céder au tutoiement ? Son regard rêveur semblait perdu dans le nimbe d'un passé doré.

Après avoir quitté Germain Reçonveau, Judith regagna sa voiture garée sur le front de mer.

Elle réfléchissait à la réponse faite à sa dernière question. L'ancien impresario ne se rappelait même pas la présence d'un tapis rouge, autrefois, dans la maison. Il n'avait connu que le vert…

Elle soupira. Philippe devait avoir raison. Son imagination, nourrie du passé, lui jouait des tours.

Avant d'ouvrir la portière, Judith se laissa happer par la beauté tendre du site. Le phare, étêté de son fanal, n'offrirait plus ses services de sentinelle éclairée à l'embouchure du chenal. À marée basse, la pointe de l'île paraissait vouloir harponner cet ancien guide à damiers noirs et blancs. Non loin de lui, des quillards, endormis sur le flanc, attendaient dans la vase le flux pour se redresser et retrouver le large, toutes voiles frémissantes. Pour l'instant encore, leur gros ventre ballonné donnait asile aux mouettes et aux goélands fatigués de leur course marine. Judith respira profondément. La grève, mise à nue, exhalait sa sueur iodée. Enserrant les roches, le varech luisant, dégagé des flots, insufflait au vent portant son odeur mâle. Le regard de la jeune femme erra plus loin, sur la ligne d'horizon où les îles des Glénan oscillaient entre le bleu céruléen et l'outremer. Détachées des servitudes de la terre, ces blanches moniales de l'océan semblaient bercer les âmes des marins de la baie. De Loctudy à Concarneau toutes les fenêtres des ports s'ouvraient à elles.

En introduisant sa clef de contact, Judith se demanda pour quelle raison ses pensées actuelles gravitaient autant autour de la mort. Ses parents d'abord, puis Pierre... son ancien fiancé. Pourtant, le spectacle de l'Île-Tudy incitait à la joie festive ou à la volupté des sens. Elle conduisit vite, contrairement à son habitude. Elle avait hâte de rentrer, de retrouver son chevalet et ses pinceaux. Seul, le travail parvenait à la stimuler en ce moment. Néanmoins, son entrevue avec Germain Reçonveau avait étanché un peu sa soif de vérité. D'après ce qu'il lui avait confié, Judith était à présent certaine d'un fait. Sa mère avait d'abord tiré sur son père, et non l'inverse... Ensuite, elle avait retourné l'arme contre elle. Judith ne portait aucun jugement d'ordre moral sur l'un ou sur l'autre. Mais la logique dictait sa loi. Tony Black, accoutumé au mensonge et aux situations équivoques, n'aurait jamais puisé en lui la force nécessaire pour aboutir à un acte si désespéré. Seule, la probité fanatique de Sarah pouvait le faire.

Elle était revenue d'Italie sans crier gare... Avait-elle trouvé son mari en galante compagnie ? Probable...

Alors qu'elle tournait à l'angle de sa maison, Judith eut la surprise de voir une voiture garée dans sa courette. Elle reconnut aussitôt la Clio bleue de son cousin. Guillaume savait sous quel pot de fleurs elle déposait la clef lorsqu'elle s'absentait. Sans gêne aucune, il n'avait pas hésité à s'installer à l'intérieur... La barbe ! murmura la jeune femme en refermant sa portière. Elle n'avait aucune envie de bavarder avec lui ce jour-là. Dès qu'elle commençait une nouvelle toile, il lui fallait silence et concentration.

Depuis quatre jours qu'elle s'était installée à l'île Chevalier, il lui avait rendu visite trois fois. Ce n'était pas qu'il fût dérangeant ! Il arrivait en général vers 18 heures, prenait une bière - qu'elle avait d'ailleurs achetée pour lui - dans le réfrigérateur et s'installait derrière elle, sur le canapé. Après un échange de propos le plus souvent anodins, il se taisait et la regardait peindre. Une heure plus tard, il se levait, l'embrassait sur la joue et repartait.

En pénétrant dans la maison et en claironnant un « bonjour », Judith comprit ce qui l'agaçait. Il était à peine 15 heures et il était déjà là... Elle eut l'intention de mettre les choses au point aussitôt. D'une part, elle n'avait nullement envie de se laisser vampiriser ainsi par qui que ce fût, d'autre part Guillaume avait mieux à faire qu'à jouer les récamiers sur son divan. Ce n'était pas ainsi qu'il trouverait un emploi...

Elle vit simplement une jambe se balancer pardessus le dossier du canapé au rythme de la musique.

Aussitôt, elle baissa le son de la chaîne et s'approcha de son cousin.

— Guillaume !

Le discours que Judith s'apprêtait à lui tenir resta engrangé dans sa gorge. Le jeune homme n'était manifestement pas dans son état normal. Les pupilles dilatées, le teint échauffé, il tenait à la main par le bout du goulot une bouteille de whisky qu'il faisait tanguer. Un coup d'œil suffit à Judith pour supputer son alcoolémie. Elle n'avait pas ouvert ce Glenfiddich qu'elle réservait à son mari. Or, à présent, elle était au trois-quarts vide. La moutarde lui monta au nez.

— Guillaume ! Tu ne trouves pas que tu exagères !

Le regard hébété parut l'entrevoir pour la première fois depuis son arrivée. Il cligna d'un œil à travers les verres de ses lunettes qui, malgré leur épaisseur, ne seraient jamais parvenus à dissiper le brouillard éthylique et dodelina de la tête.

— C'est toi… cousine… Rigolo… Vous êtes deux… Tant mieux. Y'aura une pour moi… L'aut' con pourra garder la clone…

Sa voix « pâteusait », semblait se cogner aux syllabes contre lesquelles elle rebondissait, toujours plus haute. Inutile de gloser. Aux grands maux, les grands remèdes…

Haussant les épaules, Judith rejoignit la cuisine, fit réchauffer sur le gaz un restant de café et versa dans un bol la moitié de la salière.

Elle revint au salon tenant d'une main la mixture, de l'autre une bassine en plastique qu'elle posa sur les genoux de l'ivrogne.

— Tiens, bois ! D'un seul coup !

— Qu'est-ce… c'est ? Oh ! Un irish co… Un irish…

— C'est tout à fait ça. Bois !

Le résultat ne se fit pas attendre. Guillaume, pris soudain de convulsions stomacales, vomit dans la bassine ses souvenirs d'Écosse.

À présent, il dormait d'un sommeil abruti, son long corps d'échalas affalé dans le canapé.

Judith plaça sur le chevalet une toile blanche. Son cousin mettrait au moins deux heures pour récupérer son peu d'esprit. Si, d'aventure, son réveil était trop pénible, elle le raccompagnerait en voiture jusqu'à Pont-l'Abbé. Avec la dose d'alcool qu'il avait ingurgitée, il reviendrait sûrement au monde des vivants avec la tonicité d'un chamalow et la vivacité intellectuelle d'une majorette. Du moins, le pensait-elle…

Elle peignit longtemps, dans un silence relatif ponctué seulement de ronflements ou de grondements. Elle visualisait son tableau achevé, tentait de garder toujours présente cette image mentale qui l'obsédait depuis quelques jours. Elle choisit des couleurs froides, à dominante de gris, de noir, de vert et de bleu.

Ce que Judith voulait rendre de façon symbolique était l'instant où la mort touchait un bouquet de roses fanées, le moment précis où l'âme des fleurs s'envolait. Son vase lui plaisait. Elle l'avait traité comme une urne funéraire. Ébréché et fissuré par endroits, il contribuait au malaise ambiant.

Au bout de trois heures d'un travail rapide et acharné, Judith fut contente de l'acheminement de son œuvre. On devinait les fleurs défuntes.

Détachées de leur tige, elles semblaient flotter dans les airs, délivrées de leur carnation, auréolées d'un nimbe de lumière blanche. Quant aux roses moribondes, elles s'étiolaient dans des teintes sépia.

Son intuition de peintre dicta alors à Judith qu'elle tenait là l'une de ses pièces maîtresses.

Satisfaite, elle recula pour juger de l'ensemble quand elle sentit une présence derrière elle. Elle n'eut pas le temps de se retourner que deux bras l'emprisonnaient.

Ce geste intime et l'odeur de transpiration saturée de miasmes d'alcool la gênèrent. Elle se dégagea et, souriante, feignit de n'accorder aucune importance au comportement équivoque de son cousin.

— Ça va mieux ? Tu as récupéré ?

Il ne répondit pas, continuant à poser sur elle un regard étrange que Judith ne parvenait pas à déchiffrer.

— Comme tu es belle ! murmura-t-il alors d'un timbre ému.

Sa voix avait retrouvé toute sa fermeté. Seul, un reste de whisky dans le sang devait lui apporter cette assurance qu'il n'avait pas habituellement.

Judith décida de ne pas s'aventurer sur le chemin glissant de la sentimentalité et lui demanda, indifférente :

— Tu aimes mon nouveau tableau ? Il n'est pas terminé mais j'avoue que j'en suis assez fière.

Il jeta un coup d'œil morne sur la toile, la bouche soudain renfrognée. Il était visible que ce n'était pas le travail de Judith qui l'intéressait. D'ailleurs, il se retourna aussitôt vers elle.

— Ouais… Pas mal… Réponds-moi, Judith. Et dis-moi pourquoi, toi, tu ne m'aimes pas ?

Déconcertée par son attitude, la jeune femme bégaya :

— Mais je t'aime beaucoup, Guillaume ! Tu es même mon cousin préféré !

Elle se rendait compte que ses paroles étaient mièvres, sans aucun lien avec l'attente de Guillaume dont elle voulait ignorer jusqu'au premier mot confessé.

— Ne fais pas l'idiote ! Ça ne te va pas ! Tu sais très bien de quoi je veux parler !

Une colère subite enfla sa voix. Judith n'eut pas d'autre alternative que de l'affronter. Avec froideur, elle pesa ses mots.

— Écoute Guillaume ! Arrête de faire l'enfant ! Je te connais depuis qu'on est petit. Tu es mon cousin… Tu comprends ? Mon cousin germain ! Il est hors de question que…

— Que tu m'épouses ? ricana le jeune homme en haussant le ton. Si cela peut te rassurer, je n'ai aucune intention de te faire un gosse. Je veux seulement te baiser ! Oui ! Tu as bien entendu : te baiser ! Depuis ton adolescence tu as réservé cette faveur à plus d'un imbécile, non ? Je les ai tous détestés ! C'est à ton mari, d'ailleurs, que revient la palme !

Judith reculait abasourdie, mais il avançait vers elle, répétant d'une voix colérique : « Pourquoi pas moi ? »

Elle n'avait plus le choix. Aussi, plutôt que de donner à son cousin l'image d'une femme craintive, elle se dirigea vers l'entrée d'une démarche déterminée et ouvrit grand la porte.

— Maintenant, ça suffit, Guillaume ! Tu sors ! Et tu ne remettras les pieds ici que si tu reviens à la raison ! Allez ! Dégage !

Un instant, elle le sentit fléchir dans sa résolution.

Le ton autoritaire qu'elle avait pris parut faire son effet. Réajustant ses lunettes sur le nez, il parcourut les quelques pas qui le séparaient du seuil. Mais là, il s'arrêta, pianotant de deux doigts sur le chambranle de la porte.

Quand il se retourna, l'œil mauvais, Judith n'eut pas le temps de trouver une riposte qu'il fonçait déjà sur elle, ultime sursaut d'amour-propre.

D'un bras, il lui maintint les épaules plaquées contre lui. De l'autre main, il lui serrait le menton, forçant la réticence de ses mâchoires. Lorsqu'elle sentit sa bouche molle contre la sienne, elle eut un haut-le-cœur.

Jamais elle n'aurait cru que cet homme maigre, si peu musclé, possédait une telle force. Elle essayait pourtant de se débattre, de quitter ce corps-à-corps répugnant. En vain. Ce n'est que lorsque la main de Guillaume délivra son menton endolori pour fouiner sous son pull et malaxer ses seins, qu'elle trouva une parade.

Elle le gifla alors à toute volée. Tandis qu'elle reprenait son souffle, elle le surveillait à la dérobée, espérant que la claque administrée ferait l'effet escompté d'une douche froide.

Il avait pâli et se frottait la joue.

— Et maintenant, c'est fini ! Tu t'en vas ! parvint-elle à articuler.

Mais la sanction n'avait pas calmé Guillaume, au contraire. Elle lisait à présent de la haine dans son regard. Pourtant, il n'essaya pas de l'approcher à nouveau.

— Pour qui tu te prends, espèce de garce ? Tu te crois supérieure à moi ? Mais moi, je n'ai pas un meurtre sur la conscience… ajouta-t-il d'un ton vipérin.

— Moi non plus, que je sache… Allez ! Fous-moi le camp !

— Ô que si ! Ma chère cousine. Et je suis même sûr à présent que ce n'était pas un accident… Tu es assez violente pour l'avoir fait exprès !

— Je ne comprends rien à ce que tu baragouines. Va cuver ton whisky ailleurs ! répondit-elle, fatiguée de cette altercation.

Il se trouvait dans la cour lorsqu'il lui lança :

— C'est vrai que tu as perdu la mémoire ? Elle reviendra peut-être si je te rappelle que c'est toi qui as tué tes parents, il y a trente ans ! Tout le monde le sait… Les flics… Les grands-parents… Oncle Edmond… Tante Iris… Et même la famille de ta mère ! Maintenant, toi aussi ! Tu ne mérites plus que l'on te protège comme on l'a fait durant toutes ces années !

Judith sentit la vie glisser hors de son corps. Exsangue, elle fixait le vide, attentive seulement au venin mortel qui coulait dans ses veines à la place du sang.

La voir dans un tel état de prostration dégrisa Guillaume. Maladroit, il tenta de se rattraper.

— Mais non… Judith… C'est pas vrai… J'ai dit ça pour te faire mal… Je te jure. Excuse-moi.

Elle referma doucement la porte sur lui.

VI

— Léonor ! C'était très, très bien ! Quant à toi, Pablo, parle avec ton coeur et non avec ta tête chercheuse ! Ton jeu est vulgaire ! Je te rappelle que Valentin est romantique. Il aime Oriane éperdument, est prêt à tout sacrifier pour elle : honneur, patrie. Il ne s'agit pas de la sauter ! Quand tu regardes Léonor, tes yeux sont des loukoums. On a l'impression qu'ils vont dégouliner sur elle ! Ce n'est pas cela la passion, nom de Dieu ! En plus, la nature t'a doté d'un regard de braise ! Je veux le sentir se consumer de l'intérieur. Compris ? Bon… pause. On reprend dans cinq minutes.

Installé au troisième rang de fauteuils du petit théâtre parisien, Victor Véder, auteur et metteur en scène de *L'Enfer Perdu*, venait d'apercevoir Catalina Warsky. La célèbre comédienne avait coutume d'assister aux répétitions de pièces où elle ne jouait pourtant pas. Ne voulant pas se faire remarquer outre mesure, elle avait descendu la salle par l'allée centrale, posant l'index sur sa bouche adorable au cas où, de part et d'autre, des murmures admirateurs auraient gêné le jeu des acteurs.

Flatté de cette marque d'intérêt pour sa pièce, Victor Véder baisait la main de la divine.

— Catalina ! Vous êtes plus resplendissante que jamais ! Comme c'est charmant à vous de vous être dérangée !

Sur scène, le ton était bien plus aigre.

— Non mais, quel con ! fulminait Pablo Randal en s'essuyant le visage dans une serviette éponge. Tu l'as entendu ? Vulgaire ! Mon jeu ! Pour qui il se prend ! Et regarde-le se dandiner devant cette bécasse ! Quand il se baisse, on dirait le croupion d'un gros dindon qui s'est paré des plumes d'un paon !

— Parle plus bas, murmura Léonor Bianchi, sa partenaire. Il n'est pas sourd... Viens, on va prendre un café en coulisses...

La jolie blonde entraîna l'infortuné derrière le rideau. Tous deux, intermittents du spectacle, ne jouissaient pas de loges particulières. Aussi, avaient-ils pris l'habitude durant ces quelques semaines de répétitions de se retrouver dans un petit local réservé aux machinistes, pièce dotée d'un percolateur.

— Je n'ai même pas trente centimes d'euro sur moi ! soupira Pablo en fouillant ses poches.

Pas grave, je te l'offre...

— Quand je serai riche - ce qui ne saurait tarder - répliqua le jeune homme en souriant, c'est du champagne que l'on mettra dans cette foutue machine... Non mais, je n'en reviens pas... Cette morgue ! Il faut avoir faim pour vouloir jouer cette merde ! Les tirades sont d'une niaiserie ! Il croit en plus avoir pondu un chef-d'œuvre. Il se gargarise de ses propres mots!

— Il a un prédécesseur aussi génial que célèbre, souligna alors Léonor, afin de calmer la fureur de son camarade. Le grand Paul Claudel, assistant à la fin de sa vie aux répétitions du Soulier de Satin, applaudissait certaines tirades en s'exclamant: « Comme c'est beau! Qui a écrit ça? »

— Ouais... peut-être. Mais quand on s'appelle Claudel, on peut se permettre toutes les fantaisies interdites à un obscur Victor Véder.

Germaine Pottier qui tenait, elle aussi, un second rôle dans la pièce, ouvrit la porte à ce moment-là.

— Je ne vous dérange pas? Je voulais un thé...

— Je t'en prie! Fais comme chez moi! pouffa Pablo.

La vieille actrice eut le tact de ne pas souligner, d'une remarque apitoyée, le camouflet infligé à son jeune confrère!

Tous trois conversèrent sur la semaine de congé qui s'ouvrait devant eux, avant la répétition générale. Germaine rejoignait sa famille nombreuse de chats dans sa maison du Berry.

— Et toi, Léonor? Tu restes à Paris?

La jeune femme passa les doigts dans ses cheveux blonds.

— Le week-end seulement... Ensuite, je pense aller quelques jours en Bretagne, chez ma meilleure amie. Son mari m'a téléphoné hier soir. Il se fait du souci pour Judith.

— Judith? souligna Germaine Pottier entre deux gorgées de thé. N'est-ce pas la jolie femme que j'ai rencontrée chez toi l'année dernière lorsque l'on répétait Mon Père avait raison ? Elle est peintre, c'est ça ? Elle prétendait que Guitry était un faux misogyne.

Léonor Bianchi opina du chef en souriant. À tout moment et à tout propos, Germaine exerçait sa mémoire. Une seconde nature chez cette actrice dont la hantise était de la perdre. Aussi, pour qui ne la connaissait pas bien, cette gymnastique intellectuelle passait souvent pour de l'indiscrétion.

— Oui, c'est elle. J'ai même un de ses tableaux accroché dans mon salon, ajouta Léonor avec un brin de perfidie.

Aussitôt, la vieille actrice mordit à l'hameçon. Elle se saisit de l'avant-bras de sa camarade comme pour lui intimer l'ordre de se taire.

— Attends… Je me rappelle. Il représente une petite fille sans visage qui marche sur une longue route droite dans un paysage désertique. C'est triste et beau.

Pablo Randal siffla d'admiration.

— Bravo, Germaine ! Quelle mémoire prodigieuse ! Avec des gens comme toi, Alzheimer serait au chômage !

L'actrice rosit de plaisir. Puis, consciente de tenir trop longtemps le rôle de vedette, elle s'enquit auprès de sa consœur :

— Ton amie est malade ?

— Pas vraiment, répondit Léonor avec circonspection. Dépressive, plutôt. Il lui est arrivé une grosse tuile… Son mari craint pour elle une rechute. Il y a huit ans, après la mort de son premier fiancé, elle a fait une tentative de suicide…

— La pauvre petite… la plaignit Germaine avec sincérité. Il ne faut jamais s'attacher à un homme de la sorte ! Quand ça meurt, ça vous fait de la peine et on a du mal à en prendre un autre.

Léonor ouvrit la bouche, interloquée. Si la misandrie de cette vieille fille endurcie était légendaire, son naturel à comparer les hommes avec la gent canine avait quelque chose de déconcertant.

La voix de stentor de Victor Véder les rappelant sur scène évita à Léonor le soin de trouver une riposte.

Germaine les devançait de son pas trottinant. Dans un geste d'amitié, la blonde actrice prit le bras de Pablo.

— Tu es prêt pour le rôle de ta vie ? murmura-t-elle en glissant sur lui des yeux vert d'eau.

— Je te promets de ne plus te déshabiller du regard, quoique ce ne soit pas l'envie qui me manque… Ça ne te dirait rien, à propos ?

— Eh, non ! répondit-elle, mutine.

— Quelle femme froide !

*

Ce même vendredi soir, à Combrit, Philippe Despré attendait au café « Chez Jos » que sa femme vienne le chercher. Il lui avait rappelé sur son portable qu'il n'avait jamais mis les pieds sur l'île Chevalier et, craignant de tourner en rond avant de trouver la maison, il préférait que son épouse le pilote. Assis à une table près de la vitre, il remuait son expresso, songeur, un peu gêné aussi du regard naturellement curieux des quelques habitués qui, collés au zinc, se demandaient quel vent amenait dans leur village, en dehors de la saison touristique, cet homme élégant.

Philippe Despré se remémorait pour la énième fois la conversation téléphonique qu'il avait eue la veille, très tard, avec Judith. Il était plus de vingt-trois heures lorsqu'elle l'avait appelé en proie à une crise d'angoisse. Elle ne cessait de sangloter, répondait à ses questions par monosyllabes. Il s'était sûrement passé quelque chose. Mais quoi ? Et pour quelle raison avait-elle refusé catégoriquement de lui donner rendez-vous chez ses grands-parents à Pont-l'Abbé, plutôt que dans ce café ?

Lorsque Judith poussa la porte de l'établissement, Philippe fut surpris par son aspect. Cinq jours de solitude avaient suffi à la rendre pitoyable. Certes, elle était toujours d'une élégance irréprochable mais son visage portait les stigmates de l'insomnie : traits tirés, cernes sous les yeux. De plus, elle avait encore maigri.

Il choisit de se taire pour l'heure et, d'un ton enjoué, proposa à sa femme de boire un verre en sa compagnie. Elle refusa. Il paya donc l'addition et suivit la voiture de location de Judith dans sa BMW.

Le parterre, devant la longère, laissait à peine la place à deux véhicules. Ils durent manœuvrer pour se garer. Dès qu'ils eurent pénétré dans la maison, Judith manifesta le désir de prendre une douche.

— Je monte, Phil. Sers-toi un verre en attendant. Tu serais gentil de nous faire un feu. Les bûches et les cagettes sont à gauche de la cheminée, dans le petit réduit. Tu trouveras…

Dans le salon, la table nappée de lin blanc arborait un joli bouquet de roses. Deux assiettes, à la porcelaine délicatement ourlée d'un liseré doré, attendaient les convives. De la cuisine s'échappaient des effluves de coquilles Saint-Jacques. Cette délicieuse odeur ouvrit l'appétit de Philippe. Il se dirigea vers le meuble-bar et choisit de se servir un whisky. Quand il se saisit de la bouteille, il la garda un moment dans la main, stupéfait.

Le matin de son départ, Judith avait manifesté le désir de faire le plein de courses. C'était sûrement elle qui avait alors acheté sa marque de whisky préférée. Or, la bouteille de Glenfiddich était aux trois-quarts vide... Ou bien Judith avait reçu des visiteurs assoiffés sans qu'elle eût éprouvé le besoin de l'en avertir lors de leurs conversations téléphoniques quotidiennes, ou bien elle s'était mise à boire, seule...

Le bruit d'eau dans les antiques canalisations le sortit de ses réflexions. Avant que Judith ne redescende, il devait allumer le feu.

Ce ne fut pas une mince affaire et Philippe, pour la première fois de sa vie, se surprit à regretter l'époque de son enfance où il avait refusé, malgré l'insistance de ses parents, d'entrer chez les scouts. Le papier journal se consumait, sans enflammer la moindre brindille. Par contre, l'humidité des bûches, à son contact, engendrait une fumée épaisse dont l'âcre empyreume lui piquait la gorge.

Il toussait encore lorsque Judith surgit en peignoir, les cheveux enroulés dans une serviette éponge.

Sans son intervention diligente, ils auraient dû se passer de feu.

Son verre de whisky à la main, le médecin jouait aux vestales parvenues lorsqu'un juron de sa femme l'arracha de sa tiède torpeur.

— Nom de Dieu, Philippe ! À quoi tu t'amuses ! Si c'est une farce, elle n'a rien de drôle ! Moi je respecte ton travail. Fais-en autant pour moi !

Ahuri du ton véhément de Judith qui confinait à l'hystérie, Philippe rejoignit sa femme debout devant son chevalet dans le renfoncement de la pièce. Il regarda la toile. Un détail le choquait mais, lequel ? Pourtant, dès qu'elle eut pointé un doigt accusateur en haut et à gauche du tableau, il reconnut aussitôt la verrue. Dans un vase où s'étiolaient des fleurs blanchâtres et moribondes, une rose peinte de façon puérile, d'un carmin violent, faisait tache.

— Enfin, Judith ! s'exclama son mari. Je te jure que je n'y suis pour rien ! C'est ridicule ! Jamais je ne me serais permis de toucher à l'une de tes toiles ! Pour qui me prends-tu ? Je n'ai fait que me servir un verre et m'occuper du feu !

Les yeux embués de larmes, la jeune femme fouillait le regard de son mari, cherchait une réponse à son désarroi.

Elle n'y lut que de la stupéfaction. Philippe ne mentait pas.

— Alors, c'est encore pire... murmura-t-elle d'une voix étouffée par les sanglots. Juste avant d'aller te chercher au café, j'ai signé cette toile. Ensuite, j'ai pris mon sac et fermé la porte à clef. Mon absence n'a pas duré plus de quinze minutes.

— N'aurais-tu pas caché la clef dans un endroit près de la longère ? Il est possible que quelqu'un te surveille...

Mais à peine avait-il prononcé sa phrase qu'il s'était rappelé voir Judith prendre la fameuse clef dans son sac au moment où ils pénétraient tous deux dans la maison. elle confirma ce fait d'ailleurs aussitôt.

— Il n'y a pas deux solutions, Phil ! Ou j'ai des moments d'amnésie et je ne sais plus ce que je fais, ou on entre ici comme dans un moulin ! Sers-moi un verre, s'il te plaît, j'appelle Grand-mère.

Pendant qu'il préparait l'apéritif de sa femme, le chirurgien ne put s'empêcher de capter des bribes de la conversation téléphonique. Ainsi, Judith soupçonnait son cousin d'être l'instigateur de cette farce douteuse… Ne l'avait-il pas prévenu de se méfier de ce type ? Elle lui cachait quelque chose…

Verre tendu, Philippe s'approcha de sa femme. Il lisait à présent sur son visage de l'incrédulité métissée de peur.

— Tu es sûre, Grand-mère ? Il est bien parti cet après-midi avec oncle Raymond et tante Iris aux Glénan ? Ah… Ils t'ont appelée sur leur portable pour… Non… C'est sans importance… Ah ! Il n'est pas en forme…

La conversation s'éternisait. Philippe gesticula devant sa femme pour qu'elle raccroche.

— Alors ? lui demanda-t-il, pressé, quand elle eut reposé le combiné.

— Tu as bien entendu comme moi. Guillaume ne peut pas avoir peint cette fleur il y a une heure. Raymond et Iris l'ont emmené en bateau pour le week-end. Il déprime, paraît-il, ajouta-t-elle d'un ton neutre.

— Le pauvre chéri… murmura Philippe pour lui-même. Mais, dis-moi Judith ! Il n'y a pas si longtemps, tu défendais ton cousin en dépit de tout…

Que s'est-il passé entre vous pour que tu le soupçonnes d'avoir saboté ton tableau ?

La jeune femme rougit, évita les yeux de son mari et, prise d'une frénésie aussi insolite que soudaine, déclara que les coquilles Saint-Jacques sentaient le brûlé. Elle courut dans la cuisine pour les retirer du four. Philippe ne lâcha pas prise. Il suivit sa femme et, lui soulevant le menton de l'index, l'obligea à soutenir son regard bleu acier.

— Tu n'as jamais su mentir, Judith, lui dit-il d'une voix douce. Raconte-moi…

Toute la tension accumulée en elle depuis la veille explosa alors, la laissant pantelante. Elle s'effondra dans les bras accueillants de son mari.

Si elle lui relata l'ivrognerie de son cousin ainsi que l'atroce révélation qui s'en était suivie, Judith se tut au sujet du harcèlement passionnel dont elle avait été victime de la part de Guillaume. Philippe en aurait fait des gorges chaudes.

Elle se sentait trop fatiguée pour entendre des phrases telles : « Je savais bien qu'il était fou de toi… »

— Et moi qui croyais, ma pauvre chérie, que tu avais éclusé toute seule la bouteille de whisky ! Me voilà rassuré…

Judith, en larmes, le repoussa.

— C'est tout ce que tu trouves à dire ! Je t'apprends que je suis une meurtrière alors que j'ai passé trente ans de ma vie à me demander qui de mon père ou de ma mère avait tué l'autre ! Et toi, tu me parles de whisky ! C'est insensé…

Elle balaya du plat de la main ses mèches brunes. Soudain, elle interrompit ce geste nerveux. Abasourdie. Elle venait de comprendre…

— Tu le savais ! C'est ça ? C'est vrai ce que disait Guillaume ? Tu savais que j'avais assassiné mes parents ! hurla-t-elle en lui tambourinant la poitrine de ses poings.

Philippe dut la maîtriser avant de lui répondre d'une voix sans faiblesse :

— Maintenant, tu te calmes ! Ça suffit ta crise d'hystérie, Judith ! Si tu veux que je t'explique cette histoire, tu te tais et tu viens t'asseoir un moment près de moi dans le canapé ! Tiens ! ajouta-t-il, en tendant son propre verre à sa femme. Bois çà ! C'est fort !

Tandis qu'il parlait, elle l'écoutait à présent, la tête blottie contre son épaule, leurs mains jointes, essayant de maîtriser les spasmes de sanglots qui la faisaient encore hoqueter.

Philippe évoqua la scène, quatre années auparavant, où Victorine l'avait mis au courant. Par respect des traditions bourgeoises dans lesquelles avait été élevée Judith, il avait demandé la main de sa future femme à ses grands-parents.

— Tu te rappelles, ma chérie, c'était le jour de Pâques. Comme il se doit, tu m'avais laissé seul avec Émile et Victorine dans leur salon. Ils se doutaient sûrement de ce que nous étions venus faire à Pont-l'Abbé… Mais, dès que j'ai ouvert la bouche, ton grand-père et ta grand-Mère se sont regardés… J'ai eu l'impression alors qu'ils étaient à la fois soulagés et épouvantés par quelque chose. J'ai cru qu'il s'agissait d'un problème d'argent, qu'ils n'avaient pas les moyens financiers de t'offrir le beau mariage dont tu rêvais. Sans doute ai-je été maladroit quand j'ai bredouillé que nous prenions, bien évidemment, tous les frais à notre charge. Mais ton grand-père, très pâle, m'a arrêté d'un geste de la main et, incapable d'expliquer sa réaction est sorti de la pièce, me laissant en tête-à-tête avec Victorine.

Judith happait les mots de son mari, s'accrochant à eux comme un alpiniste à sa prise lorsqu'il craint de dévisser. Cependant, peu à peu, il lui communiqua son calme.

La suite de l'histoire lui parut, somme toute, sans surprise. Après la fuite d'Émile, Philippe se doutait que seul un événement grave aurait pu contrarier ses projets matrimoniaux. Victorine allait d'atermoiements en tergiversations le laissant dans des abîmes de perplexité. Lorsqu'enfin, elle livra la vérité tout à trac, il ressentit presque du soulagement : « Ce n'était que cela ! » avait-il pensé à l'époque. Judith avait tiré sur ses parents de façon accidentelle. Ces derniers possédaient un revolver dont la cachette était connue comme le loup blanc. D'une insouciance frisant la déraison, Antoine Le Du rangeait son arme sur une étagère de la bibliothèque derrière une pile de livres. Sa petite fille avait fait des pieds et des mains pour obtenir, elle aussi, un jouet semblable à celui de son père. Comme toujours, Antoine avait cédé à ses caprices et lui avait acheté un revolver fonctionnant avec des pétards.

— Il paraît, poursuivit Philippe, que, lorsque tu faisais trop de bruit en utilisant ce jouet, ton père te le confisquait. Plusieurs amis intimes de ta famille ont confirmé ce fait. Mais quelle inconscience aussi de sa part ! À ces moments-là, il plaçait ton arme à côté de la sienne !

— Mais, l'interrompit Judith, je suppose que mes parents n'étaient pas complètement abrutis ! Le chargeur devait être vide !

— Oui, admit le médecin. Mais, ce jour-là, il ne l'était pas. Pourquoi ? Mystère… Les balles qui ont tué tes parents provenaient bien de leur arme. Les policiers ont trouvé les autres dans leur boîte, enfermées dans le coffre-fort de leur chambre. Il n'en manquait que deux, celles-là…

Judith se leva et, d'une voix blanche, demanda à son mari de bien vouloir passer à table. Les coquilles refroidissaient. Avec une infinie lenteur, elle déplia sa serviette, la posa sur les genoux puis, sans logique apparente, la replia, les yeux perdus dans le vague. Soudain, un son fluet sortit de sa bouche. On aurait dit le timbre d'une toute petite fille.

— C'est peut-être pas moi qui ai fait ça, Phil… Je veux pas…

— Ressaisis-toi ! Judith. On ne peut pas changer le passé. Tu dois le regarder en face ! Tu n'es en rien responsable de ton acte ! Tu m'écoutes ? En rien ! C'était un accident ! Jamais ta famille n'a eu à ce sujet une attitude équivoque. Personne ne t'en veut, Judith ! Au contraire… Ils ont tous eu pitié de toi et, en accord avec le commissaire de police de l'époque, tout le monde a conclu à un suicide. Point, barre ! Quant à savoir si c'est bien toi qui as tiré, hélas, ma pauvre chérie, aucun doute là-dessus. Lorsque les policiers ont débarqué chez vous, sans dire un mot, tu leur as désigné l'étagère. Les deux armes étaient là, côte à côte. Toutes deux portaient tes empreintes, et celles de tes parents aussi, bien sûr. Ensuite, lors de l'enquête, plusieurs personnes qui vous côtoyaient à l'époque ont parlé d'un de vos jeux favoris, à ton père et à toi. Lorsque quelqu'un, dans une réunion familiale ou un cocktail l'ennuyait, il te chuchotait, paraît-il, dans le creux de l'oreille, d'aller chercher ton arme et de tirer sur lui. Tu t'exécutais, évidemment. Et ton grand gosse de père de tituber, de pousser de longs râles et de faire semblant d'aller mourir aux pieds du fâcheux. Initiés à ce rite, les intimes de ton père s'étranglaient de rire sous cape, car il parvenait toujours, en s'accrochant au dindon de la farce, à renverser un verre sur le pantalon de ce malheureux ou à lui arracher un bouton de sa veste.

À cette évocation, le visage de Judith s'illumina.

— C'est drôle, Phil… Maintenant que tu en parles, je me souviens de ce jeu. Comme il était rigolo Papa !

— Tout dépend sous quel angle on voit les choses, se contenta de répondre le chirurgien.

Ils achevèrent leur repas en silence. À l'éclairage des bougies qu'un courant d'air faisait vaciller, le beau visage grave de Judith passait de la pénombre à la lumière, tel le brasillement de l'eau sous la lune.

Après dîner, Judith voulut réparer les dégâts causés à sa toile. Elle débarbouilla de son rouge obscène le tableau qu'elle avait intitulé Requiem pour roses défuntes à l'aide d'une petite éponge et d'essence de térébenthine.

Puis, elle prit ses pinceaux et restaura la partie endommagée. Pendant ce temps, assis dans le canapé, Philippe lisait un roman de politique-fiction bercé par les Impromptus de Schubert, l'un des musiciens préférés de sa femme. Si ses goûts le portaient davantage vers Wagner, il ne manifesta pas, ce soir-là, l'envie de l'écouter.

Plus tard, au creux de leur lit, Philippe fit l'amour à Judith. Il la sentit non pas réticente sous ses caresses mais comme absente. Quand il voulut dégager des mèches de cheveux de son visage, il s'aperçut qu'elle pleurait en silence.

Il soupira et n'insista plus. Comme il se retournait après lui avoir souhaité une bonne nuit, il ajouta que, dès le lendemain matin, ils feraient changer les serrures de la porte d'entrée.

Judith acquiesça d'un mot puis, lorsqu'elle entendit quelques minutes plus tard le léger ronflement de son mari, elle enfouit la tête sous les draps et, abritée du monde dans ce cocon protecteur qui pouvait tout entendre sans rien dévoiler, elle invoqua ses ombres :

— Oh ! Papa… Maman… Mon papa à moi.

VII

Le week-end auprès de Philippe avait passé vite. En ce dimanche matin printanier, tous deux prenaient leur petit-déjeuner, projetant une longue balade autour de l'île. La veille, Philippe avait téléphoné aux serruriers de la région. Tous paraissaient débordés et aucun n'avait consenti à se déplacer sur l'heure. Philippe, qui voulait que le problème fût réglé avant son départ, se chargea lui-même de la besogne.

Certes, la nouvelle serrure n'était pas aussi sophistiquée qu'il l'aurait souhaité, mais elle offrait l'avantage de rassurer Judith. Tant qu'elle habiterait la maison, elle garderait sur elle la clef et son double.

Philippe se resservit un bol de café. Depuis son arrivée, Judith le trouvait, non pas triste, mais préoccupé. La jeune femme se rendit compte alors que toutes les attentions de son mari gravitaient autour d'elle. S'était-elle souciée de lui, de son travail ? Ce rapide examen de conscience la remplit de honte. Un courant de tendresse la pénétra. De l'autre côté de la table, elle lui prit la main.

— Je t'aime, Phil. tu n'as pas de problème en ce moment ?

— Chut ! Ça ne vaut vraiment pas la peine d'en parler…

Judith insista et Philippe, assailli de questions, finit par lui avouer ce qui le tracassait.

— Le climat à la clinique n'est pas très folichon depuis quelques jours. Oh ! Rien de vraiment palpable. Je continue à bien faire mon boulot, les patients sont contents de moi mais Bevenstein n'arrête pas de me lancer des pointes… Le vent tourne… Et pas en ma faveur.

— Comment cela ? demanda Judith, un peu inquiète.

— N'oublie pas que je travaille dans le privé. Le grand patron est le seul maître à bord. S'il décide de m'écarter pour Blum, libre à lui.

— Simon Blum ? Son second assistant ? Mais tu m'as dit qu'il était aussi habile de ses mains que l'intellectuel de base !

— Certes, mais il possède la botte secrète dont je n'ai pas voulu, répondit Philippe, en mordant dans sa tartine.

Toute guerre de succession évince les hommes loyaux au profit des fins stratèges. C'est ce que Philippe Despré tenta d'expliquer à sa femme. Pour le professeur Bevenstein, l'heure de la retraite avait sonné depuis longtemps déjà. Mais qui a goûté aux honneurs et au pouvoir a bien du mal à céder sa place aux générations montantes ! Toutefois, l'état de santé du grand ponte exigeait de lui qu'il se retirât assez rapidement. Philippe, son premier assistant, en brillant chirurgien, avait toutes les chances de s'imposer. Quand il s'agissait d'une intervention délicate, les patients demandaient à être opérés par lui. Or, depuis peu, Bevenstein prenait ombrage de cette aura dont jouissait le chirurgien plastique. Certaines réflexions ne trompaient personne, encore moins les infirmières ou le personnel de la clinique. En revanche, il faisait mousser son second assistant, Simon Blum, lui tapotait familièrement l'épaule, le félicitait à tout-va pour une opération somme toute, banale. Lors des visites aux malades, Blum trottinait derrière le grand patron comme Eurydice suivant Orphée. Intrigué par ce manège, Philippe Despré avait filé un soir le jeune assistant après son service. Au pied de la clinique, une Mercedes attendait Blum. Il avait embrassé la conductrice qui n'était autre que Sophie-Anne Bevenstein…

— Tu comprends, sans doute, Judith, ce qui va se passer. Blum a deux atouts dans son jeu. Il sort avec la fille du patron et il est juif. Ces gens-là sont solidaires entre eux et se serrent les coudes.

— Je te rappelle, mon chéri, que moi aussi je suis juive par ma mère. Mais, en effet, je vois le topo…

Judith se sentait triste pour son mari. Elle savait combien son ambition et son orgueil pour son travail étaient bafoués. La pointe qu'il venait de lui lancer, malgré lui, ne lui semblait qu'une manifestation de son exaspération à devoir subir alors qu'il n'était animé que par des forces agissantes. Comment lui faire sentir ce qu'il pouvait admettre de façon purement intellectuelle mais non comprendre dans sa chair ? Comment lui expliquer que les pogroms à travers les pays et les siècles avaient soudé son peuple, qu'il n'aurait pas survécu sans cela ? Malgré l'éducation reçue par ses grands-parents maternels, Judith n'était pas croyante, encore moins sioniste. Néanmoins, la mauvaise foi des Chrétiens - une partie d'elle-même - au cours de l'Histoire, l'avait toujours déconcertée. Au Moyen Âge, ils détestaient les Juifs mais en adulaient un, au point d'en faire leur Dieu. Dès qu'une épidémie de peste déferlait quelque part en Europe, ils en rendaient les Juifs responsables et mettaient le feu à leurs maisons, faisaient tout autour de ces bûchers une ronde joyeuse et sauvage alors que les cris des enfants, des femmes et des vieillards, torches encore vivantes, déchiraient le ciel… Auparavant, l'Église avait eu tôt fait de séquestrer les biens de ces pauvres gens. Et combien d'exemples depuis lors !

Judith était partagée. Certes, l'humiliation subie par son mari la peinait. Elle connaissait un peu Blum et n'appréciait guère cet arriviste. Il n'arrivait pas à la cheville de Philippe dont la compétence professionnelle n'était plus à prouver. Mais, paradoxalement, elle en arrivait à comprendre l'attitude de Bevenstein.

— Que comptes-tu faire ? demanda-t-elle à son mari en débarrassant la table du petit-déjeuner.

— Sûrement pas attendre de me faire congédier comme un valet, en tout cas ! Si je quitte la clinique, je draine une bonne partie de la clientèle avec moi, et non la moindre. Je sentais le vent venir et je t'ai déjà parlé d'un projet l'an passé. Nous en discuterons tout à l'heure si tu veux. Pour l'instant, j'ai envie de me dégourdir les jambes. tu me la fais découvrir, ton île ?

Ils délaissèrent les vasières, réserve ornithologique d'une richesse exceptionnelle, pour marcher en direction de la pointe sur l'unique route de l'île.

De chaque côté, des petits champs, cultivés ou non, séparés les uns des autres par des talus herbus, pouvaient laisser présager un paysage campagnard. Des impasses goudronnées, de part et d'autre de la voie principale, menaient, qui à un lieu-dit, qui à une ferme.

À mi-chemin, sur la gauche, Judith désigna d'épais taillis à son mari.

— Veux-tu qu'on aille voir le château ? lui proposa-t-elle en riant.

— Il vaut le coup ? demanda Philippe, inquiet pour ses mocassins neufs dont il voyait déjà le cuir griffé par les amas de ronces.

— Je t'épargne la visite guidée. Au XVe siècle tu aurais pu admirer ses tours et son donjon, mais aujourd'hui il ne reste que quelques pierres. Tu vois, là, c'était l'entrée du souterrain !

— Je me sens rajeunir en ta compagnie, Judith ! Ne me dis pas qu'il y a un trésor caché et qu'on va jouer au « Club des Cinq » à nous tout seuls !

— Tu ne crois pas si bien dire…

Judith rapporta à son mari la légende du château du roi Guivarc'h telle que la lui avait racontée une habitante de l'île au cours d'une promenade.

Le souterrain, à présent bouché, était supposé partir du château pour aboutir sous le chœur de l'église de Combrit. Un jour, une chèvre s'y était aventurée, et le curé avait entendu durant son sermon bêler cette drôle de paroissienne.

— Mais ce n'est pas possible, Judith ! Un bras de mer sépare l'île de Combrit !

— Ce que tu peux être rationnel, mon pauvre chéri !

La jeune femme apprit alors à son mari qu'autrefois l'île Chevalier s'appelait l'Île-Saint-Marc'h, nom breton qu'elle conservait toujours d'ailleurs. Là où poussent sureaux, joncs et roseaux jaseurs, le château mythique du roi aux longues oreilles n'est jamais loin.

Un quart d'heure plus tard, les deux époux étaient parvenus au bout de l'île. Face à eux, les grilles fermées d'une propriété privée les obligeaient à tourner à droite et à emprunter une sente au bord d'un champ pour parvenir à la grève.

— Qui habite cette belle bâtisse grise ? Elle est bien située…

— Le « château » ? J'ignore le nom des propriétaires actuels. Il y a peu de temps, il servait de refuge à des colonies de vacances.

— Excuse-moi, ma chérie. C'est sans doute d'avoir été élevée dans le grand monde qui te fait voir des châteaux partout…

Souriante, Judith prit le bras de son mari.

— Ce sont les gens d'ici qui surnomment ainsi cette villa. Elle a été édifiée à la fin du XIXe siècle par un comte parisien. Un original, semble-t-il, fou de théâtre et d'animaux. Il avait transformé son parc en une sorte de zoo. À Paris, un jour, il a fait convoyer toutes ses bêtes afin de donner une représentation théâtrale uniquement écrite pour elles. Et devine comment il allait faire ses courses à Pont-l'Abbé ? Je te le donne en mille… À dos de dromadaire !

— Il a raison ! commenta Philippe. Tellement pratique et mondain !

Ils venaient de traverser un champ de blé vert. Devant eux, s'ouvraient les bras de la rivière de Pont-l'Abbé. Ils iraient bientôt se jeter dans la mer. Avant d'emprunter le chemin des douaniers qui longeait la côte, Philippe voulut s'arrêter un instant, sensible à la beauté du site. Ils descendirent sur la grève hérissée de cailloux. Les marées, trop douces ici, ne les avaient pas pommelés en sculptant des galets. De longues crinières d'algues vertes s'y étaient drossées. Certaines blanchissaient déjà et, craquelantes, figuraient les chevelures de vieilles sirènes venues s'échouer là pour y mourir. Alors qu'il prenait son envol, les pattes d'un héron froissèrent la laque de l'eau. Judith suivit sa course. L'oiseau disparut derrière les frondaisons de l'île-aux-Rats dont l'unique vestige humain, une cabane en bois, servait de refuge aux rêveurs. À côté de cet éden enfantin, l'île Garo, plus imposante, laissait apercevoir à travers ses futaies la façade romantique d'un manoir solitaire.

En se levant pour continuer leur promenade, Judith voulut cueillir une branche de prunellier dont la délicate floraison blanche évoquait là chute de flocons. Elle se piqua les doigts et les pétales neigeux tourbillonnèrent autour d'elle.

« Un signe… », se dit la jeune femme. « Toutes choses meurent quand je les touche. » Aussi ne se risqua-t-elle pas à prélever un bouquet d'aubépines naissantes dont les boutons rosés saluaient pourtant le printemps de leur vie.

L'un derrière l'autre, ils empruntèrent le sentier douanier. Judith marchait devant, attentive aux racines tentaculaires des pins maritimes qui affleuraient. Sur le chemin rogné par les chênes-yeuses, les rhodos pontiques et les arbousiers, ils durent laisser le passage à des groupes de pêcheurs à pied, tous à la queue leu leu. Certains revenaient, tenant à bout de bras un seau de coques ou un panier de palourdes. D'autres, pressés par l'exigence de la marée basse, les dépassaient. L'un d'eux, un colosse d'une soixantaine d'années, flanqué de son chien, se retourna vers Judith et la regarda une fraction de seconde. La jeune femme crut le reconnaître. La veille de son installation sur l'île Chevalier, quand elle ouvrait les volets pour aérer la maison, n'était-ce pas lui qui passait à vélo sur la route ? Dans le doute, elle salua l'homme d'un signe de tête, mais celui-ci, grossier, ne lui rendit pas son bonjour. Tel fut du moins le verdict de Judith, ignorant les battements affolés du coeur de Joseph.

Parvenus à la pointe, la jeune femme montra à son mari le chenal qui séparait les ports jumeaux, tous deux construits sous l'égide du même saint. En ce dimanche matin, l'église paroissiale de Loctudy fut la première à appeler ses ouailles à la messe, imitée aussitôt par son alter ego. Les répons limpides et purs des cloches vibrèrent sur le tympan de l'eau, comme si l'ancienné d'une cathédrale engloutie leur faisait écho. Une lumière rose nimbait l'Île-Tudy dont les façades érigées à même la dune semblaient sortir d'un bain lustral. La Venise des pêcheurs bretons…

Judith sortit de son sac un paquet de cigarettes et en proposa une à son mari. Ils s'étaient assis devant un blockhaus depuis longtemps incongru mais qui se donnait encore des airs belligérants, camouflé sous son treillis de lierre et de ronces.

— Au sujet de ton poste, quelle est ton idée, Phil ?

— Je t'en ai déjà touché un mot l'an dernier. Je n'ai pas envie de jouer les doublures sur scène alors que la vraie pièce se déroule en coulisses. Si je deviens persona non grata à la clinique, je la quitte.

— Et tu fais quoi ? s'inquiéta Judith.

— Je crée ma propre entreprise.

— Rien que ça ! s'exclama la jeune femme, médusée. En effet, tu m'en as parlé… Mais j'ai cru à une boutade… As-tu bien considéré les tenants et les aboutissants ? On n'achète pas une clinique comme une officine de pharmacie ! Si tu es un excellent chirurgien, tu n'y connais rien en gestion !

Philippe arracha un brin d'herbe et le mâchonna avant de répondre.

— Un gestionnaire, ça se trouve… Laisse-moi plutôt t'expliquer mon plan en détail.

À première vue, pour qui connaissait l'ambition et la rage de vaincre de Philippe, l'idée semblait séduisante. Ce dernier avait déjà rallié cinq autres médecins, dont l'anesthésiste de la clinique, à sa cause. Il s'agissait de créer un petit établissement spécialisé en chirurgie plastique non loin d'un centre de thalassothérapie à la mode. La clientèle de celle-ci se tournerait volontiers vers celui-là. La ville de Quiberon, après une étude de marché, se révélait l'endroit idéal.

Informée de son projet, la banque de Philippe accepterait de lui prêter les fonds nécessaires à condition qu'il trouve trois autres banquiers pour la seconder. Il serait alors majoritaire des parts à 51 %, ses autres collaborateurs se partageant le reste au prorata du capital investi.

— C'est bien gentil, ton histoire, Phil… mais combien ça coûte, et sous quelles garanties ?

Avant d'annoncer les chiffres, Philippe développa d'autres arguments, puis il se lança :

— Le prêt de la banque serait de 10 millions d'euros. Mais, évidemment, elle exige de notre part une caution de garantie qui équivaudrait à la moitié de la somme.

Judith sifflota, un peu déconcertée.

— 5 millions d'euros, c'est un sacré morceau, Phil, même pour moi ! Je n'ai pas les liquidités suffisantes.

— En espèces, non. Mais tu possèdes l'hôtel particulier de l'île Saint-Louis…

— Et je suppose que ton banquier envisage une garantie de type hypothécaire ?

— C'est ça, oui…

Judith se leva en claquant la langue contre son palais, signe, chez elle, de réflexion. Le projet de son mari n'allait pas sans risque. Elle hasardait tout de même le capital légué par ses parents. Si l'affaire échouait, elle perdait la majeure partie de sa fortune.

Elle se retourna vers lui.

— Écoute, Phil, je te promets d'y penser. Mais tu te doutes bien que je ne peux pas te donner le feu vert après cinq minutes de conversation. Quand je retournerai à Paris, j'irai voir mon grand-père maternel. Il me conseillera.

Philippe s'approcha de sa femme et la prit dans ses bras.

— De toute façon, ma chérie, ce n'est pas d'une urgence absolue. Je suis d'accord que ce projet mérite discernement. Mais tu verras, si tu acceptes, de quoi je suis capable.

— Je n'en doute pas, répondit-elle en riant.

Tous deux enlacés, ils observèrent sur la grève les silhouettes courbées des pêcheurs à pied, engoncées dans de larges pulls ou des cirés. Certains travaillaient à la fourche ou au râteau, d'autres à la cuiller d'argent emmaillotée. Mais une même lenteur pacifique les unissait tous. Orchestrés par le métronome de la marée; ils se contentaient du don du temps. la vase n'a jamais été terre d'asile pour les âpres au gain.

— On devrait peut-être acheter quelques palourdes à l'un d'eux? proposa Philippe. Ton amie doit les aimer non?

Judith sursauta.

— Nom d'une pipe! Léonor! C'est vrai qu'elle vient ce soir! Je l'avais complètement oubliée!

— Sans vouloir te vexer, ma chérie, je trouve que tu es sujette, depuis quelque temps, à des trous de mémoire. Tu es sûre que tu n'abuses pas de tes antidépresseurs? Tu sais ce que j'en pense…

— Oui, inutile de me le rabâcher tous les jours! protesta Judith, agacée. J'en ai besoin en ce moment. Point final. Le débat est clos.

À vingt-deux heures sept, Léonor Bianchi posait son ravissant escarpin sur le marchepied du TGV en provenance de Paris. Les derniers voyageurs à sortir du train foulaient les quais de Quimper depuis plusieurs minutes déjà. Déçue, Judith s'apprêtait à quitter la gare lorsqu'elle aperçut la première son amie en conversation avec un contrôleur qui, diligemment, l'aidait à descendre une armée de sacs divers. Pourquoi ne l'avait-elle pas vue plus tôt? On ne remarquait qu'elle pourtant. Vêtue d'un tailleur en lainage blanc, le visage auréolé par l'or de ses cheveux, elle attirait tous les regards masculins. Le couple vint à sa rencontre. Exubérante, Léonor sauta dans les bras de Judith avant d'embrasser Philippe et de lui laisser le soin de s'empêtrer avec ses bagages.

— Tu es resplendissante, Léonor, la complimenta Judith, sincère. Mais tu crois vraiment que tous ces sacs te seront utiles ? Ou tu comptes peut-être prolonger ton séjour chez nous de deux ans ? plaisanta-t-elle.

— Je n'ai pris que le strict nécessaire. Je t'assure ! Mais en cette saison, on ne sait jamais comment s'habiller et c'est fou la place que prennent les produits de beauté !

Judith ne commenta pas les choix de son amie, persuadée qu'elle avait oublié l'essentiel : un jean et une paire de chaussures de marche. Bras dessus, bras dessous, les jeunes femmes quittèrent la gare, suivies d'un Philippe ahanant sous l'effort.

La soirée fut gaie. Léonor avait apporté avec elle un souffle d'air parisien. À table, elle raconta une foule d'anecdotes sur sa vie au théâtre, les acteurs qu'elle venait de rencontrer lors d'un dîner mondain. En l'écoutant, Judith eut l'impression d'avoir quitté Paris depuis des mois déjà. Non qu'elle en conçût une certaine nostalgie. C'était autre chose… comme le sentiment fugace qu'elle se déroutait de la vie qu'elle avait menée naguère. Philippe riait beaucoup des saillies de Léonor. Depuis longtemps il n'avait paru aussi détendu. Au cours du repas, Judith sentit poindre un certain remords à son égard. D'une manière ou d'une autre, elle imposait ses choix à son mari. Que parvenait-elle à lui communiquer sinon sa propre tristesse ? Les gens heureux aimantent les autres. Philippe ne se lasserait-il pas de son peu de don pour le bonheur ?

— Ça va, ma chérie ? Tu ne dis plus rien ? Fatiguée ?

Tout en discutant avec Léonor, il lui avait pris la main comme pour la sortir de sa rêverie. À ce contact, Judith s'ébroua de sa gangue cafardeuse. En aucun cas, elle ne voulait passer pour une femme neurasthénique dont le mari serait obligé de prendre la température mentale toutes les demi-heures.

— Je vais très bien. Quelqu'un veut un café ? demanda-t-elle d'une voix enjouée.

Philippe opérait le lendemain matin. Aussi prit-il la route pour regagner Paris dès le dîner terminé, laissant les deux femmes en tête-à-tête.

Accoutumée aux bruits citadins, Léonor eut un peu de mal à trouver ses repères dans la nuit silencieuse de l'île. Tout d'abord, elle chercha un poste de télévision. La maison en était dépourvue. En dépit de cause, fatiguée malgré tout de son voyage en train, elle monta se coucher assez tôt. Derrière la cloison, Judith devinait son amie se tourner et se retourner dans son lit. Elle-même lisait quand, un peu avant minuit, elle entendit le plancher du palier craquer. Immédiatement après, on grattait à sa porte.

— Entre. Je ne dors pas.

Léonor ne se fit pas prier. Telle une petite fille, elle se glissa dans le lit de Judith.

— C'est dingue, ce silence ! Il vous abrutit ! Ma berceuse à moi, ce sont les klaxons et les démarrages en trombe des voitures ! Comment as-tu fait pour t'y habituer ? Il y a de quoi devenir neuneu, soupira-t-elle. Ça ne m'étonne plus, les statistiques sur les taux de suicides dans les campagnes profondes !

Judith éclata de rire et, laissant tomber son roman, se poussa afin de laisser plus de place à son amie.

— Tu as de la chance. Je n'ai pas encore pris mon somnifère. Si tu veux, on papote un peu…

Tout naturellement, elles évoquèrent leurs plus anciens souvenirs communs, à l'époque où elles fréquentaient le lycée Louis Le Grand.

— Tu te rappelles le jour où on a volé toutes les souris du labo de sciences nat pour les remettre en liberté dans le square ? On ne supportait pas que ces pauvres petites bêtes finissent leurs jours en rondelles et, surtout, qu'on soit obligées de les disséquer ! Pouah ! Quelle horreur ! Je ne regrette pas mes huit heures de colle ! Pas toi ?

Judith se souvenait, en effet de ce jour mémorable et de la peine de leur professeur lorsqu'il avait découvert que c'étaient elles, les coupables. Elle mentionna ce détail à Léonor.

— Tu parles ! Le gros Krasy se fichait bien de moi comme de l'an quarante ! Mais que sa chouchoute, l'excellente Judith Le Du, ait pu accomplir ce crime de lèse-majesté ! Tu aurais cocufié ce bedonnant, ça n'aurait pas été pire !

— Tu exagères, Léonor, se défendit Judith, en riant. Il ne faisait pas de différence entre nous.

— Hein ! Eh bien, ma fille, tu perds la mémoire ! Il te citait toujours en exemple ! Et le pire, c'est qu'il salivait sur ton passage, ce vieux dégoûtant ! M'étonnerait pas qu'il ait terminé sa carrière en prison, en tant que pédophile !

Judith retrouvait à ce trait son amie de jeunesse. Léonor, l'explosive ! L'extravertie courageuse qui parlait d'abord et réfléchissait après. Son goût pour l'hyperbole avait conduit cette jeune fille exaltée au théâtre où elle excellait. À côté d'elle, Judith se faisait l'effet d'avoir été une lycéenne réservée, gauche et terne. Elle s'en ouvrit à Léonor.

— Terne ? s'offusqua celle-ci. Ma parole, tu fais exprès ou tu pars à la pêche aux compliments ? Tous les garçons, jeunes ou vieux, étaient amoureux de toi ! Il suffisait que tu jettes un regard d'ambre sur l'un d'eux pour le transformer en idiot de village ! Ou alors c'étaient les bigleux, les borgnes et les aveugles qui louaient ton intelligence ! Les copines et moi, on n'avait que tes restes.

Judith n'aurait certes pas relaté l'histoire de sa vie de cette manière. Bien sûr, quelques garçons avaient tourné autour d'elle, mais ils n'étaient pas légion. Ou alors, la timide jeune fille qu'elle avait été, peu sûre de ses charmes, ne s'en rendait pas compte.

Les deux amies bavardèrent encore un long moment, Judith corrigeant Léonor parfois, quand la pétulante blonde forçait la réalité des faits. Vers deux heures du matin, Judith manifesta l'envie de dormir. Entraînée par son métier de noctambule, l'actrice, en revanche, ne parvenait pas à se laisser séduire par le sommeil. Essayant malgré tout de se raisonner, Léonor demanda des boules Quies.

— Mais je croyais que le silence t'angoissait ?

— Justement ! répartit Léonor, dans sa logique toute personnelle. Comme cela, je ne l'entendrai pas.

Judith s'endormit vite cette nuit-là, le sourire aux lèvres, sans prescience aucune de la surprise que la vie lui apporterait le lendemain…

VIII

Judith travaillait depuis l'aube. Quelques heures de sommeil lui suffisaient. Sa nouvelle toile, commencée le matin même, lui plaisait. Elle se recula pour mieux la jauger. L'effet lui sembla saisissant de vérité et d'émotion retenue. Son regard allait du modèle - un vase de cristal posé sur un guéridon - au tableau. Elle avait réussi à restituer la transparence du verre, exercice difficile. Mais ce dont elle était surtout fière, c'était ce sentiment d'abandon qui se dégageait de sa toile. Un vase nu, dépourvu de fleurs, et dans lequel croupissait un reste d'eau jaunâtre.

Elle apportait quelques retouches à son œuvre lorsqu'elle entendit Léonor descendre l'escalier.

— Tu as bien dormi ? s'enquit le peintre sans lâcher son pinceau.

— Oui… bâilla la jeune femme. Mais quelle heure peut-il être ?

— Midi moins le quart. Je te sers un café ? Moi, je fais une pause, ajouta-t-elle en se massant les reins.

Un peu plus tard, Judith se surprit à constater, non sans un certain amusement, combien les êtres peuvent paraître changés dès lors qu'ils ne se trouvent plus dans leur milieu habituel. Léonor la citadine, la risque-tout, la fonceuse, lui fit l'effet d'une petite fille perdue dans la campagne et qu'on devait guider.

Elles étaient convenues d'une promenade dans l'île avant de déjeuner à la maison. Pour Judith, ce simple projet n'avait rien d'une affaire d'état. Léonor ne l'entendit pas de la même oreille. Après avoir passé un temps infini dans la salle de bains à se doucher puis à élaborer un maquillage proche de la perfection, l'actrice fut confrontée à un problème existentiel : quelle tenue allait-elle porter ? Afin de presser le mouvement - la promenade risquait d'être compromise - Judith aida son amie à fouiller dans ses bagages. Robes, pantalons du soir, tailleurs chics furent relégués sur le lit. Le choix fut facile : il ne restait rien d'autre…

— Mais enfin, Léonor ? Tu n'as pas apporté un gros pull, un jean et une paire de bottes ?

— Ben non… Je n'ai rien de tout ça !

— Ne me dis pas que c'est pour me plaire que tu as embarqué toutes ces tenues affriolantes ? rétorqua Judith en masquant un fou rire. Tu sais, ce n'est pas sur la grève que tu vas rencontrer le prince charmant !

Léonor se laissa tomber sur le lit, la mine boudeuse.

— Je pensais, avoua-t-elle d'une voix de fillette, qu'on irait se balader en ville, faire du shopping, te changer les idées…

Attendrie, par cette naïveté, Judith embrassa son amie.

— Si j'ai quitté Paris, c'est, en effet, pour me changer les idées. Donc, depuis que je suis ici, je ne passe pas mon temps dans les rues de Pont-l'Abbé, de Quimper ou de Lorient.

Judith partit dans sa chambre aussitôt et en revint quelques minutes plus tard, les bras chargés de vêtements appropriés.

— Tiens, essaie ce pantalon, ma belle. Il est trop grand pour moi maintenant. Il devrait t'aller.

Elles remirent leur promenade après un repas vite avalé. Les yeux remplis d'espoir, Léonor suggéra qu'elles pourraient peut-être sortir ce soir-là, dîner au restaurant puis boire un verre dans un bar animé… Judith comprit le message, se rendant compte qu'il lui faudrait sacrifier son besoin de solitude pour tenter d'égayer le court séjour de son amie. Aussi prit-elle les devants, proposant à Léonor une partie de lèche-vitrines à Pont-l'Abbé, sitôt accompli leur tour sur l'île.

Avec quel nouvel entrain la jolie blonde suivit-elle alors la foulée de Judith ! Malgré ses escarpins à talons — impossible de mettre la main sur une paire de bottes à sa pointure — Léonor longea les champs, s'aventura au bord de la vasière et tenta de traverser des bosquets épineux.

Quand elles parvinrent sur la grève des Gueux, son alacrité diminua néanmoins et elle demanda à Judith la grâce d'une pause.

— C'est bizarre, le nom de cette plage, décréta-t-elle en massant ses chevilles un peu enflées. Tu ne sens pas une drôle d'odeur ?

Judith lui sourit.

— Un mélange exquis de vase et de goémon ! Je suppose que sur les plages du Midi où tu aimes te rendre, l'air aussi est aseptisé ?

— Tu avoueras tout de même, ma belle, qu'il est fort agréable de se prélasser sur un matelas de location, entourée de corps bronzés et servie par des plagistes qui ont toujours le mot pour rire !

Les goûts de Judith dérivaient aux antipodes de ceux de Léonor. La simple évocation de cette plage idyllique la fit frissonner. Bien plus inspirée par la grève des Gueux, elle expliqua à son amie l'origine de ce nom.

— Autrefois, seuls, les maîtres et les bourgeois se promenaient au bord des plages de sable fin. Les domestiques, quant à eux, pendant leurs brefs moments de liberté, venaient se détendre ici, partageant l'endroit avec les miséreux qui grattaient la vase à la recherche de coquillages. Je suppose, ajouta-t-elle, rêveuse ; que le pain blanc des riches ou le pain noir des pauvres trouvent leurs résonances cosmiques dans la nature.

Léonor, agacée par des éraflures qu'elle venait de découvrir sur les talons de ses chaussures, haussa les épaules.

— Tu me fais un peu rire avec tes histoires ! Dans une vie antérieure, tu n'aurais même pas soupçonné l'existence d'un tel endroit ! Tu aurais roulé carrosse en compagnie des bourgeois les plus riches !

Un peu déroutée, Judith regarda son amie. C'était la première fois que Léonor faisait allusion à son immense fortune. En prenait-elle ombrage ? La jeune peintre décida de crever l'abcès.

— Tu plaisantes! répondit l'actrice, la mine interloquée. Quand bien même tu serais la fille de Rockfeller, je m'en ficherais! Du moment que mes moyens me permettent de m'offrir des fringues ou des vacances sur la Côte d'Azur, le reste, tu sais... Si je t'ai fait cette réflexion, c'est pour te dire que, lorsque la fée Richesse s'est penchée sur votre berceau, on n'a pas le droit d'avoir une vision romantique de la misère.

Judith comprenait à présent la position de son amie. Pourtant, sa sensibilité se heurtait contre un tel diktat. L'argent empêchait-il d'avoir une conscience politique et sociale? Elle s'en ouvrit à Léonor.

— Prends le cas de Simone Weil, la philosophe. Toute sa vie elle a partagé la condition ouvrière des plus démunis.

— Les dés étaient pipés dès le départ, Judith. Malgré toutes ses qualités humaines et son honnêteté, elle - contrairement à ses compagnons - avait la possibilité, intellectuelle entre autres, de changer du jour au lendemain, de cap à son destin.

Judith ne partageait pas le point de vue de Léonor. Faire don de sa vie forçait, pour elle, le respect. Elles en discutèrent un bon moment, sur cette grève, se rappelant tour à tour leurs conversations sans fin l'année où elles avaient passé, ensemble, leur bac philo.

Un vol d'oies sauvages détourna l'attention du peintre. Devant l'enthousiasme mitigé de Léonor à qui elle désignait les oiseaux, Judith devina que son amie se lassait des charmes de ce pourtant splendide panorama. À regret, elle lui proposa alors de rentrer et de mettre le cap sur Pont-l'Abbé, offre que Léonor accepta aussitôt.

La fin de l'après-midi tant redoutée par Judith se révéla, somme toute, moins désagréable que prévu. Certes, il lui fallut faire des concessions : entrer dans de nombreux magasins et en sortir un quart d'heure plus tard, sans avoir rien acheté. Fort heureusement, ce marathon citadin s'essouffla 19, rue du Château, où une boutique de vêtements de surf trouva enfin grâce aux yeux de Léonor. Sous le regard professionnel des commerçants — une mère et son fils — dans lequel Judith, étonnée, ne put lire ni impatience, ni exaspération, Léonor, tout à son affaire, essaya une dizaine de pantalons et autant de pulls et de sweats. Évidemment, elle laissait le soin aux vendeurs de ramasser derrière elle les articles qui ne lui convenaient pas.

— Regarde comme c'est joli ! s'exclamait-elle à l'adresse de Judith. Là, je comprends, que l'on puisse porter du sportswear ! Tu devrais aussi t'acheter un pull, ma cocotte ! Celui que tu m'as prêté n'a ni chic ni forme !

Une heure et quart plus tard, Léonor franchissait le seuil, deux paquets sous les bras. Alors qu'elle suivait son amie, Judith, dont l'ouïe était fine, entendit la mère s'adresser à son fils d'une voix blasée :

— Une Parisienne… À coup sûr.

« Dieu me préserve, dans une vie future, de faire de moi une commerçante », songea l'artiste-peintre en traînant la jambe derrière l'infatigable Léonor.

Elles terminèrent leurs courses sur la grand'place du Marché. Tandis que Léonor s'abîmait les yeux dans la contemplation des vitrines, Judith s'esquiva un moment à la Maison de la Presse, halte de paix, où elle avait coutume de se rendre quand elle venait à Pont-l'Abbé. Elle fit là, dans cette caverne pour Ali Baba lettré, ses seuls achats de la journée.

Les deux amies se rejoignirent à la terrasse de l'hôtel-restaurant « Lé Bretagne » où Léonor avait décidé de dîner. Un excellent repas : croustillant de homard et son coulis, pour commencer, suivi d'une godaille du marin à l'ancienne, acheva de dérider la jeune peintre. Elle ne sut si ce furent les deux verres de bourgogne aligoté ou la faconde luxuriante de Léonor qui la firent rire aux éclats. Toujours est-il que la sémillante blonde n'eut pas trop de mal à l'entraîner ensuite à l'Île-Tudy. Les vacances de Pâques venaient de débuter et l'actrice désirait connaître l'ambiance festive des ports. Sous les feux des réverbères, le bitume de la place de la Cale luisait. Une récente ondée parait l'Île-Tudy de paillettes d'eau. De la porte du « Winch », ouverte à la nuit, parvenaient des rumeurs étouffées, des rires estompés par les accents joyeux d'une musique irlandaise. Quand les deux femmes franchirent le seuil du café, elles furent aussitôt happées dans un tourbillon de chaudes clameurs. Le bar, tout en longueur, n'aurait pu contenir davantage de noctambules. Des habitués, sans doute, car tous semblaient se connaître. Verre de bière levé haut la main afin d'éviter les risques d'éclaboussures, ils s'interpellaient d'un bout à l'autre du lieu, se lançaient des blagues au bond. Des groupuscules se formaient, se défaisaient pour mieux se refondre.

À l'entrée du bar, sur la gauche, Léonor avisa deux tabourets laissés vacants par quelqu'étourdi. Elle se fraya un passage, tel un rapace, pour atteindre sa proie. Elle capta par hasard le regard du patron, un jeune homme brun aux cheveux retenus en catogan. Malgré les « Fred, s'il te plaît… » ou les « Hep, Fred ! » qui fusaient de toutes parts, il arborait un sourire placide même si ses mains diligentes répondaient aux assauts des assoiffés.

Léonor cria d'office sa commande : « Deux gin tonics ». D'un signe de tête, le barman acquiesça.

Juchées sur leur siège, les deux amies savouraient les cocktails quand Léonor se pencha vers Judith.

— Surtout, sois discrète… Tu regarderas tout à l'heure. Mais il y a un type debout, en face de nous, de l'autre côté du bar. Il porte un pull beige à col roulé. Son visage me rappelle quelqu'un… Un acteur peut-être… Il est beau comme les sept péchés capitaux ! Et en plus, il n'arrête pas de nous fixer depuis que nous sommes arrivées. J'ignore si c'est toi ou moi qui lui plaît, mais on va le savoir…

Dans l'atmosphère surchauffée, Judith sourit. Elle avait l'impression de se retrouver à plus de quinze années en arrière, à l'époque où, lycéenne, l'incorrigible Léonor exerçait ses charmes sur des pauvres garçons à la peau brillante et boutonneuse, émasculés d'avance par cette promesse de femme si délicieusement provocante.

Néanmoins, la curiosité de Judith fut piquée. Elle alluma une cigarette et, mine de rien, promena son regard à travers la salle. Il se posa, comme par hasard à l'endroit indiqué et capta celui de l'homme.

Une onde d'émotion la submergea aussitôt. Un passé moins lointain que l'adolescence venait de la rattraper, de l'aspirer même.

— Oh, mon Dieu ! balbutia-t-elle, soudain très pâle. Léonor ! Est-ce que je rêve ? Ce type ne te fait penser à personne ? Regarde-le bien… Pas un acteur ni quelqu'un de connu…

Léonor remarqua l'émoi de son amie. Sans gêne aucune, ses yeux se braquèrent alors sur l'homme au pull beige et l'étudièrent.

— Ma parole, c'est fou… Tu as raison… Pierre, hein ? C'est ça ? Il lui ressemble comme deux gouttes d'eau.

Des images perdues surgirent alors, de plus en plus nettes, dans l'esprit de Judith. Pierre montait les escaliers de sa mémoire, marche par marche. Pierre, son grand amour de jeunesse, décédé à l'âge de vingt-six ans. Combien de morts, attachés au pare-chocs de la voiture qu'était sa vie, comme des queues de casseroles, devrait-elle traîner encore ? Elle revoyait parfaitement à présent ce visage adoré et qu'elle avait enfoui en elle, tant il est vrai que l'on porte ses défunts en soi. Pierre, et ses cheveux courts et noirs, toujours mal peignés, ses yeux bruns et rieurs, sa fossette au menton qui lui donnait un air espiègle…

Des larmes jaillirent au bord de ses paupières. Elle les essuya à la va-vite, du pouce et de l'index, le visage penché sur son verre. Judith se sentait responsable de l'accident de moto qui avait coûté la vie à Pierre. Sans cette crise de jalousie idiote, il serait resté l'attendre à Paris, n'aurait pas tenté de venir s'expliquer à Megève où elle passait une semaine aux sports d'hiver en compagnie de ses grands-parents maternels. Comme elle avait pu haïr cette route verglacée, ce ravin enneigé dans lequel la moto avait glissé ! Jamais, depuis lors, elle n'avait chaussé une paire de skis.

— Psst ! Judith ! Chasse tes papillons noirs ! Je crois que c'est toi qu'il regarde ! On va faire un test… Je vais faire semblant d'aller aux toilettes. Et tu observeras laquelle de nous deux il suit des yeux.

Judith sursauta. Son amie venait de lui pincer l'avant-bras pour la ramener à la réalité.

— Mais Léonor, c'est ridicule… Laisse ce type tranquille dans son coin. On n'a plus seize ans !

— Tu te rends compte, ma cocotte, si tu lui plais ! Le sosie de Pierre on ne le rencontre pas tous les jours ! décréta Léonor, les yeux brillants d'excitation.

— Au cas où tu ne t'en souviendrais pas, j'ai passé l'âge des marivaudages et je suis une femme mariée.

— La belle affaire ! riposta l'impétueuse blonde en haussant les épaules.

Et aussitôt Léonor descendit de son siège afin de mettre son plan à exécution.

— Tu n'as aucun sens moral…

Mais la phrase de Judith se perdit dans le sillage parfumé de son amie.

Restée seule, Judith se sentit aussi ridicule que gênée. Léonor la mettait dans des situations impossibles ! Elle tapota son verre vide de ses doigts, le visage résolument baissé. Elle devait avoir l'air malin, assise dans ce bar inconnu, entourée d'étrangers ! Petit à petit, le poids de son coeur se fit plus léger ; le côté farfelu de son amie lui arracha un sourire solitaire.

Après tout, Léonor ne lui demandait que de jeter un simple coup d'œil ! Que diable risquait-elle ? Elle n'avait rien d'une prude effarouchée…

Le regard noir était rivé sur elle. Judith sentit une rougeur envahir ses joues. Elle chercha son amie dans la foule. Léonor riait à gorge déployée, entourée de trois jeunes hommes.

L'un d'eux venait de lui glisser un mot à l'oreille, provoquant chez elle cet accès d'hilarité. Judith ne sut que faire. Son désir de partir était aussi fort que son contentement à voir Léonor s'amuser.

Elle fouilla son sac à la recherche de son porte-monnaie. Déjà, payer les consommations... Ensuite, elle aviserait.

C'est alors que le patron posa sur le zinc un autre gin tonic.

— Mais je n'ai rien commandé !

— C'est le monsieur, à l'autre bout du bar qui vous l'offre.

Judith voulut refuser. Elle avait déjà assez bu et cette méthode de drague était assez éculée pour qu'on s'y intéresse. Sans doute le patron devina-t-il sa réticence car il ajouta :

— C'est la coutume ici, vous savez ! N'y voyez aucun mal. Vous n'êtes pas du coin ?

— Si... enfin, non. Dans ce cas, monsieur, servez aussi la même chose à ce client.

Pour Judith, l'incident était clos. Elle leva son verre pour remercier son hôte et reprit le cours de sa rêverie. Aussi tressaillit-elle quand une voix chaude et sans affectation la surprit :

— Vous permettez que nous bavardions un peu, le temps d'un pot ?

Elle ne l'avait pas vu venir. À présent, il se trouvait là, si près d'elle qu'elle devinait son odeur de savon. Il lui tendit la main pour la saluer.

— Sébastien Farrenger. J'ai débarqué ici, par hasard. Je ne connais personne… J'ai pensé que vous non plus… alors…

Il lui aurait fallu répondre quelque chose. Elle s'en sentait incapable, confondue par la ressemblance de cet inconnu avec Pierre.

Gêné, sans doute, par cette fin de non-recevoir, le jeune homme se passa la main dans les cheveux, à rebrousse-poil. Depuis dix ans, elle n'avait jamais remarqué chez quiconque ce tic qui n'appartenait qu'à son amour perdu.

— Asseyez-vous, je vous en prie, réussit-elle alors à balbutier.

La décontraction du jeune homme aida Judith à recouvrer son sens critique. Elle se raisonna. Après tout, il ne s'agissait que d'une similitude physique. Et encore! Sébastien Farrenger lui paraissait plus grand que Pierre. Une flamme différente animait surtout le regard des deux hommes.

Judith n'avait pas l'habitude de boire autant. Si elle avait rencontré cet étranger dans la matinée, se dit-elle, peut-être la comparaison avec Pierre ne lui serait-elle jamais venue à l'esprit.

Aussi, après quelques minutes de conversation anodine, se sentit-elle plutôt à l'aise. Tout en jouant à tourner son alliance sur son doigt afin qu'il la remarque, elle s'enquit de sa vie de façon amicale. Originaire de Marseille, Sébastien Farrenger venait en Bretagne pour la première fois.

— Vous avez de la famille ici ?

Oui et non, répondit-il en toute franchise. Cela dépend de ce que vous entendez par « famille ». J'ai appris, au hasard des circonstances, via Internet que mon père… enfin, mon géniteur, habitait le coin. Si je désire le rencontrer, au moins une fois dans ma vie, c'est pour lui raconter les derniers jours de ma mère… Mais je ne suis pas certain de l'intérêt profond de mon histoire…

Judith l'encouragea à poursuivre. Ce jeune homme — il ne devait pas avoir plus de vingt-sept ou vingt-huit ans — recélait une âme blessée qui le faisait paraître plus âgé, tel un fruit cueilli trop tôt avant d'être mûr. Non qu'elle eût voulu se montrer indiscrète, mais son empathie naturelle la poussait vers les mutilés de la vie, même si l'ambiance joyeuse du lieu ne se prêtait guère à ce genre de confidences.

— Votre mère était malade ?

Il but une gorgée de bière avant de répondre.

— Oui. Alzheimer. Sans avoir soi-même vécu cette expérience, personne ne peut se rendre compte à quel point cette bête immonde, tapie dans un cerveau, le grignote, petit à petit, et se repaît non seulement du malade, mais aussi de son entourage. Malgré vous, et parce qu'il y va de votre survie, vous apprenez à vous détacher petit à petit des êtres qui ont le plus compté pour vous. C'est ça le pire ! En fin de course, votre mère, que vous avez pourtant tellement chérie, est devenue une étrangère que vous regardez au mieux avec pitié, au pire avec indifférence ou lassitude. Je vous choque, sans doute ? Mais je l'ai vécu comme cela. Une lente et insidieuse construction du « désamour ». Et vous ne retrouvez votre affection originelle qu'une fois la personne décédée… C'est le cancer de l'âme…

— Je crois comprendre, murmura Judith. Votre maman était âgée, sans doute ?

— Non. Elle est morte le mois dernier, à cinquante-huit ans. Les premières atteintes de son mal sont apparues lorsqu'elle en avait trente-sept.

Judith frissonna. Trois ans à peine la séparaient de la maladie vécue par cette pauvre jeune femme. Elle voulut changer de sujet et l'interrogea sur son travail.

Sébastien Farrenger écrivait des livres pour jeunes enfants et, de temps à autre, une chaîne de télévision privée lui confiait la rédaction de scénarios de dessins animés.

C'était un domaine complètement étranger pour Judith qui prit plaisir à écouter l'exégèse des onomatopées. De « pif'la tape amicale » à « ping » ou « v'lan », la taloche bien sentie, ce monde codifié de sons, oublié des adultes, était une seconde langue pour les enfants. La jeune peintre pensa alors aux correspondances colorées de ces onomatopées.

Ils en discutaient encore lorsque le patron arrêta la musique et frappa dans les mains, invitant ses clients à presser le mouvement. Le bar fermait.

Léonor se fraya un chemin derrière les déshydratés chroniques qui tentaient de soudoyer un « p'tit pour la route » à un Fred inflexible. Judith évita de s'appesantir sur le regard de son amie, qu'elle devinait avide, quand elle lui présenta le jeune homme.

Sébastien Farrenger avait laissé son blouson de l'autre côté du bar. Il alla le rechercher et, parmi la clientèle compacte, agglutinée sur le seuil, il rejoignit Judith et lui mit dans la main un papier griffonné.

— Je pense rester encore quelques jours dans le coin. Je loge à Pont-l'Abbé, à l'hôtel « Le Bretagne ».

Si jamais, par bonheur, vous aviez envie de bavarder un peu, voici le numéro de mon portable.

Judith remarqua alors le casque qu'il portait à la main.

— Vous faites de la moto ?

— Oui, pourquoi ?

— Pour rien… Mais faites attention à vous… murmura-t-elle, troublée. Bonsoir.

Il pleuvait à verse. Les deux amies, protégées par l'imperméable de Judith, foncèrent, tête baissée jusqu'à la voiture. Essoufflées et rieuses, elles s'engouffrèrent dans l'habitacle.

— Et alors ? Raconte ! haleta Léonor quand Judith mit la clef de contact.

— Raconter quoi ? Il n'y a rien à dire… C'était une soirée sympa, voilà tout.

Au ton de la conductrice, la jeune femme blonde comprit que Judith tenait à son jardin secret. Elle n'insista pas. Dans la nuit balayée par les essuie-glaces, une moto les dépassa. Léonor jeta un coup d'œil de biais à sa voisine.

Un tendre sourire flottait sur ses lèvres.

IX

Il est des lendemains difficiles. Celui-là le fut, à plus d'un titre. Judith avait fort mal dormi, se réveillant toutes les heures d'un demi-sommeil agité et encombré d'un rêve récurrent dont elle soupçonnait l'ingestion des quatre verres d'alcool, bus lors de sa soirée, d'être à l'origine.

Durant toute la nuit, elle agença donc un bouquet, toujours le même. Dès qu'il était terminé, elle le refaisait, dans un autre vase. Cette composition florale ne lui était d'ailleurs pas étrangère. La semaine précédente, elle l'avait déjà esquissée, après une nuit hantée de cauchemars.

Lorsqu'elle s'assit dans son lit, à la lueur d'une aube cotonneuse et déprimée, elle tenta de réfléchir à la signification de ce rêve obsessionnel. Elle plaçait d'abord dans le vase en cristal des chrysanthèmes aux longs pétales échevelés d'un blanc crémeux. Puis, venaient les myosotis et deux coquelicots écarlates. Ensuite, elle disposait des roses et des marguerites violettes. Dernière touche à cet étrange bouquet ; des tiges étêtées de leurs fleurs, dont elle ne parvenait pas à se rappeler le nom…

Le cerveau aussi martelé qu'un étroit canyon dans lequel se seraient croisés deux troupeaux de bisons au galop, Judith se leva péniblement et tâtonna sur l'étagère de son armoire, à la recherche d'un tube d'aspirine. Elle jeta un comprimé dans son verre à dents, en rajouta finalement un second et but la mixture sans avoir attendu la fin de l'effervescence. Puis, enveloppée dans sa robe de chambre, elle descendit l'escalier. Elle ferait sa toilette plus tard, quand Léonor serait réveillée. Pour le repos de son amie, et le sien, à dire vrai, elle ne voulait pas que les borborygmes de l'antique tuyauterie sonnent l'appel dans toute la maisonnée.

Après un léger petit-déjeuner, Judith s'empara de son carnet de croquis. Le bouquet de sa nuit s'y trouvait, tel qu'elle se l'était représenté. Elle ne savait pas ce qu'il pouvait rendre sur toile. Néanmoins, il fallait s'y atteler. Sans en comprendre la raison, il y allait presque de sa santé mentale.

Pendant plus de trois heures, elle travailla d'arrache-pied, ne s'accordant aucune minute de répit si ce n'est pour prendre du recul et analyser son ébauche. Le bruit des pas familiers dans l'escalier la ramena à la réalité extérieure. Léonor se levait. Judith lâcha son pinceau et rejoignit son amie dans la cuisine. Les cheveux ébouriffés, la jeune femme se servait un bol de café.

— Bonjour, Judith, bâilla-t-elle. Tu peins depuis quelle heure ? Ma parole, tu t'es trompée de voie. Je t'aurais bien imaginée sœur converse dans un couvent… Horaire et discipline… Tu en prends un autre en ma compagnie ?

La simple vue de la cafetière tendue par Léonor barbouilla Judith.

— Non merci. Je me sens nauséeuse, ce matin. Un seul café m'a suffi. Je crois que je vais monter maintenant prendre une douche et me laver les dents avant que tu ne squattes la salle de bains ! Qu'as-tu l'intention de faire aujourd'hui ?

— Si cela ne t'ennuie pas, j'emprunterais bien ta voiture, répondit Léonor en mordillant dans une biscotte. T'as vu le temps ? J'ai envie d'aller visiter Quimper. Le bitume mouille moins les chaussures que l'herbe.

— Sans blague ! la taquina Judith. Tu pourras t'arrêter dans un supermarché nous acheter quelque chose à déjeuner ?

— Pas de problème ! Je te propose un truc bien gras arrosé d'un vin lourd.

— Arrête. Pitié ! Tu vas me faire vomir ! Je m'éclipse avant de rendre, à tes pieds, le seul hommage que tu mérites !

Judith laissa couler l'eau tiède un long moment sur sa peau. Elle se sentit mieux, débarrassée des miasmes d'alcool et de tabac froid. Elle prit même le temps de se maquiller avant de céder la place à son amie.

Son tableau ne lui quittait pas l'esprit. En redescendant, les cheveux encore humides, elle songeait à la nuance violette des roses et des marguerites de son rêve. Saurait-elle rendre cet éclat si particulier ? Peut-être en jouant avec la luminosité du fond… Elle consulta sa montre. Dix heures cinq. Elle disposait de trois bonnes heures pour résoudre son problème. Dans l'escalier, elle croisa Léonor qui lui fit un baiser sur le front avant de gagner la salle de bains. La jeune femme avait allumé la radio. Cela faisait une éternité qu'elle n'avait pas entendu Mireille Mathieu sur les ondes. En s'approchant de son chevalet, ses oreilles se mirent à bourdonner, très légèrement. Elle prit son pinceau…

— Madame, je peux passer l'aspirateur dans les chambres maintenant ?

Judith sursauta. De surprise, elle laissa tomber son pinceau.

— Quoi ? Ah ! C'est vous, Simone ? Vous m'avez fait peur ! Je ne vous avais pas entendu sonner.

— Sonner… répéta la femme de ménage, interloquée.

Judith examina d'un œil critique cette femme aux yeux ahuris. N'était-il pas d'usage, ici, de s'annoncer quand on entre chez les gens ? Elle allait lui rétorquer sa façon de penser quand la voix du speaker, à la radio, communiqua les informations de dix heures trente. Sa montre, pourtant, étanche, avait dû s'arrêter sous la douche. Machinalement, elle regarda son poignet et crut défaillir… Les aiguilles étaient-elles devenues folles ? Une minute auparavant, quand elle se trouvait dans l'escalier, elles marquaient dix heures cinq. Or, à présent, dix heures trente et une s'affichaient à sa montre-bracelet…

— Madame, vous vous sentez bien ? Vous êtes toute blanche ! Asseyez-vous, avant de tomber dans les pommes.

Judith s'agrippa au premier fauteuil. Ses jambes flageolaient, incapables de la porter. D'une voix qu'elle ne reconnut pas, elle demanda à Simone de bien vouloir appeler son amie, dans la salle de bain.

— La jolie femme blonde ? Mais enfin, Madame… Elle est partie il y a bien cinq bonnes minutes ! J'étais en train de faire la poussière à côté de vous quand vous avez fouillé votre sac pour lui donner vos clefs de voiture… Ça ne va vraiment pas ? Vous voulez que je téléphone à un médecin ?

Le monde de Judith s'écroulait. À travers ses larmes, elle jeta un regard las sur son tableau. Ce fut presque sans surprise qu'elle constata l'horreur absolue. Là, sur la toile, éclatante d'insolence, une rose aux teintes purpurines s'épanouissait. Elle reconnut sa facture. Personne d'autre qu'elle n'aurait pu réaliser cette fleur. Seule ombre à ce tableau : elle ne se souvenait pas de l'avoir peinte…

Totalement perdue, Judith se raccrocha à la femme de ménage. Pourtant, les lèvres pincées et l'air peu amène de cette dernière, en disaient long sur ses pensées.

— Simone, tenta de braver Judith, il m'arrive parfois lorsque je peins, d'être tellement absorbée par mon travail que je perds toute notion du temps… Auriez-vous la gentillesse de me dire ce que j'ai fait depuis que vous êtes arrivée ?

Dans le regard de la femme de ménage perçait un dédain métissé d'ironie. Simone savait reconnaître le désarroi. Il se trouvait, à ce moment-là, face à elle. Elle faisait partie de ces gens, nombreux d'ailleurs, qui se plient sans broncher devant la puissance autoritaire. Mais dès qu'une faille lézarde ce mur de domination, prémices de l'écroulement, ils manient le burin et parachèvent la destruction. La force des faibles, exempte de courage et de générosité. Elle prit pourtant un ton neutre et professionnel en répondant à sa patronne :

— Je suis arrivée un peu après dix heures. En retard de quelques minutes. Je devais passer à la pharmacie. C'est vous qui m'avez ouvert la porte, ajouta-t-elle en clignant des yeux rusés. Ma foi, c'est vrai… Vous n'aviez pas l'air bien réveillée… Vous m'avez demandé de commencer par le ménage du bas, sans m'offrir une tasse de café… Après, vous êtes repartie tout de suite à votre peinture. Une dame blonde est descendue, fraîche et pimpante. Normale, quoi… Elle m'a complimentée sur ma permanente et s'est approchée de vous pour vous demander les clefs de voiture. Ah, oui ! Elle voulait aussi savoir quoi acheter à manger. Vous lui avez répondu : « Du jambon, ça suffira… » Et puis, c'est tout. Enfin, si ma mémoire est bonne…

Judith prit pour elle ce dernier trait d'impertinence de la part de Simone. Quelle autre image d'elle-même pouvait-elle donner d'ailleurs ? Une once d'amour-propre, enfouie dans le chaos de son être, se rebella. Même si à l'intérieur tout n'était que gravats et confusion, elle tenta de se recomposer un visage-façade. D'une voix qu'elle voulut résolue mais qui résonna comme un couac dans un orchestre symphonique, elle pria Simone d'aller passer l'aspirateur à l'étage.

— Comme vous voudrez, Madame. Mais si vous me permettez ce conseil d'amie, vous ne devriez pas trop abuser de drogues…

— Mais, je ne me drogue pas ! hurla Judith, hors d'elle. Et ne vous avisez pas d'aller colporter de pareilles conneries !

Vexée, Simone serra ses lèvres minces. Elle tourna les talons et se saisit de l'aspirateur comme d'un bazooka. La guerre était déclarée. Judith le savait mais, impuissante à endiguer son exaspération, elle ne tenta pas de rattraper sa bévue.

« Si c'est pas ça, c'est encore pire ! » crut-elle entendre quand la femme monta l'escalier de son pas lourd.

Effrayée par les sombres perspectives à venir, Judith arpenta la pièce, bras croisés, muscles noués, malheureuse.

Simone donnerait son congé le jour même. De cela, elle en était certaine. Et après ? Il ne faudrait pas plus d'une heure ou deux avant que ses grands-parents n'apprennent, et l'incident diplomatique et, surtout, cette perte de mémoire. Émile et Victorine seraient affolés…

Comme par un fait exprès, on sonna à la porte. Judith s'empressa d'aller ouvrir. Quelle que fût l'identité de ce visiteur, elle le retiendrait un instant, se montrerait sous son meilleur jour, l'obligerait à lui donner un bon point moral pour bonne conduite, ferait jouer sa mémoire dans un art gymnique de haute voltige…

C'était sa tante Iris. Son parapluie s'ébroua à l'entrée, tel un jeune chiot trempé. Elle tenait à la main un bouquet de jonquilles emballé dans du papier journal.

— Je ne te dérange pas, ma fille ? Tiens, c'est pour toi. Je les ai prises au marché, ce matin. Comme je passais par là…

On ne passait pas par l'île Chevalier. On faisait un détour pour s'y rendre… Mais peu importait à Judith le prétexte invoqué. La présence amie et loyale d'Iris réchauffait son coeur glacé. Elle entraîna sa tante dans la cuisine.

— Je vais nous faire du thé. Je suis tellement contente de te voir !

— Pourquoi ne viens-tu pas chez nous plus souvent, alors ? lui reprocha tendrement Iris. Il n'est pas bon pour une jeune femme de rester ainsi cloîtrée.

Même ses poncifs faisaient plaisir à Judith ce matin-là.

Pendant que la jeune artiste préparait le thé, sa tante lui raconta les mille anecdotes de la vie ordinaire, insignifiantes mais rassurantes : la crise de sciatique d'Edmond, son mari ; l'émoi de Victorine qui avait dû, la veille, faire appel aux pompiers parce que Mouflette, la chatte de la maison avait grimpé à l'araucaria du jardin et ne pouvait plus en descendre ; la semonce des gendarmes au grand-père Émile qui avait emprunté une route en sens interdit...

Iris omit de parler d'un seul membre de la famille. Judith devina dès lors que l'objet de sa visite le concernait surtout. Elle décida d'aborder le sujet.

— Et Guillaume, comment va-t-il ? Tiens, Iris, prends la boîte de gâteaux sur l'étagère, à ta droite.

— Justement, ma chérie, je suis contente de te voir pour en discuter un peu. Ton cousin nous inquiète. Tu le connais aussi bien que nous... C'est un garçon gentil dans le fond, mais pas très communicatif. Edmond l'a pris à l'essai à l'agence immobilière. Ma foi, il paraît qu'il se débrouille...

— Où est le problème alors ? demanda Judith en versant le thé dans les tasses.

— Quand il rentre chez tes grands-parents, il n'ouvre pas la bouche. Les pauvres ne savent plus que faire pour le dérider. Tu n'aurais pas une idée à propos de ce qui le tracasse ? Il est comme cela depuis jeudi dernier, le jour où il t'a rendu visite. Il ne t'a rien confié, à toi ?

— Si, se décida brusquement Judith. Il m'a juste appris, en passant, que c'était moi qui avais tué mes parents quand j'étais petite.

Il y eut un bruit de porcelaine brisée. Iris venait de laisser tomber sa tasse.

— Oh ! Je suis désolée…

— À quel propos ? Le meurtre ou la tasse ? Judith regretta aussitôt son agressivité. Elle fit le tour de la table et entoura de son bras les épaules de sa tante.

— Laisse… Ce n'est pas grave… Je vais ramasser.

Iris leva un visage douloureux vers sa nièce. Les larmes, comme une eau stagnante dans ses yeux, congestionnaient ses paupières et faisaient apparaître plus vives les cicatrices de sa peau.

— Comment a-t-il osé ? murmura-t-elle d'une voix à peine audible.

— Il était saoul… répondit Judith, accroupie pour récolter les débris de porcelaine. D'un côté, je ne lui en veux pas. Il fallait bien que quelqu'un d'entre vous se décide à parler, non ? Ou bien j'aurais joué le rôle de l'assassin masqué jusqu'à la fin de mes jours ? C'est ça ?

— Ne le prends pas comme cela, Judith. Tu te fais du mal…

— Et comment veux-tu que je le prenne ? Bouleversée, Iris se leva et entreprit de remettre son imperméable. Judith arrêta son geste.

— Excuse-moi Iris. Ne t'en va pas… Ne m'en veux pas si je suis agressive. Il y a tant de choses qui ne tournent pas rond en ce moment…

La femme prit sa nièce dans ses bras et la berça comme une petite fille.

Des souvenirs lointains et qu'elle croyait perdus affleurèrent alors à la conscience de Judith. Les promenades avec Iris quand elle était enfant. Sa menotte serrée dans la grande main protectrice. La découverte de la nature. Ses parents, toujours trop occupés pour jouer longtemps avec elle… Iris venait souvent la chercher.

— Tu te rappelles le jour où tu m'avais maquillée et déguisée comme une dame ? Ensuite, on avait pris le thé avec mes poupées…

— C'est si vieux, tout ça… chuchota Iris, en continuant à la bercer. Ma mémoire n'est pas aussi bonne que la tienne…

Cette phrase anodine fit à Judith l'effet d'un couperet. Elle se dégagea des bras de sa tante.

— Parlons-en, Iris… marmonna-t-elle. Je crois que je vais au-devant de gros problèmes…

Et la jeune femme raconta, sans fard, son amnésie de la matinée.

— Le pire, ajouta-t-elle devant sa tante au visage abattu par l'émotion, est la conjonction de plusieurs faits. D'abord, depuis quelques mois, les personnes qui me connaissent le mieux, à savoir mon mari et ma meilleure amie, me signalent souvent des trous de mémoire. Ensuite, il y a eu cette histoire de tapis… Je commence à me demander si, dans une crise comme celle de tout à l'heure, je ne les aurais pas moi-même intervertis. J'ai aussi accusé Philippe, le week-end dernier, d'avoir gâché une de mes toiles en y ajoutant une fleur grotesque… Mais ce n'est pas comme la rose de ce matin. Celle-là, je suis certaine de l'avoir peinte même si je ne m'en souviens pas… Et ce n'est pas tout, Iris… J'ai, sans cesse, la sensation d'être épiée… L'impression que l'on rentre chez moi…

Une crise de larmes brisa alors la voix de Judith. Décontenancée, Iris lui tapotait la main tout en hochant la tête. L'arrivée de Simone dans la cuisine libéra la tante de son mutisme.

— J'ai fini, Madame. Vous n'avez plus besoin de moi ? Oh ! Madame Iris. Par exemple ! ajouta-t-elle en retrouvant le sourire. Je ne vous avais pas entendue venir… Et la sciatique de votre monsieur, ça va mieux ? Ça causait souci à m'dame Victorine, tantôt…

Tout en bavardant, Simone s'était assise sur un tabouret et avait sorti d'un sac de plastique une paire de chaussures. Lorsqu'elle enleva ses chaussons de feutre, elle se dégourdit un instant les orteils.

Judith, qui avait retrouvé la maîtrise de sa voix, lui proposa alors une tasse de thé.

Simone refusa poliment sans la regarder, tant elle semblait abîmée dans la contemplation de ses doigts de pieds.

— Non merci, Madame. Oh ! À propos… Si madame voulait bien me payer aujourd'hui mes heures ? C'est qu'on me demande partout… et j'ai pas trois corps ! Si j'suis venue en dépannage, c'est rapport à madame Victorine, pour lui rendre service, ajouta-t-elle d'un air buté.

— Je comprends… répondit Judith en s'efforçant de garder le contrôle d'elle-même.

Cependant, les jointures blanches de ses poings crispés démentaient la sérénité de la jeune femme.

— Donnez-moi deux minutes. Je vais dans le salon prendre mon sac.

Tandis que Judith sortait de la cuisine, elle perçut un aparté chuchoté entre Iris et la femme de ménage.

— Voyons, Simone… Vous ne pouvez pas laisser ma nièce en plan, de cette façon… Elle a besoin de se reposer et…

— Oh ! Madame, si vous saviez… l'interrompit l'autre d'un ton jouissif.

Judith se boucha les oreilles pour ne pas en entendre davantage.

Énervée, elle chercha son sac à main dans le coin du salon aménagé en atelier. Il devait être là, si, comme Simone le lui avait appris, Léonor lui avait demandé ses clefs de voiture alors qu'elle peignait. Elle regarda derrière les quelques toiles exposées pour sécher, sous le grand chevalet. Pas de sac. Judith inspecta la pièce d'un œil circulaire. Elle ne le remarqua pas aussitôt, avachi contre une pile de livres posés sur la grande table face à la fenêtre. Ce n'est que, lorsqu'elle déplaça une chaise à haut dossier, qu'elle l'aperçut. Maussade, elle le prit et tenta d'ouvrir la fermeture Éclair. Elle avait l'intention de payer grassement les services de Simone afin de lui clore le bec. En même temps, l'idée était-elle si judicieuse ? La femme de ménage n'irait-elle pas clamer sur tous les toits qu'elle avait tenté de la soudoyer ?

La fermeture Éclair résistait à la pression de sa main, bloquée. De rage, Judith la força. Elle céda enfin. Comme elle fouillait l'intérieur, ses doigts palpèrent une chose incongrue, placée à côté de son porte-monnaie. Elle retira de son sac trois pâquerettes nouées ensemble de façon puérile par un brin de laine bleue.

Judith s'assit, les jambes flageolantes, la peau soudain devenue moite.

— Ce n'est pas possible, marmotta-t-elle. Je deviens folle…

Elle contemplait avec répugnance l'humble bouquet, n'osant plus le toucher. Dans un geste convulsif, elle frotta la pulpe de ses doigts contre le tissu de son pantalon comme pour en ôter la souillure. Elle savait pourtant ces fleurs champêtres inoffensives. En d'autres circonstances, elle les aurait même trouvées émouvantes…

Qui diable avait pu déposer le bouquet dans son sac ? Il ne s'y trouvait pas à son réveil. De cela, elle en était sûre. Elle l'avait ouvert afin de prendre son antidépresseur quotidien… Iris ? Sa tante n'avait pas approché du salon. La femme de ménage ? Hypothèse aussi probable que celle de Bush envoyant des chocolats à Ben Laden pour son petit Noël… Restait Léonor…

De toutes ses forces, Judith s'accrocha à cette idée. Son amie avait voulu lui offrir ce présent bucolique pour lui faire plaisir. D'ailleurs, c'était la seule solution envisageable.

Calmée, la jeune femme revint à la cuisine.

— Voilà, Simone. Le compte y est…

La femme de ménage tria les pièces dans un porte-monnaie compartimenté, cadeau gagné dans un supermarché lors du passage à l'euro, et plia soigneusement les billets, un à un, avant de les ranger. Puis, en ajustant une capuche de plastique transparent sur sa permanente, elle fit claquer sa langue contre son palais.

— On peut dire que Madame s'est bien habituée à notre nouvelle monnaie. Il n'y a pas un centime de trop…

Ce n'était sûrement pas un compliment, mais Judith décida de prendre la réflexion de Simone pour tel. Elle lui décocha son plus charmant sourire.

— Vous n'êtes pas sans savoir, Simone, que c'est l'apanage de notre race. On sait calculer…

Ignorante en matière d'humour juif, la pauvre femme ne sut que rétorquer.

Se dandinant d'un pied sur l'autre à la recherche d'une saillie qui ferait, le soir, les gorges chaudes de sa maisonnée, elle se réfugia derrière un dicton bien de chez elle.

— Au revoir, Madame. Comme on dit, les bons comptes font les bons amis.

— Ça c'est vrai, Simone… Et en plus, c'est « cachère » du tout.

— Ça, pour sûr que mes services sont pas chers ! maugréa la femme, furieuse à présent de ne pas avoir boursouflé la somme demandée. Nous, ici, on n'est pas comme ces Parisiennes techniciennes du sol ! Des feignantes toujours à quémander ! On sait travailler ! Et qu'est-ce que ça nous rapporte ?

— Ne vous sous-estimez pas, Simone, déclara Judith d'un ton sec. Pour ce qui est de rapporter, je vous fais toute confiance !

Lorsque la porte d'entrée claqua derrière la femme de ménage, Iris se retourna vers sa nièce.

— J'ai l'impression, ma pauvre petite, que tu viens de te faire une ennemie… j'ai pourtant essayé de…

— Laisse tomber, soupira Judith. De toute façon, c'était perdu d'avance. Dans moins de deux heures, Pont-l'Abbé saura que je suis folle ! Mais, bon Dieu ! Comme ça fait du bien d'être agressive de temps en temps !

— Tu n'es pas folle, Judith ! gronda alors Iris d'un ton péremptoire. Arrête cette automutilation psychique qui ne te mènera à rien ! Par contre, tu dois aller consulter un médecin, lui expliquer tes malaises.

La jeune femme écouta sa tante, acceptant d'elle ce qu'elle aurait refusé d'entendre de la part d'un autre. Iris lui parla de l'une dc ses voisines qui présentait les mêmes troubles de mémoire qu'elle. En fait, il s'agissait pour elle d'un dysfonctionnement de la thyroïde.

Judith, devant ce discours rassurant, acquiesçait ou posait des questions. Elle se sentait capable d'accueillir n'importe quel diagnostic. Oui, tout sauf un qu'Iris n'avait d'ailleurs pas envisagé… La simple évocation du mot la glaçait de terreur. Pourtant, peu à peu, même si elle tentait de la chasser, la conversation qu'elle avait eue la veille s'immisçait en elle, dans un goutte-à-goutte diabolique. Le poison distillé commençait à opérer — processus irréversible. Quand bien même se serait-elle voilé la face, Judith comprenait, confusément encore, de quelle maladie atroce elle souffrait… Elle ne disposait que d'un stratagème pour la combattre : lui laisser sa peau…

*

Il préférait autrefois, quand elle se contentait de chanter… Cette idée saugrenue lui était venue alors qu'il pédalait vers Combrit. Il s'arrêta net, mit pied à terre, balança son vélo sur le bas-côté de la route et s'assit sur la berme.

Pour l'éviter, une voiture fit un écart et klaxonna. Il salua la sirène hurlante par un bras d'honneur. Comment osait-il penser une telle chose ? Qui était-il pour juger sa déesse ? Afin de se ramener aux saines réalités de la vie, il enleva son ciré, déboutonna la manche de sa chemise rendue rigide par les embruns et la crasse et la releva jusqu'au coude. Il regarda son avant-bras rose et nu, à peine recouvert d'une pilosité grisonnante et choisit l'endroit le plus tendre. Il grimaça de douleur lorsque ses dents entamèrent la chair mais ne lâcha pas prise. Il s'estima satisfait quand le liquide gluant et salé dégoulina aux coins de ses lèvres gercées. Alors, le coeur martelant les échos des atroces élancements du bras, il cessa de se mordre.

Il n'avait pas remarqué la voiture grise, stationnée cinquante mètres plus loin et dont les warnings allumés clignotaient en pulsions régulières. Ni l'homme en imperméable, d'ailleurs, qui courait au-devant de lui.

— Vous êtes blessé, monsieur ? Vous pouvez vous relever ? lui cria-t-il, hors d'haleine, à travers le rideau de pluie.

— Va t'faire foutre ! répondit Joseph d'un ton qu'il tenta de rendre poli.

L'épouvantail trempé par ses bonnes intentions paraissait ne pas comprendre. L'image d'un coq de bruyère s'imposa à Joseph qui ne dédaignait pas la chasse, à l'occasion.

Au fur et à mesure que la pluie mouillait son plumage imperméabilisé, l'homme perdait du poids. Un vulgaire moineau…

— Mais… mais… s'égosillait-il en battant des ailes sans parvenir à s'envoler.

De son bras valide, l'index tendu, Joseph mima une mise en joue.

— Frrtt… Frrtt…

L'âme de Saint-Bernard déserta l'oiseau. Il ne demanda pas son reste et déguerpit.

Pourtant, une velléité d'en découdre avec ce malotru démangea le sauveteur à la sauvette. Se sentant protégé dans son nid métallique, il fit une rapide marche arrière, s'arrêta au niveau de Joseph, toujours assis dans l'herbe et entrouvrit la vitre automatique.

— Espèce de… de… trou du cul!

Puis, atterré par ce qu'il venait de proférer, les joues encore rosies de son audace, il embraya la première. Avant de prendre la fuite, sans mettre le clignotant, ses roues patinèrent, arrosant de boue Joseph qui commençait à le trouver sympathique.

Son bras lui faisait un mal de chien. Il était donc content. Ses mauvaises pensées s'étaient évanouies. Sarah lui revenait scintillante de perles de pluie. Pourquoi était-elle si triste? Malgré lui, il devait se l'avouer: son regard lui avait fait très peur ce matin… Mais il avait eu tort de craindre la catastrophe lorsqu'elle l'avait remarqué derrière la vitre du salon. Elle n'avait pas hurlé, s'était approchée du carreau au contraire, y avait appuyé ses mains et son front. Comme il l'avait alors embrassée! Même à travers la vitre, le contact était divin. À présent, il savait qu'il pouvait rentrer chez elle, respirer son odeur de chèvrefeuille quand elle dormirait… Elle l'invitait à l'aimer…

Joseph se releva, ragaillardi, et récupéra ciré et vélo. Il devait se dépêcher. L'heure de la soupe. La mère l'attendait. Sarah… Sarah… Pourquoi peins-tu des fleurs fanées ? C'est pas beau et ça te rend malheureuse. Chante, mon amour, ‘chante plutôt comme autrefois ! Je t'écoute souvent, tu sais, derrière ton volet. Ta voix n'a pas changé…

La pluie battante se nourrissait de ses paroles passionnées. Ainsi gorgées d'eau, elles imbiberaient la terre, pénétreraient jusqu'à ses entrailles de feu.

Il criait à présent sur son vélo pour n'entendre que ses propres mots. Il refusait l'image que Sarah lui avait donnée ce matin lorsqu'elle avait décollé son front de la vitre. À quelques centimètres de lui, elle l'avait regardé. Mais ses yeux, grands ouverts, étaient morts… Comme la première fois, il y avait de cela trente années, quand les pompiers étaient venus la chercher sur un brancard. C'était la faute à sa peinture… Il ne la laisserait pas mourir une seconde fois. Non… Il ne le permettrait pas…

X

Le lendemain, en fin d'après-midi, Judith embrassait une dernière fois son amie sur le marchepied du TGV. Léonor avait mis tant de temps pour se maquiller et boucler ses bagages qu'elle avait failli rater son train en partance pour Paris.

— Écoute-moi, ma Judith… On est mercredi aujourd'hui. Ton mari arrive vendredi. Tu n'as que deux jours à passer seule. Si quelque chose ne va pas, téléphone-moi sur mon portable. Et entre-temps, consulte un médecin…

— Mais oui, Léonor… soupira Judith. La solitude ne me fait pas peur. Mais surtout, n'oublie pas ce que tu m'as promis… Pas un mot à Philippe !

— Je ne vais pas te le jurer une cinquantième fois ! cria Léonor alors que le chef de gare annonçait la fermeture automatique des portes. Ciao… poupée ! Prends soin de toi et n'oublie pas de m'appeler.

Alors que le train avait déjà quitté la gare, Judith restait là, sur le quai, à fixer sans la voir la ligne de fuite de l'horizon.

Elle tentait, exercice nouveau pour elle, de rassembler ses souvenirs de la veille, heure par heure et si possible, minute par minute. Le départ d'Iris, à midi cinq. Sa tante lui avait dit devoir passer à la poissonnerie chercher sa commande : un kilo de langoustines. Bien... L'arrivée de Léonor à midi vingt, les bras chargés de paquets. son incorrigible amie aurait repéré, en plein Sahara, la seule tente de bédouins où il y eût quelque chose à vendre ou à troquer... Judith avait aidé Léonor à se débarrasser de ses objets encombrants. Et là, l'incident... La jeune femme se rappelait mot pour mot leur conversation. Son amie lui avait tendu un sac.

— Tiens, c'est pour toi... Quelques chocolats.

— Léonor, tu n'as pas à m'offrir quoi que ce soit ! Tu n'es pas en visite de courtoisie... Le joli bouquet champêtre que tu m'as glissé dans mon sac suffisait. Léonor l'avait alors regardée, l'air ahuri.

— Mais Judith, je n'ai rien mis dans ton sac... Encore moins des fleurs ! En ce domaine, tes goûts sont si spéciaux ! Tu ne trouves attendrissants que les bouquets fanés ! Ne compte pas sur moi pour t'acheter les rebuts des fleuristes...

Judith hochait la tête lorsqu'un employé de la SNCF s'approcha d'elle.

— Madame, vous avez dû vous tromper de voie. Si vous attendez le train de Bordeaux, c'est le quai n°3. On va annoncer son entrée en gare dans quatre minutes.

— Oui... heu... merci.

La jeune femme, comme prise en faute, s'éloigna rapidement. Sa main droite triturait un papier à présent froissé dans le fond de sa poche. Elle énumérait toutes les bonnes raisons pour ne pas le faire… Cependant, elle savait qu'elle allait l'appeler. L'entrée en matière lui posait problème. De quelle façon allait-il réagir ? Se souvenait-il au moins d'elle ?

Dès qu'elle fut près de sa voiture, elle prit son portable et composa le numéro griffonné sur le papier de sa poche.

— Allô… Sébastien ? Judith Despré… Je ne sais pas si…

La voix de son interlocuteur la rassura. Non seulement il se rappelait leur discussion l'avant-veille au café, mais il semblait déçu qu'elle n'ait pas essayé de le joindre plus tôt.

Un peu déconcertée par le ton si chaleureux du jeune homme, Judith décida de lui révéler d'emblée la raison de son appel. Surtout, qu'il ne se fasse pas d'illusion sur la nature de leurs relations à venir ! Elle avait suffisamment d'ennuis comme cela pour ne pas s'embarquer dans une histoire sentimentale.

Sébastien Farrenger observa un léger silence avant de répondre à son angoisse. Il est de ces sujets délicats qui demandent temps et réflexion. Aussi, lui proposa-t-il un rendez-vous le soir même afin d'en parler de vive voix. Tous deux admirent qu'un restaurant ou un bar n'étaient pas les endroits propices pour ce genre de conversation. Ils convinrent donc de se retrouver à vingt heures chez Judith. Elle préparerait un repas simple. Avant de raccrocher, elle lui donna son adresse.

Aussitôt après, la jeune femme regagna sa voiture et prit la direction de Pont-l'Abbé. Si elle pouvait se contenter d'une soupe en sachet au dîner, il n'en allait sûrement pas de même pour son invité. Elle devait au moins s'obliger à faire quelques courses.

Elle quittait Quimper et s'engageait sur la voie express quand elle fut prise d'une panique soudaine. Un véhicule la doublait alors à vive allure, la serrant de trop près. Qu'arriverait-il si, au volant, elle souffrait d'une crise semblable à celle de la veille ? Si elle était capable de peindre dans un état second, pouvait-elle encore conduire ? Qu'on retrouve sa voiture encastrée autour d'un arbre ou dans un mur lui importait peu. Au contraire, même.

Elle serait enfin délivrée de ce cauchemar… Mais qu'elle provoque un accident mortel, c'était une autre histoire !

Judith ralentit sa vitesse. Elle, qui n'était pas croyante, pria tout au long de la route afin d'arriver sans encombre à Pont-l'Abbé.

À la Maison de la Presse, elle héla une vendeuse.

— S'il vous plaît, Mademoiselle ! Je ne sais pas trop vers quel rayon me diriger… Je recherche un ouvrage sur la maladie d'Alzheimer.

— *Quel jour sommes-nous*[5] ? lui demanda alors la jeune femme, souriante.

— Eh bien… mercredi…

La vendeuse éclata alors d'un fou rire communicatif.

— Oh ! Excusez-moi, Madame, répondit-elle en s'essuyant les yeux. Autant pour moi… C'est de ma faute… Je pensais que vous vouliez cet ouvrage en particulier. Il s'agit d'un témoignage écrit par Firmin Le Bourhis. Quel jour sommes-nous ? en est le titre.

Judith rougit de sa bévue. Mais la bonne humeur de la vendeuse lui mit du baume au coeur. Elle rit

5. Voir Quel jour sommes-nous ? de Firmin Le Bourhis, aux Éditions Chiron. Ouvrage traitant de la maladie d'Alzheimer.

aussi de sa propre bourde. Au moins, se dit-elle en payant plus tard son achat, si je reconnais le jour de la semaine, je ne suis pas devenue complètement gâteuse…

Savoir rire de soi étant la meilleure des thérapies, cet intermède détendit Judith quand il lui fallut reprendre la route pour l'île Chevalier.

Arrivée chez elle, la jeune femme déposa ses paquets sur la table de la cuisine. Elle se sentait presque en forme. Aussi, profita-t-elle de cet instant de répit psychique pour retourner à ses pinceaux.

Tout en peignant, elle se força à se concentrer sur son travail et à ne pas consulter sa montre. Se sentir dépossédé de quelques minutes de sa vie est une chose monstrueuse. Même le dernier des plus pauvres a le droit de jouir du temps qui passe, songeait-elle.

Judith réussit si bien à s'imprégner de sa peinture qu'elle fut surprise d'entendre le bruit d'une moto qu'on garait devant la maison.

— Déjà… Je n'ai rien préparé du tout ! pensa-t-elle tout haut.

Elle se nettoya rapidement les mains et alla ouvrir à son visiteur.

— Bonjour, Judith. Je viens peut-être trop tôt ?

— Non, non… Excusez ma tenue de travail. C'est moi qui suis en retard. Entrez donc…

Revoir Sébastien Farrenger, procura à Judith le même choc émotionnel que lors de leur première et unique rencontre. Elle se traita d'idiote. Quand il se trouvait loin de ses yeux, elle ne pensait pas à lui, du moins, pas trop souvent… Seule, cette ressemblance indéniable avec Pierre ébranlait son affect.

Le jeune homme, très à son aise, sembla vite trouver ses marques. Pendant que Judith s'affairait dans la cuisine, il avait avisé la chaîne-stéréo et lui avait demandé la permission de choisir un disque.

De la porte laissée entrouverte, elle l'entendit s'exclamer.

— Ça alors ! C'est incroyable !

Un peu intriguée par la raison de son étonnement, Judith, tout en délayant une sauce, se posta près du chambranle de la porte. Sébastien examinait une pochette de disque. Il la brandit en apercevant la jeune femme.

— On ne vous a jamais dit que cette chanteuse était votre portrait tout craché ?

— Si… Et pour cause. C'est… enfin, c'était ma mère.

Laissant Sébastien à sa stupéfaction, Judith retourna à son bain-marie. Sans vouloir se l'avouer, elle était curieuse de connaître ses goûts musicaux.

Lorsque les premières mesures du *Chant de la Terre* de Malher, interprété par Sarah Goldfisch emplirent l'espace, elle se dit qu'il pourrait la comprendre.

Le dîner fut simple mais bon. Sébastien Farrenger se montrait un hôte gai et attentif à la fois. L'esprit détendu, Judith lui avait raconté, à sa demande, la vie de ces célèbres parents. Elle apportait le fromage sur la table quand il la dévisagea d'un air devenu plus grave.

— Si vous m'expliquiez ce qui vous tracasse, Judith ? D'après votre bref coup de fil de tantôt, je sais que vous désirez parler de la maladie de ma mère… J'avoue ne pas comprendre… Vos parents sont décédés. C'est au sujet de votre grand-mère, peut-être ?

— Non... avoua Judith, la voix soudain rauque. Il s'agit de moi...

— De vous ? s'étonna le jeune homme. Mais, c'est absurde !

— Je vous en prie, supplia Judith. Ne jouez pas avec moi à l'infirmière qui s'extasie devant la prétendue bonne mine d'un mourant. Même si je n'en suis pas encore là, ce que j'attends de vous, c'est la sincérité. Je voudrais connaître, sans fioriture, les premiers symptômes de la maladie d'Alzheimer sur votre mère. Comment cela a-t-il commencé ?

— Vous rendez-vous compte de ce que vous me demandez, Judith ? bégaya Sébastien. Vous pouvez souffrir des mêmes symptômes pour dix maladies différentes dont certaines sont bénignes ! Je ne suis pas médecin, bon sang ! Durant des mois, maman a subi tous les examens possibles et imaginables avant que les spécialistes ne diagnostiquent son mal ! Êtes-vous même allée consulter ?

Judith hocha la tête, en signe de dénégation. Sébastien repoussa son assiette de fromage devant lui, et un silence s'établit entre eux.

Il fut rompu par la sonnerie du téléphone qui les fit sursauter. Judith quitta la table mais resta dans la pièce. C'était Philippe. Comme tous les soirs, il prenait des nouvelles de sa femme.

Tout en jouant à dessiner sur la nappe des formes imaginaires avec les dents de sa fourchette, Sébastien Farrenger était obligé d'entendre des bribes de la conversation. Il fut étonné par la différence du ton de Judith qui ne laissait paraître aucune angoisse. Il la dévisagea un instant. Les muscles tendus de son visage démentaient pourtant sa volonté à vouloir donner le change. Elle ne souffla mot à son interlocuteur de la présence de son hôte chez elle et parut pressée de raccrocher.

— Pourquoi tenez-vous tant à cacher vos problèmes à votre mari ? ne put-il s'empêcher de lui demander lorsqu'elle l'eut rejoint à table.

— Je ne sais pas... avoua Judith. Peut-être parce que Philippe est un anxieux... Je vois d'ici l'armada de spécialistes qu'il convoquerait sur le champ, les questions auxquelles je devrais me soumettre... Je n'en ai pas la force en ce moment...

— S'est-il rendu compte d'un changement de votre état ?

Judith haussa les épaules, d'un air las.

— Depuis six mois, environ, il me tarabuste, prétend que je n'écoute pas ce qu'il me dit... Le pire, je m'en aperçois aujourd'hui, est qu'il a raison. Il y a de cela quelques semaines, je l'ai vu débarquer, un soir, dans notre appartement parisien accompagné de deux confrères et de leurs épouses soigneusement maquillées et apprêtées. Moi, je portais ma blouse de travail. Je me rappellerai toujours leur gêne à tous... Philippe m'a fusillée du regard, a bredouillé de vagues plaisanteries au sujet de mon côté bohème. Et j'ai fini par comprendre... J'étais supposée avoir invité ces gens-là à dîner. Le seul problème est que je ne m'en souvenais pas.

Tout en parlant, Judith guettait une réaction sur le visage de Sébastien Farrenger. Un battement de paupières, un sourire qui lui confirmeraient ou infirmeraient ses craintes. Sans pouvoir se l'expliquer, elle avait besoin de l'avis de cet inconnu, quel qu'il fût. Il ne cilla pas. Peut-être, sa respiration s'accéléra-t-elle ?

— Je ne sais pas que vous répondre, Judith. Soit ce dîner vous importunait et vous l'avez mis aux oubliettes, soit, effectivement, vous souffrez de troubles de mémoire mais, comme je vous l'ai déjà dit, les causes sont diverses : dépression, problèmes circulatoires... Rappelez-vous toutefois cette phrase de Claudel : « Le pire n'est jamais certain. »

Judith baissa la tête et murmura :

— Si je regarde ma vie, pour moi il a toujours été sûr... Je vous en supplie, aidez-moi... Racontez-moi...

Sébastien Farrenger se leva, alla chercher dans son blouson une cigarette et, contournant la longue table, se plaça derrière la chaise de Judith. D'un mouvement timide, il posa ses mains sur les épaules de la jeune femme. Ce contact amical la bouleversa. En fermant les yeux, elle se sentit transportée dans un tourbillon d'images vives, à l'époque pourtant défunte où Pierre, dans ce même geste, savait la rassurer. Elle se laissa happer par ce passé nimbé de lumière chaude, constellé de leurs rires amoureux et dodelina de la tête contre la poitrine de cet homme.

Il lui caressa maladroitement les cheveux, un peu comme s'il désirait la peigner avec ses doigts. Puis ses mains remodelèrent le visage de Judith, effleurèrent sa bouche, son cou, essuyèrent au passage de grosses larmes d'enfant, gorgées de chagrin.

— Chut... Ne pleure pas. Je ne peux pas le supporter...

— Ta mère pleurait souvent ?

— Au début, oui… tout le temps… Sans raison.

Sans doute se rendit-il compte alors que Judith lui arrachait des confidences. Il s'assit auprès d'elle et lui enferma les mains dans ses larges paumes.

— Arrête, Judith ! Ça te fait du mal et ne sert à rien.

— Non, Sébastien… J'ai besoin de savoir…

Il porta les doigts emprisonnés de la jeune femme jusqu'à son visage pour qu'elle le caresse et soupira, vaincu.

— Bon, c'est comme tu veux… Mais promets-moi de ne plus m'en parler par la suite et d'aller consulter un médecin.

Elle fit oui de la tête.

Tout en conservant la main de Judith dans les siennes, Sébastien Farrenger fouilla son propre passé :

— J'étais enfant à l'époque, commença-t-il. Mais j'avais conscience qu'il se passait des choses graves. Les gestes de la vie ordinaire devenaient pour ma mère problématiques. Je me souviens d'un jour où elle a voulu me confectionner un gâteau. Je l'aidais, dans la cuisine, à éplucher des pommes. Tout allait bien… Nous bavardions. Quand il s'est agi de faire cuire la tarte, le monde a chaviré. Elle restait immobile devant la cuisinière. En fait, elle ne savait plus allumer le four… Alors, prise de rage et de panique, elle a jeté la pâte à la poubelle.

— Mon Dieu, c'est terrible… commenta Judith… Il lui arrivait souvent ce genre de choses ?

— Non, heureusement… Il pouvait se passer des semaines avant la venue d'une nouvelle crise. Mais elle était inexorable. Un autre jour, je l'ai entendu râler parce que sa vaisselle restait sale. Je suis allé la trouver. Elle s'était trompée de produit. À la place du dégraissant elle avait versé dans son évier du sirop de grenadine.

Au fur et à mesure que Sébastien parlait du passé de sa mère, Judith reprenait espoir. Les ombres terrifiantes s'éloignaient d'elle. Aussi, plus rassurée, elle demanda au jeune homme :

— C'est donc par cette impossibilité de se repérer dans la vie quotidienne que tout a débuté ?

— Non... je te parle du moment où sa vie a basculé dans l'horreur, de l'époque qu'a choisie mon père pour tirer sa révérence. En fait, personne dans la famille ne s'était inquiété outre mesure des signes avant-coureurs de sa maladie. Un an auparavant, son médecin avait diagnostiqué une dépression nerveuse. Elle était donc traitée pour cela. Elle avait du mal à trouver le sommeil et faisait beaucoup de cauchemars. Elle rabâchait souvent les mêmes choses. Elle avait, bien sûr, des trous de mémoire. Mais si le passé ne lui posait pas de problèmes, elle était incapable de se rappeler des faits récents. Une fois, par exemple, je l'avais accompagnée au centre-ville de Marseille. Elle avait retenu un abat-jour dans un magasin d'une rue piétonne. Quand il s'est agi de retrouver le parking où elle avait garé la voiture, ça a été le parcours du combattant. Au bout de trois ou quatre heures d'errance, elle s'est résignée à demander l'aide de la police... Depuis, ma tante, de qui ma mère se sentait très proche, m'a expliqué. Maman savait pertinemment qu'elle avait fait certaines choses - elle en avait les preuves - mais elle était incapable de s'en souvenir. C'est un peu dur à comprendre, non ?

Judith, s'était levée, glacée d'effroi. Elle avait envie de lui hurler que tout, au contraire, lui paraissait limpide… les crises de larmes à répétition, les cauchemars et surtout les béances où s'engouffrait le temps qui, pour les autres, ne fait que glisser.

Elle ne buvait pas beaucoup, encore moins d'alcools forts. Pourtant, elle se dirigea vers le bar, résolue à liquider n'importe quelle bouteille du moment qu'elle titrât à plus de vingt degrés. Il n'y avait plus de whisky, mais du gin ou du rhum. Ils feraient l'affaire. Elle apporta les deux bouteilles sur la table.

— Je te sers quelque chose ?

— Tu n'aurais pas une bière, plutôt ?

— Non, mon cousin est passé par là. Il se nourrit de houblon…

Elle choisit le rhum pour sa teinte ambrée. Elle le buvait par petites gorgées appliquées. Sans mot dire, il la regardait, étonné par ses gestes mécaniques et conscient du mal qu'il venait de lui faire.

Lorsque Judith termina son verre, elle s'en resservit immédiatement un autre.

— Fais attention à toi. Tu n'as pas l'habitude…

— Qu'en sais-tu ? lui lança-t-elle d'un air de défi.

— À ta façon de boire… Ce n'est pas l'alcool qui va résoudre tes problèmes.

Elle leva son verre et fit mine de vouloir trinquer avec lui.

— On dirait un poncif des alcooliques repentis. Tu n'en as pas d'autres, tout aussi originaux ?

— Pourquoi es-tu si agressive, Judith ? Tu me demandes de te parler de ma mère, je m'exécute à contrecoeur et maintenant tu m'en veux !

— Oui ; c'est bête mais c'est comme ça. Je pense qu'il vaut mieux que tu t'en ailles maintenant.

Le ton glacé de la jeune femme paralysa un instant Sébastien Farrenger. Il soupira puis finit par se lever, ne sachant que dire ni que faire. Son blouson était avachi sur un accoudoir du fauteuil. Mais où diable avait-il posé son casque ? Perplexe, il regarda autour de lui et, d'un geste machinal, se passa la main dans les cheveux, à rebrousse-poil. Déjà ébouriffé, il eut alors l'air totalement hirsute.

Son allure de poulbot égaré suffit à ébranler toutes les bonnes raisons de Judith de ne pas se laisser attendrir. Elle sourit malgré elle. Depuis Pierre, elle n'avait jamais encore remarqué ce tic chez quiconque. Adoucie par ce souvenir, elle s'approcha de lui sans toutefois le toucher.

— Je te demande pardon… Tout est de ma faute… Je deviens impossible en ce moment… Mais, si tu savais comme j'ai peur !

— De moi ? s'étonna Sébastien, presque flatté.

Judith, divertie par sa candeur rafraîchissante, éclata de rire.

— De toi ? Bougre d'idiot ! Oh, oui ! Je suis aussi terrifiée qu'un pull en mohair entrant pour la première fois dans un sèche-linge !

— Je ne suis pas sûr que ce soit un compliment.

— Moi non plus.

Sébastien attira contre lui la jeune femme d'un mouvement si brusque qu'elle eut le souffle coupé quand il l'embrassa. Peut-être était-ce l'effet de l'alcool ; peut-être la présence psychique de Pierre lui occultait-elle à ce moment-là le reste du monde, peut-être se sentait-elle trop seule et malheureuse ;

toujours est-il que Judith goûta ce baiser sans une once de remords, avec, au contraire, cette avidité animale à vouloir laper les dernières gouttes de la vie avant que la siccité de la mort mentale ne racornisse ses lambeaux de souvenirs.,

Avec ce baiser pénétrèrent en elle la lumière d'une pluie chaude, la saveur bleutée du grand large, le sel de la terre, l'odeur des cailloux ; tout ce que les sens policés ne parviennent plus à appréhender et que, seul, le désir charnel, dans sa pureté primitive, permet d'exalter.

Il l'entraîna vers le canapé, la déshabilla avec cette maladresse nécessaire de l'homme qui sait émouvoir et qui, par là même, sera aimé en retour.

Et la nuit les enveloppa tous deux dans sa douce torpeur, les emporta et les exila loin des frayeurs de Judith. Même si elle connaissait la valeur dérisoire des trêves, le tribut à payer plus tard aux bienséances, elle fit l'amour obstinément.

L'aube soufflait son haleine blanche sur le bas du carreau quand elle se réveilla. Les yeux grands ouverts, Sébastien semblait fasciné par un point du plafond. Elle se pelotonna contre sa chaleur.

— Tu ne dors pas ? chuchota-t-elle.

— Non, je réfléchissais…

— À quoi ? demanda-t-elle en lui mordillant l'épaule.

— À nous… À tout ça… À après…

Judith faillit l'interroger sur le sens de cet « après » mais s'abstint. Avec le jour renaît la prudence. À tâtons, elle rechercha ses vêtements sur le tapis. Après avoir enfilé son chemisier à la va-vite, elle s'apprêtait à lui poser la première question rituelle des nouveaux amants, à savoir : « Thé ou café ? », quand il la prit au dépourvu.

— Dis-moi, Judith. Comment s'appelle ton mari ?

— Philippe… répondit-elle interloquée. Mais je ne suis pas sûre que ce soit du meilleur goût de…

— Tu as un autre amant, alors ? l'interrompit Sébastien avec un air d'enfant buté. Qui est Pierre ? Tu as prononcé plusieurs fois son prénom quand tu dormais.

Judith se sentit rougir et, désirant ce matin-là esquiver ce genre de discussion, elle fourragea ses doigts dans les cheveux de Sébastien à la manière d'une mère qui gronde son enfant.

— C'est très mal poli d'écouter à la porte du sommeil des autres, tu sais ? plaisanta-t-elle.

Le jeune homme ne se laissa pas distraire par le jeu de Judith.

— Dis-moi qui est ce type et je ne t'embêterai plus…

— Pierre n'est plus qu'une ombre. Il s'est habitué à venir me voir dans mes rêves. Chut ! Laisse-le tranquille.

Sébastien devrait se contenter de cette réponse sibylline. Après avoir déposé sur son front un baiser-papillon, Judith se leva et gagna la cuisine.

Elle plaçait le filtre en papier sur la cafetière électrique quand elle s'aperçut qu'elle avait oublié de l'interroger sur ses goûts.

— Thé ou café ? cria-t-elle.

Elle entendit « un chocolat, si tu as… », et sourit. Elle venait de faire l'amour avec un homme qui buvait du chocolat au petit-déjeuner ! Elle ne savait pas trop si cela la rajeunissait ou la vieillissait au contraire.

En prenant la bouteille de lait dans le réfrigérateur une pensée fugace lui traversa l'esprit. Pourquoi Philippe et elle n'avaient-ils pas encore d'enfant ? La question s'était-elle jamais posée d'ailleurs entre eux ? Son mari songeait surtout à sa carrière, elle à faire table rase de son passé avant de repartir sur de nouvelles bases. Leur couple souffrait-il de ce manque ? Pas vraiment. Peut-être leurs vies suivaient-elles des voies trop différentes ? Il faudrait pourtant un jour se retrouver à la croisée des chemins, sinon…

Elle trempa le doigt dans le chocolat et le goûta. Pas mal, pour un début… Mousseux comme l'enfance…

Est-ce que toutes les femmes adultères songeaient à leur mari, après ? C'était sûrement une faute de goût, mais que dire d'autre ? Le remords et la culpabilité n'avaient pas encore pris leur bâton de pèlerin dans la conscience de Judith.

La jeune femme disposa sur un plateau le bol de chocolat, une tasse de café, deux brioches et retourna auprès de Sébastien qui avait regagné le canapé après avoir mis un oratorio de Vivaldi. Judith trouva cette attention touchante.

— C'est pour moi que tu as jeté ton dévolu sur *Juditha Triumphans* ?

— Pour qui d'autre, crois-tu ? Tu ne peux être qu'une Judith triomphante !

— Vite dit… répondit la jeune femme en choisissant de déposer son plateau sur la table. Mais mes parents pensaient comme toi. Je dois mon prénom à cet oratorio.

— C'est drôle, fit remarquer Sébastien en feuilletant le livret. Ta mère chante le rôle d'un homme.

Judith lui expliqua alors la position obligée du prêtre Vivaldi, nommé maître de chapelle à l'Ospedale della Pietà de Venise, institution pour jeunes filles pauvres et orphelines. Aucun profane de sexe masculin ne pouvait pénétrer dans l'enceinte du couvent. Cet oratorio, comme bien d'autres, avait alors été composé uniquement pour voix de femmes, les contraltos interprétant les rôles des hommes.

— J'espère, en tout cas, qu'une fois endormie, tu ne me couperas pas la tête comme à ce pauvre Holopherne.

« …Dormirons-nous seulement une fois encore ensemble ? pensa la jeune femme, en déclarant qu'Holopherne était un oppresseur et que Judith n'avait fait que libérer la ville de Béthulie. »

Sans s'être vêtu, Sébastien la rejoignit à table. Il portait beau la nudité, sans complexe ni forfanterie. De ses grands-parents maternels, Judith avait reçu une éducation qui, sans être austère, suivait néanmoins les conventions bourgeoises. Son grand-père aurait eu une attaque d'apoplexie à la voir ainsi attablée face à un inconnu, nu comme Adam avant le péché originel.

— Est-ce que tu as déjà trompé ton mari ?

— Avant toi, jamais. Tiens, essuie-toi la bouche. Tu as des moustaches.

Judith se sentait mal à l'aise du tour que prenait la conversation de Sébastien depuis son réveil. Il devait avoir un caractère jaloux et possessif. D'abord son mari, puis Pierre, un amant hypothétique enfin… Elle ne craignait pas le scandale mais tenait avant tout à son libre arbitre. Elle ignorait elle-même où elle allait et, surtout, jusqu'où elle aurait la force d'aller. Prendre en charge l'auto-stoppeur que lui offrait la vie lui semblait au-dessus de ses moyens. Elle décida de mettre des trémas sur les « e », plus doux que les points sur les « i ».

— Je vais prendre une douche, décréta-t-elle. Ensuite, il faudra que tu me laisses peindre. J'ai du travail sur le chevalet si je veux être prête à temps pour mon expo. Et toi ? Que comptes-tu faire aujourd'hui ?

Son air déconfit lui fit de la peine. Du coq victorieux mais gauche à la fois, il avait régressé au stade de poussin désorienté. Elle baissa la tête pour ne pas se laisser fléchir.

— Je pensais que… peut-être…

— Tu pensais quoi ?

— Laisse-moi au moins passer une matinée avec toi ! Je ne te demande que ça ! Une toute petite matinée… Depuis hier soir, tu as essayé deux fois de me mettre à la porte… Je ne suis pas idiot… Je sais bien que tu as ton mari, ta vie… Je ne cherche pas à m'imposer.

Tout en parlant, il s'était accroupi à ses pieds et avait posé sa tête sur ses genoux.

Du bout des doigts, elle caressa la joue ainsi offerte. Sa peau avait conservé la tendresse de l'enfance.

— Tu as quel âge, Sébastien ?

— 27 ans. Un très bon cru… Alors, c'est d'accord ? On va à la pêche ?

— À la pêche ! répéta Judith ahurie.

— Oui, j'ai vu plein de gens dans le coin ramasser des tas de trucs. Ça m'a donné envie. Et puis, cette balade vivifiante nous donnera l'occasion de jouer !

— De jouer… ânonna la jeune femme décontenancée.

— Ah ! Je me disais bien que tu étais triste parce que tu ne savais plus jouer !

Judith se demandait surtout si elle n'avait pas été parachutée, par erreur, dans la cour de récréation d'une école primaire.

— Et tu veux jouer à quoi ?

— Ce matin, poursuivit Sébastien qui avait retrouvé tout son enthousiasme, nous formerons un couple soudé dans notre malheur, obligé d'écumer les grèves, afin de nourrir nos dix enfants restés seuls à la maison sous la surveillance de l'aîné !

Judith pouffa de rire.

— Mais c'est complètement crétin ! On dirait *La porteuse de pain* en feuilleton dans *La veillée des chaumières*. À qui crois-tu donner le change ?

— À tous ceux que nous rencontrerons, voyons ! Tu verras : c'est très rigolo ! Plus c'est gros, mieux ça marche !

Judith savait qu'elle aurait dû camper sur ses positions, être ferme quant à la nécessité de quitter Sébastien sur le champ. La sagesse le lui recommandait. Il ne servait à rien de le bercer d'illusions. S'ils avaient vécu ensemble une belle aventure, elle ne voulait pas de liaison.

Pourtant, le regard du jeune homme braqué sur elle, rempli d'espoir et de joie de vivre, la fit d'abord hésiter puis fondre.

— Pour une seule partie de pêche, soit ! À condition que nous nous limitions à cinq !

— Cinq quoi ?

— Cinq enfants ! Tu comprends : entre la méthode Ogino, la pilule, le stérilet et le diaphragme, je n'ai pas envie de passer pour une « gourdasse », ou pire, une lapine intégriste !

— Bon, d'accord, répondit Sébastien, feignant la déception. Mais permets-moi de te sermonner, ma chère Judith ! Si toutes les femmes chipotaient autant que toi sur les gosses, la France partirait à la dérive ! Allez ! Va vite prendre ta douche ! Tu as le droit à trois minutes chrono en main ! Ensuite, l'homme se prélassera dans un bain moussant !

*

L'air était doux, ce matin-là. La peau bleue du ciel luisait sous un soleil tendre, encore bas. Sur le chemin douanier menant à la grève, Judith et Sébastien rencontrèrent de nombreux pêcheurs à pied. Les grandes marées, toutes proches, attiraient les solitaires comme les familles entières. Le jeune homme avait troqué son blouson de motard contre une vareuse de marin, usée et poussiéreuse, que Judith avait dénichée dans la remise.

Muni d'une fourche et d'un seau, il aurait pu, à la rigueur passer pour un autochtone, n'eussent été ses bottes de cuir… Quand ils parvinrent au bout de la pointe, il décida de se déchausser avant de s'engager dans la vasière. Judith l'imita.

— Je laisse au « pro » le soin de diriger les opérations ! annonça-t-elle en enlevant ses chaussettes. Notre champ d'investigation est vaste. Dans quel coin allons-nous donner la première représentation des *Misérables* ?

Sébastien pointa le doigt en direction des anciens parcs à huîtres désaffectés.

— Par là, femme ! Observe ce public venu nous acclamer ! Fie-toi à mon instinct : « Là où ploient les corps perclus de rhumatismes, bâillent les palourdes ! ».

— Proverbe ravissant, convint Judith… Rassure-moi, tout de même ! N'oublie pas, nos cinq becs ouverts restés au nid ! Tu as déjà pêché une fois dans ta vie ?

— Non, jamais. Mais l'occasion fait le pochtron… Il nous suffira de nous immiscer sournoisement dans ce parterre de braves gens et d'observer !

Le premier contact avec la vase surprit Judith par sa froideur. Leurs pieds nus s'enfonçaient jusqu'aux chevilles et le parcours d'une centaine de mètres les conduisant jusqu'au lieu de pêche leur demanda un certain temps. Ils évitèrent les familles et se postèrent non loin d'un groupuscule de quatre pêcheurs isolés qui, à la vitesse où ils emplissaient leur panier, laissaient présumer des professionnels.

— Bonjour ! lança Sébastien à la cantonade. M'est avis qu'aujourd'hui ça va guère donner !

— Pour toi, sûrement… entendit Judith murmurer une femme d'un certain âge accroupie à ses côtés. Commence par creuser, rigolo !

Ce fut la seule réaction. Les trois autres silhouettes ne daignèrent même pas relever l'échine ou un sourcil pour reluquer ce chinchard[6].

Amusée, Judith assistait au premier « bide » de Sébastien. Mais il en fallait d'autres pour abattre le moral au beau fixe du jeune homme. Il cracha dans ses mains et planta sa fourche dans la vase. Judith avait opté, quant à elle, pour la cuiller en argent au manche emmailloté d'un chiffon, outil plus

6. *Chinchard (breton) : touriste.*

maniable et réclamant moins de force physique. Toutefois, eût-elle été armée d'un bazooka qu'elle n'aurait pas su davantage sur quelle proie tirer.

Les parties de pêche d'autrefois, en compagnie d'Iris, ne lui laissaient que peu de souvenirs, juste des impressions, comme des taches colorées sur un tableau noir.

Aussi, à croupetons sur le sol, se sentait-elle pénétrée d'une foule de sensations nouvelles. Dans le silence de la grève, à peine griffé par le fer des fourches et des râteaux laborieux ou le cri sauvage de goélands en chasse, elle écoutait le chant de la terre, au ventre de vase, étonnée de tant de borborygmes et de gargouillis. En observant ce microcosme, elle pressentait ce qu'avait dû être la genèse du monde après le chaos. Le limon noirâtre constellé d'éclats de coquillages, de poussières étincelantes de mica, se creusait par endroits en cratères. La matière se dérobait alors dans ces minuscules gouffres et engendrait une bulle d'air qui venait crever à la surface. Un ver ou un couteau creusait sa galerie. Désorienté par ces puits d'ombre, ces cimes infranchissables de coques vides, ou peut-être étourdi par tous ces bruissements, clapotages et glouglous, un crabillon à peine né, encore translucide, divaguait, ivre déjà des exhalaisons barbares de la vase. Celle-ci, douce et onctueuse, mais aussi perverse, emprisonnait les mollets de Judith qui était restée trop longtemps statique. Quand elle voulut se dégager, ce fut un raz de marée pour tout ce petit monde.

Surprise, sans doute, par l'attitude contemplative de la jeune femme, la pêcheuse professionnelle, peu habituée en ces lieux aux doux rêveurs mais ne dédaignant pas de temps à autre de causer à un touriste, s'approcha de Judith. Il faut dire que ses reins lui faisaient mal et qu'elle s'accordait une pause récréative.

— Je vous vois bien en peine. C'est la première fois, probab' ? Je vais vous montrer. C'est simple comme bonjour. Il suffit d'enfoncer la cuiller là où vous voyez deux trous, et de la tourner dans la vase.

— Le problème, c'est qu'il y a des trous partout ? Comment les reconnaissez-vous ?

— Facile. Tenez, vous devez en avoir une belle juste à côté de votre orteil droit.

Judith suivit les conseils de la femme et creusa à l'endroit indiqué. En effet, elle sortit une magnifique palourde. Sa première prise !

Enthousiasmée, elle montra à son nouveau professeur deux trous qui lui semblaient identiques aux autres.

La femme hocha la tête, d'un air condescendant.

— Ça, ma p'tite, c'est une coque. Remarquez que c'est pas mauvais pour des touristes ! Vous voyez bien qu'ils sont plus gros, non ? Les trous que je vous dis, ne sont pas aussi ronds, mais légèrement allongés. C'est pas dur tout d'même !

Judith aurait bien aimé vérifier néanmoins le bien-fondé de sa trouvaille mais elle n'osait pas s'attirer les foudres de la pédagogue au militantisme musclé. Consciente d'être placée sous haute surveillance, elle chercha donc des trous oblongs. Sa vue se brouilla vite. Sébastien choisit ce moment pour aborder les deux femmes. Son auditoire, réduit à la portion congrue, lui semblait pourtant de qualité suffisante pour pouvoir s'exprimer…

— Ça va, Josette ? Tu t'en sors ?

Étranglée de rire, Judith se cacha derrière le rideau de ses cheveux. L'animal ne lui épargnait rien ! Il avait même réussi à se composer le masque du besogneux harassé.

Il en fallait d'autres, à la walkyrie des grèves pour se laisser démonter par ce jeunot indisposé sans doute par une constipation chronique. Elle sonda du regard la profondeur de son seau et parut navrée.

— C'est quoi que vous cherchez, vous ? À mon avis, feriez mieux d'aller gratouiller dans un bac à sable pour trouver les oreilles à Mickey !

— Je vous demande, pardon, Madame ? répondit Sébastien sans se départir de son sérieux.

— Vos coques… Enfin, plutôt vos coquillettes… laissez-les vivre ! Et la palourde, là, l'étourdie qu'a eu le malheur de tomber sur vous par hasard, elle fait pas non plus la taille réglementaire !

— La taille réglementaire ? répéta Sébastien sans paraître comprendre.

— Voui, dame ! Quatre centimètres pour les palourdes ! En venant j'ai repéré la voiture des douaniers sur le parking. Faites attention ! S'ils vous piquent ! Ça serait dommage de payer une amende de 450 euros pour une bolée qui nourrirait même pas une portée de chatons !

Sébastien chercha le regard complice de Judith mais celle-ci, prise d'un hoquet soudain, détourna la tête.

— Je me faisais une telle fête, Josette, à l'idée d'améliorer l'ordinaire de nos cinq petits ! Ils vont être déçus ! Jennifer et Vanessa vont encore pleurer sur leur assiette de pâtes sèches !

— Comme ça, ça les arrosera ! répliqua la forte femme, en haussant les épaules.

Sébastien ne se troubla pas de son peu de crédit. Il récidiva, d'une voix tout aussi lugubre.

— J'ai repéré sur la grève des débris d'épaves rejetés par l'océan. Ce serait gentil, Josette, si tu allais les ramasser… Au moins, à défaut de pouvoir les nourrir, nous leur ferons ce soir une belle flambée ! Tu sais comme la toux de Kévin m'inquiète !

Puis, content de sa prestation, Sébastien tourna le dos aux deux femmes et s'éloigna en soupirant.

D'un ton blasé, la pêcheuse s'adressa à Judith :

— Bon, c'est pas tout de rire ! Moi, je retourne au boulot. Si vous me permettez un conseil, ma p'tite Josette, la prochaine fois que vous allez à la pêche, laissez votre prédateur à la maison. Il va finir par écumer nos fonds sous-marins !

XI

De sa fenêtre, Judith observait le manège de deux bouvreuils perchés sur une branche du pommier. L'un ébouriffait les plumes de l'autre à coups de bec.

Philippe n'allait plus tarder. La fin de ce samedi après-midi pluvieux s'étiolait, semblait bâiller de langueur. Tracassée, la jeune femme n'avait pas réussi à se concentrer sur sa peinture. Aussi, s'était-elle occupée à des tâches ménagères. Son mari avait pris l'habitude de l'appeler de sa voiture une demi-heure avant sa venue. Elle attendait ce coup de fil pour mettre le couvert.

Le bruit anormal de la machine à laver finit par lui taper sur les nerfs. Judith avait l'impression qu'elle tournait depuis des heures. Ses draps finiraient en charpie! Elle se dirigea, énervée, vers la buanderie attenante à la cuisine. Elle constata, avec dépit, que le programme s'était bloqué sur le prélavage. Elle stoppa la machine. Piètre bricoleuse, elle n'avait pas l'intention d'aller fourrer son nez dans le programmateur. Un dépanneur se dérangerait-il un samedi à cette heure-là ? Bien qu'elle en doutât, elle décida d'essayer de trouver une adresse quelconque sur l'annuaire professionnel. Judith allait regagner le salon quand, passant devant le carreau donnant sur l'arrière-cour, elle resta pétrifiée.

Livide, elle contemplait sa paire de draps et les taies d'oreillers qui se balançaient doucement sur le fil à linge…

— Qu'est-ce que j'ai fait ? murmura-t-elle… Mais qu'est-ce que j'ai encore fait ?

Emplie d'appréhension, elle ouvrit le tambour de la machine. En sanglots, elle sortit du ventre de fer la veste en cachemire préférée de son mari, deux pulls en laine dégoulinants et sa paire de bottes en caoutchouc. Judith, dorlotant dans ses bras ces vêtements irrémédiablement fichus, se laissa glisser le long de la machine et s'assit sur le sol froid.

— Mon Dieu… au secours ! Je suis bonne pour l'asile d'aliénés, hoqueta-t-elle. Mais quand est-ce que j'ai fait ça ?

Elle jeta un coup d'œil sur son poignet, par réflexe. Ce faisant, elle se rappela avoir posé sa montre-bracelet sur la table de chevet. Un conseil de Sébastien afin d'éviter la psychose…

Comme elles lui semblaient loin, à présent, ces quelques heures passées avec Sébastien et volées à l'angoisse !

Elle eut soudain envie de l'appeler, d'entendre une écoute amie, mais renonça à ce projet, sitôt formulé.

Elle ne s'en sentait pas le droit. Désireuse de prendre du recul avant l'arrivée de son mari pour le week-end, Judith avait refusé le jour même, comme la veille d'ailleurs, de revoir le jeune homme, malgré l'insistance de ce dernier. S'il ne lui avait pas avoué être tombé amoureux d'elle, peut-être se serait-elle laissé fléchir…

Le raclement de la porte d'entrée ramena la jeune femme à la réalité. Déjà, la voix familière s'inquiétait de sa présence.

— Chérie ! Tu es là ?

D'un geste prompt, Judith s'essuya les yeux. Son pouls battait au rythme de sa panique. Où allait-elle pouvoir dissimuler les vêtements ? Il ne fallait pas qu'il soupçonne à quel point son état s'était délabré.

Traquée, elle fouilla du regard la buanderie à la recherche d'une cachette. En vain. En dépit de cause, elle remit le tas informe dans la machine à laver et referma le tambour. Il était temps… Les pas de son mari résonnaient sur le carrelage de la cuisine.

— Judith ?

— Je suis là, Phil… J'arrive.

Elle se heurta à lui alors qu'elle quittait la buanderie. Souriant, Philippe accueillit sa femme dans ses bras.

— Qu'est-ce que tu faisais ? Tu planquais ton amant ? dit-il en guise de plaisanterie.

Mais la blague était d'une telle actualité que Judith piqua un fard. Afin de camoufler sa gêne, la jeune femme enfouit son visage contre l'épaule de son mari.

— Oh ! Oh ! murmura-t-il d'un ton aussi enjoué… Je vous sens bien amoureuse, Madame ! Et je pense que votre seigneur et maître va passer un sacré week-end !

En matière de tromperie, le remords de l'un naît, non pas de l'ignorance de l'autre, mais de sa confiance candide. Judith n'échappait pas à cette règle. Pour la première fois depuis trois jours, elle se sentit laide et sale, indigne de l'amour de son mari. Elle resta un moment, les yeux clos, blottie contre lui. Pourquoi l'avait-elle trahi ? Elle ne se reconnaissait plus, se perdait de vue comme si elle s'était dédoublée… Où diable avait fui sa droiture de naguère ? Était-ce un effet pervers de la maladie qui lui rognait le cerveau ?

— Il faut que je te dise quelque chose, Phil… murmura-t-elle.

— Moi aussi ! décréta-t-il d'une voix tonique, en se détachant d'elle. J'ai une fringale de piranha diabétique ! Pas eu le temps de déjeuner à midi… Qu'est-ce que tu nous as préparé de bon ?

L'instant de grâce était passé. Celui des confidences amères aussi…

— Un rôti de veau. Ça te va ? Mais j'ai éteint le four. J'attendais ton coup de fil !

— Encore ! s'exclama-t-il. Mais tu crois que je passe ma vie accroché à un portable ? Une fois, comme convenu, ça suffit bien, non ?

— Une fois comme convenu ? répéta-t-elle sans comprendre.

— Ben, oui ! Je t'ai déjà téléphoné, il y a vingt-cinq petites minutes, non ? Je vois que tu n'as pas l'air plus réveillée que tout à l'heure !

L'annonce de Philippe fit à Judith l'effet d'un coup de poing reçu en plein plexus. Elle manqua de défaillir.

Heureusement, il lui tournait le dos, à la recherche d'un bout de pain sur l'étagère de la cuisine. Il lui fallait trouver une excuse, et vite…

— Je sais bien que tu m'as téléphoné tout à l'heure… Mais je m'étais assoupie… Comme je n'étais pas très loquace, j'espérais que tu m'aurais peut-être rappelée…

Ce mensonge impromptu devait paraître crédible. Philippe n'en fit aucun cas, plus occupé à trouver le beurre.

— Dans le réfrigérateur… indiqua Judith, en prévenant son désir.

— C'est fou comme on prend vite de nouvelles habitudes. À Paris, je n'achète plus que du beurre salé. Je trouve le doux fade maintenant et…

Philippe ne termina pas sa phrase. Sans mot dire, il contemplait l'intérieur du réfrigérateur, l'air profondément sceptique. Aussitôt, Judith sentit s'allumer le signal d'alarme. Quelle bourde avait-elle encore faite ? Malade d'avance, et présageant le pire, elle demanda d'un filet de voix :

— Qu'est-ce que tu regardes, comme ça ?

— Tu es sûre que tu vas bien, Judith ? Pourquoi fichtre as-tu mis tes tubes de peinture là-dedans ?

Mue par un instinct de survie, elle s'entendit répondre :

— J'ai lu dans une revue spécialisée que c'était le meilleur moyen de les conserver et d'éviter qu'ils ne sèchent…

— Quelle drôle d'idée ! Ce truc peut-être valable pour un peintre du dimanche mais toi, à la vitesse où tu utilises tes tubes, ils ne risquent pas de s'altérer. Enfin… C'est comme tu veux…

Judith avait réussi, tant bien que mal, à donner le change. Mais elle se sentait épuisée. Si les alertes se succédaient à cette cadence, elle ne tiendrait pas le coup très longtemps. Malgré tout, elle n'avait pas le courage de dévoiler à Philippe son état. La crainte la muselait. Elle connaissait d'avance la réaction de son mari, le branle-bas qu'il occasionnerait pour obtenir les meilleurs spécialistes en tout genre. Attitude saine, évidemment… Mais accepter une batterie d'examens signifiait pour elle se résigner à la maladie qu'elle repoussait de toutes ses forces. Si jouer à l'autruche n'était pas non plus une solution, elle n'en trouvait pas d'autre.

Philippe, tenaillé par la faim, tournait à présent autour de la cuisine. Une nouvelle crainte assaillit Judith. Les larmes aux yeux, elle pria pour ne pas avoir arrosé son rôti d'essence ou de parfum, ou enfourné le chat des voisins… Elle devait vérifier.

— Va te servir quelque chose à côté, Phil. Ça va être prêt dans un instant.

— Ça sent diablement bon, en tout cas ! Tu es un vrai cordon bleu, ajouta-t-il en l'embrassant dans le cou avant de quitter la pièce.

Cette dernière remarque apaisa un peu la jeune femme. Elle ouvrit le four et ne remarqua rien de suspect. De délicieuses effluves se répandirent. Aussi, confiante, apporta-t-elle le plat dans la salle à manger. Philippe était déjà attablé et dépliait sa serviette.

— Comme je te l'ai dit tout à l'heure au téléphone, mon week-end sera bref. Le ministre n'a pas trouvé d'autre créneau que demain, à vingt heures. À dix-neuf heures elle doit apparaître dans un cocktail et à vingt et une heures un dîner de gala l'attend à l'autre bout de Paris… Je ne les envie pas, ces gens-là… Ce n'est pas une vie.

Judith approuva son mari, d'un hochement de tête qu'elle tenta de rendre significatif, mais elle ne comprenait pas un traître mot à son discours. De quelle ministre s'agissait-il ? Quel rapport avec Philippe ?

— Tu n'as pas un peu de vin à nous offrir ? ajouta-t-il en découpant des tranches de rôti.

— Si, attends... Je dois avoir une bouteille en réserve dans la cuisine.

Lorsque Judith revint, la bouteille à la main, elle remarqua la grimace de son mari. Il mâchait lentement un morceau de viande.

— Pourquoi, diable, as-tu sucré ton rôti ?

— C'est une nouvelle recette, bredouilla Judith. Tu n'aimes pas ? Je vais chercher le sel, si tu préfères.

— Oui, s'il te plaît. Tes innovations sont surprenantes...

Elle repartit à la cuisine, d'une démarche d'automate. Que ce cauchemar cesse, une fois pour toutes... Depuis quelques jours, cette idée lui taraudait l'esprit. Judith commençait à l'apprivoiser, telle une bête rétive. Elle savait qu'elle parviendrait à s'en faire une alliée, une amie même. La mort abolit toute souffrance.

Elle renversa un peu du contenu de la salière dans la paume de sa main et goûta. C'était du sel. Comment avait-elle pu se tromper avec la boîte de sucre en poudre ? Inutile de se leurrer et d'accuser son étourderie. Elle était bel et bien malade...

Le reste du repas se déroula sans incident notable. Bribe par bribe, Judith parvint à comprendre ce qui mettait Philippe en émoi. Soit par discrétion professionnelle, soit plutôt par coquetterie, il n'avait pas voulu révéler - fût-ce à sa femme - l'identité de la ministre qui avait décidé, au nom de la France, de se faire retendre le visage et les seins. Pétri de gratitude vis-à-vis de cette servante de la République - elle l'avait choisi, lui, et dédaigné les services de son patron ou de son acolyte - Philippe songeait déjà aux retombées médiatiques de sa future intervention. Judith était contente pour lui, même si sa vaine fatuité l'agaçait un peu, à dire vrai…

— Si tu fais tout un mystère à propos de cette femme, ne put-elle s'empêcher de lui rétorquer, comment veux-tu que les gens en parlent ?

— Que fais-tu des bruits de couloir, ma pauvre Judith ? Ses bonnes amies, tout comme ses ennemis politiques, se rendront compte du changement opéré chez elle et chercheront à en apprendre davantage ! Tu connais les femmes, non ?

— Oui… là où les seins tombent, ta gloire monte…

— C'est d'un goût ! répliqua Philippe. Mais… ma parole ! On dirait que tu es jalouse !

— Moi ! Jalouse de ta rombière ! faillit s'étrangler Judith.

— Je ne te parle pas d'elle, voyons ! Mais j'ai l'impression que mes succès professionnels t'affectent. À propos, où en es-tu de ta future exposition ? Ça avance ? Tiens… passe-moi le fromage, s'il te plaît.

Judith se sentit blessée par l'allusion de son mari. Avait-il cette image d'elle ? Comment pouvait-il penser qu'elle jalousait sa réussite ? Seule, sa façon de « cocoriter » à tous vents l'énervait. Et lui ? Se souciait-il réellement de sa peinture ? Avait-il pris la peine de se diriger vers son coin-atelier et d'examiner ses nouvelles toiles ? Jamais, il n'émettait d'opinion critique sur son art pictural. Il fallait qu'elle fût prête pour l'exposition. C'est tout ce qui importait à Philippe… Une petite voix lui souffla alors à l'oreille qu'elle se montrait un peu injuste à l'égard de son mari. Sébastien non plus, n'avait pas manifesté beaucoup d'intérêt vis-à-vis de ses tableaux. Les hommes, peut-être, étaient ainsi faits… Désireux pourtant de la connaître, ils ne se rendaient pas compte, l'un comme l'autre, que c'est dans sa peinture qu'elle se mettait à nu.

— À quoi penses-tu ? Tu rêves ?

— Non, murmura Judith. Je songeais à notre couple. À force de vivre chacun obsédé par son art, j'ai peur que l'on finisse par se perdre… On devrait discuter davantage, des choses vraies…

Philippe lui coula un regard qu'elle connaissait bien.

— Mais, ma chérie, on peut se retrouver tout de suite, si tu veux. J'ai des mains qui savent te faire parler…

Judith soupira. Décidément, les hommes et les femmes n'auraient jamais le même langage…

Ils montaient se coucher lorsque le portable de Judith sonna. Anxieuse, la jeune femme redescendit les quelques marches et se saisit de l'appareil resté sur la table. Elle se doutait de l'origine de l'appel. Son intuition s'avéra juste quelques secondes plus tard.

— Allô ? Judith ? Mon amour… Ne raccroche pas. Je sais qu'il est là ce soir, avec toi, et que tu m'as interdit de t'appeler. Mais je ne peux pas supporter l'idée qu'il puisse te toucher. Ne le fais pas… Invoque un mal de tête… C'est encore le meilleur préservatif qu'une femme ait pu trouver. Ciao… Je t'aime.

— Excusez-moi, madame. Vous faites erreur, répondit-elle à la voix débitée à toute allure.

— Ferme ton portable, Judith ! réclama Philippe du haut de l'escalier. Je n'ai pas envie d'être dérangé par une armée de raseurs !

La jeune femme n'avait pas attendu la prière de son mari pour obtempérer. D'après les bruits de fond, elle se doutait de la provenance de l'appel. Sébastien lui avait téléphoné d'un café.

Une foule de sentiments confus et contradictoires tiraillaient Judith quand elle remonta les marches. La colère, d'abord... Sébastien n'avait pas hésité à passer l'interdiction formelle de l'appeler durant le week-end. Elle pensait pourtant avoir été claire avec lui l'avant-veille, quand elle avait mis un terme à leur relation aussi fugace qu'insensée.

Elle s'en prenait également à elle-même, à sa faiblesse. Tout était de sa faute. Lorsque l'on se sent incapable d'assumer l'amour, l'on s'en abstient. Cependant - et Judith était malheureuse de se l'avouer - la gentillesse, les attentions et la joie de vivre du jeune homme continuaient à l'émouvoir. Sa ressemblance physique avec Pierre aussi, bien sûr, même si elle lui avait paru moins flagrante au fur et à mesure de leurs rencontres épisodiques. Sébastien possédait dans le visage quelque chose de mou, voire de veule, dont Pierre était exempt... Du moins, était-ce l'impression de Judith. Elle n'ignorait pas non plus que, seule la mort, parvient à gommer les imperfections et embellit les êtres à notre convenance.

Parvenue sur le palier, Judith entrebâilla la porte de sa chambre et déclara à son mari son intention de prendre une douche avant de le rejoindre.

Déjà captivé par la lecture d'une revue professionnelle, il grommela son acquiescement.

Elle resta un assez long moment sous la pluie chaude et bienfaitrice. Quand elle regagna la chambre, la main de Philippe tenait toujours le magazine, mais il s'était endormi. Sans faire de bruit, Judith éteignit la lumière et se blottit contre lui, bourrelée de remords mais soulagée…

*

La matinée du lendemain passa vite, sans problème apparent. C'est du moins ce qu'en conclut Judith, se fondant sur les réactions-baromètre de son mari. Il ne manifesta aucune surprise quant à un comportement supposé extravagant de sa part. Il y eut bien une alerte lorsqu'il lui demanda où elle avait pu mettre sa veste en cachemire. Il comptait l'emporter à Paris. Elle prétendit l'avoir confiée au pressing car elle était tachée. Fin de l'alerte.

Philippe reprit la route sitôt son déjeuner avalé. Une ministre l'attendait à Paris et rien ni personne n'aurait pu le retenir en province. Alors qu'il démarrait sa puissante BMW, Judith, sur le seuil de la maison, lui fit, un dernier signe de la main mais, préoccupé par le cas de sa future patiente, il ne jeta pas un regard dans son rétroviseur. Un peu déçue, la jeune femme referma la porte sur elle. Taxer son mari d'indifférence l'aurait sans doute aidée à se dédouaner vis-à-vis de sa propre. infidélité. Cependant, un sentiment d'équité l'en empêchait. Philippe aimait la voiture et la vitesse, certes, mais peu d'hommes, aussi occupés que lui, auraient montré autant d'attention à l'égard de leur femme, en effectuant cet aller-retour fatigant pour une poignée d'heures passées avec leur compagne. Et s'il se montrait parfois imperméable dans ses. propos, ses actes parlaient pour lui.

Ils avaient déjeuné tôt. Une longue après-midi s'ouvrait devant Judith. La jeune peintre décida de se mettre tout de suite à l'œuvre. Depuis sa rencontre avec Sébastien, son travail avait souffert de quelques éclipses. Et pour retranscrire sur toile ses visions mentales, elle avait besoin de plus de rigueur et de continuité. À cette seule condition, elle ne verserait pas dans le dilettantisme.

Petit à petit, tableau après tableau, sa trame picturale prenait corps. Elle se sentait loin d'être prête encore pour sa future exposition mais le lien tissé d'une toile à l'autre se révélait intéressant.

Pour Judith, les plus grands artistes, fussent-ils peintres, romanciers, photographes ou musiciens, étaient les plus grands radoteurs. Ils ressassaient leur vision unique du monde en la modulant sur la même gamme chromatique. Les « touche-à-tout » de l'art parvenaient à être brillants mais restaient en deçà du génie.

Loin de Judith l'intention de briguer la place d'un nouveau Rembrandt ou d'un Van Gogh cependant! L'humilité constituait pour elle le premier pas vers la réussite.

Pendant de longues heures, la jeune femme travailla d'arrache-pied sans s'accorder la moindre pause. Il s'agissait de rendre palpable la rupture entre des gouttes d'eau et les morceaux d'un vase de cristal brisé, disséminés sur une table de bois.

Aux environs de dix-huit heures, la sonnerie de son portable l'arracha de sa griserie studieuse.

Elle ne fut pas étonnée d'entendre la voix de Sébastien. Il demandait à passer chez elle. Elle refusa. Il s'obstina, bouleversé. Elle n'avait pas le droit de le traiter de cette façon... Il ne comprenait pas cette fin de non-recevoir.

— Sébastien, tenta-t-elle de le raisonner, je ne suis pas une femme libre. J'ai un mari qui m'accorde toute sa confiance... Je me sens moche et sale de l'avoir trahi. Je sais que c'est de ma faute. J'aurais dû me montrer plus forte et te résister... Ce qui est fait est fait mais je ne veux pas poursuivre une relation qui, de toute façon, ne mènera à rien. Je ne quitterai jamais Philippe pour toi ou pour quiconque et ma duplicité me fait horreur. C'est clair ?

Plus que des reproches, le silence de Sébastien ponctué de sanglots déstabilisa Judith. Elle savait qu'il aurait fallu raccrocher à ce moment-là mais le désarroi du jeune homme semblait si intense qu'elle ne se résigna pas à couper court à leur entretien.

— Je t'en prie, Sébastien... Essaie de comprendre... Tu es jeune. La vie s'ouvre devant toi. Pourquoi cherches-tu à t'encombrer d'une névrosée, ou pire encore ? Hier, j'ai fait des choses insensées, comme ta mère. Je sais ce qui m'attend à présent. Tu n'as pas déjà suffisamment souffert de sa déchéance ? Ton attitude est stupide ! Excuse-moi, mais je te laisse à présent... Si cela peut t'aider, tu as été mon dernier petit rayon de soleil.

Têtu, Sébastien ne l'entendait pas de cette oreille.

— Une minute, Judith ! Laisse-moi le temps de digérer tout ça. Je ne suis pas un chien galeux, quand même ! Je mérite au moins ton écoute ! Si tu ne veux plus que je te touche, soit ! Je t'obéirai...

Je te demande juste le droit de te voir une petite heure !

— À quoi cela servirait, Sébastien ?

— Tu te rappelles notre pêche de l'autre jour ? poursuivit le jeune homme sans tenir compte de la remarque de Judith. On s'est bien amusés, non ? J'ai besoin de retrouver un moment comme celui-là avant de partir.

— Tu t'en vas ? ne put s'empêcher de répondre Judith.

— Oui, demain… Mon éditeur me réclame un boulot. J'aurais dû le rendre il y a huit jours déjà. Là, je ne peux plus reculer. Il faut que je rentre à Marseille. Je voulais te dire au revoir, autrement qu'au téléphone…

Ce dernier argument eut raison de la résistance de Judith. Elle accepta une promenade avec lui.

— J'arrive, fut le dernier mot de Sébastien avant de raccrocher.

Une demi-heure plus tard, Judith l'attendait toujours, en buvant à petites gorgées une tasse de thé trop chaud. Avait-il changé d'avis ? Le jour déclinait. Si Sébastien tardait trop, il faudrait renoncer à leur balade. Elle se savait vulnérable et, pour cette raison, ne voulait pas le recevoir chez elle. Derrière sa fenêtre, elle sondait le crépuscule, attentive aux vrombissements d'une moto. Pas même une voiture ne passa sur la route. Pour tromper son attente, elle se décidait à poursuivre la lecture d'un roman, lorsqu'on toqua à la porte.

— C'est toi ? Mais où est ta moto ?

— En panne, répondit le jeune homme en embrassant Judith au coin des lèvres. J'ai dû la laisser.

Elle n'a pas voulu démarrer. J'ai fait du stop et un type m'a déposé juste avant l'île... Excuse-moi mais tu me donnes l'impression d'être un témoin de Jéhovah ou un vendeur de billets de tombola. Tu ne me laisses pas entrer ? ajouta-t-il dans un sourire attendrissant.

Judith ouvrit la porte un peu plus grand.

— Heu... si. Le temps de prendre ma veste et mon portable.

— Ta veste, oui. Ton portable, non. Ne me fais pas l'affront d'espérer un coup de fil de ton mari durant notre chaste promenade ! Ou alors, tu as peur du grand méchant loup ? Tu as raison, remarque ! Je n'ai pris au goûter qu'une galette et un petit pot de beurre ! la chair fraîche me donne les crocs !

— Idiot ! sourit Judith, heureuse, malgré elle, de retrouver Sébastien et sa joie de vivre. Dans quel coin veux-tu aller ?

— J'aurais aimé retrouver le pont pour avoir une vue d'ensemble de l'île. En venant, j'ai repéré des tas d'oiseaux.

— Soit, pour le « Tourliguer ».

Ils marchèrent longtemps côte à côte, sans parler, attentifs seulement au bonheur simple de cet instant volé au temps et à la beauté austère du paysage. Quand ils eurent franchi le pont, ils s'arrêtèrent un moment pour admirer la lumière vibrer aux cuivres du couchant et rehausser les teintes ternes de l'immense vasière. On trouvait là encore des brassées de roseaux et des touffes de joncs bruissant dans la brise crépusculaire et qui, excités peut-être par l'or du soir, ragotaient encore, au passage d'une libellule, le rôle qu'ils avaient joué jadis pour démasquer un roi aux oreilles d'âne.

Plus loin, ponctuant la morne étendue de vase, surnageaient de minuscules îlots aux parois grises et lisses, surmontés d'une végétation rase et engluée.

Au-delà ne subsistait que le limon, souille frangée par endroits d'algues vertes, milieu hostile à l'homme, éden des oiseaux, donc. Sébastien voulut prendre cette direction en longeant la côte.

— Si tu y tiens, concéda Judith. Mais nous n'irons pas loin. La nuit va bientôt tomber.

La jeune femme songeait au retour. Il lui faudrait ramener Sébastien en voiture à Pont-l'Abbé. Sans doute voudrait-il dîner avec elle… Mais après ? La laisserait-il repartir sans faire d'histoires ?

En traversant des taillis et des bosquets, ils étaient parvenus au « Tourliguer », la grande vasière. Le soleil rouge enflammait la robe du ciel de ses derniers rayons, ensanglantait la pellicule d'eau où s'ébrouait un couple de tadornes, ravis de cet ultime bain de boue écarlate.

C'est alors que Sébastien la vit. Ses cheveux s'étaient accrochés aux branchages d'un tronc figé dans sa dérive. Elle était nue, borgne et désarticulée. Il la trouva touchante et voulut la récupérer. Judith l'en dissuada.

— Tu ne vas pas t'enfoncer dans la vase pour cette vieille poupée, tout de même ! En plus, il paraît que cet endroit est dangereux.

— Ne sois pas aussi timorée, Judith ! Regarde-la ! Elle me tend son unique bras pour que je vienne la chercher ! Le bout du tronc est à un mètre à peine de la rive. Je prends de l'élan et je saute au secours de ma princesse ! Tu n'as pas à être jalouse, Judith ! Tu es presque aussi jolie qu'elle !

Sans qu'elle ait eu le temps de l'en empêcher, Sébastien avait mis son projet à exécution. Tout se passa alors très vite. Sous l'impact du saut, le tronc se retourna. Déstabilisé, Sébastien tomba en arrière dans la vase. Il commença par éclater de rire.

— J'ai toujours aimé les blagues vaseuses ! Je t'invite à dîner ! Ça tient toujours ? C'est le chevalier puant qui régale !

Judith s'avança le plus près possible de la berge et s'accroupit.

— Donne-moi la main, espèce d'idiot !

— À vos ordres, Altesse !

Allongé sur le dos, il eut du mal à s'arracher de la vase collante pour se mettre sur le ventre tout d'abord. Au lieu de ramper vers Judith, il eut le réflexe fatal d'essayer de se mettre debout.

Il s'enfonça aussitôt. Dans un suçon de ventouse, la vase l'avala jusqu'à la taille. Arc-boutant son torse, Sébastien réussit néanmoins à saisir d'une seule main une branche du tronc mort.

— Oh… Oh ! On dirait que ça se corse !

Judith n'hésita pas à aller le chercher. Trois mètres à peine la séparaient de son ami. Mais, dès son premier pas dans la vasière, elle comprit l'ineptie de sa tentative. Sa jambe droite restait prisonnière de l'immonde cloaque. Grâce à son pied resté libre, elle parvint, avec beaucoup de difficulté, à regagner la terre ferme.

Impuissante, elle scruta Sébastien. Il fallait faire vite. En voulant se dégager de sa gangue d'un mouvement trop brusque, le jeune homme n'avait fait qu'empirer les choses. Le ventre gris et mou lui grignotait déjà la poitrine.

— Appelle de ton portable, Judith ! Des renforts ! J'ai l'impression que le fond m'aspire ! C'est à cause de mes bottes ! J'essaie de les enlever mais je n'y arrive pas.

À présent paniquée, Judith hurla :

— Je n'ai pas pris mon portable ! Tu n'as pas voulu !

Le regard affolé, Sébastien tenta pourtant de garder son sang-froid.

— Cours, Judith ! Derrière les arbres. Il y a des maisons. Demande de l'aide ! Fais vite ! Je ne tiendrai pas longtemps.

Ces quelques phrases prononcées avaient essoufflé le jeune homme.

Criant au secours, Judith s'élança comme une furie à travers le rideau d'arbres, le terrain pentu et les buissons de ronces qui la griffaient au passage ralentissaient sa course. Quand elle parvint enfin au grillage d'une clôture, elle s'agrippa une seconde aux mailles de fer et reprit haleine. Levant la tête, elle jaugea la hauteur de ce grillage. Trop haut pour parvenir à l'escalader. Elle devait le longer. Il aboutissait certainement à une ouverture… Derrière, une pelouse bien entretenue trahissait la présence d'une habitation. Ses appels à l'aide trouaient l'obscurité à présent descendue mais restaient sans réponse. La clôture forma bientôt un angle droit. La limite du jardin. Judith continua à monter pour le suivre. Enfin, elle aperçut le pignon clair d'une maison se détacher de l'ombre. À côté, une balançoire en plastique. Elle hurla de détresse. La silhouette d'un homme surgit. Bien campé sur ses jambes, il tentait de décrypter l'origine des cris. Il mit les mains en porte-voix tandis qu'une femme le rejoignait sur la pelouse.

— Où êtes-vous ?

— Ici ! sanglota Judith. Derrière le grillage !

L'homme s'avança vers elle, dans de longues foulées. La jeune femme ferma alors ses yeux brûlants de larmes. Elle avait l'impression qu'une éternité s'était écoulée depuis qu'elle avait laissé Sébastien.

— Qu'est-ce qu'il y a Madame ? Vous êtes blessée ?

— Pas moi. Un jeune homme… Il a sauté dans la vasière… Il est enlisé.

Le propriétaire de la maison comprit aussitôt l'urgence de la situation. Pourtant, sans montrer un signe d'énervement, il se retourna vers sa femme :

— Valérie, va chercher la corde dans le garage et demande à Simon de venir nous aider. Qu'il prenne sa planche de surf ! Aussitôt après, tu appelles les pompiers.

Puis, comme sa femme courait vers la maison, il s'adressa à nouveau à Judith :

— Le plus rapide est que vous restiez là. Mon fils et moi allons vous rejoindre. C'est trop bête, tout de même ! bougonna-t-il. À part lui, tout le monde sait que cet endroit est aussi dangereux que les sables mouvants ! Durant la guerre, un avion a été englouti corps et biens dans la vasière. Plus récemment, un cheval ! Les jeunes sont inconscients du danger. Tiens, voilà mon fils. Ne bougez pas. On arrive.

L'homme laissa Judith désespérée, les doigts agrippés aux mailles de la clôture. Pour lui parler ainsi, il n'avait pas réalisé le lien qui l'unissait à

Sébastien. Il devait penser qu'elle n'était qu'un simple témoin de l'accident. Elle essaya de se rappeler ses mots, et se rendit compte alors qu'elle n'avait pas prononcé son nom.

Judith n'eut pas le temps de réfléchir davantage à ce détail. Les rayons d'une lampe-torche l'éblouirent. L'homme, suivi d'un adolescent portant une planche, était à présent à ses côtés.

— Prenez la lampe, Madame, et guidez-nous. Il faut se dépêcher.

Tous trois dévalèrent la pente, Judith en tête. La descente fut très rapide. À quelques mètres devant elle, le faisceau de la lampe balaya le tronc dans la vase.

— C'est là. Derrière l'arbre !

— Tenez bon, Monsieur ! cria le sauveteur. On est là !

Mais en découvrant la surface lisse de la vase, Judith reçut un choc émotionnel violent.

— Vous êtes certaine de l'endroit ?

— Oui. Il s'était agrippé à cette branche, bégaya-t-elle. À côté de la poupée.

L'homme hocha la tête, l'air navré.

— J'ai bien peur qu'il ne soit trop tard… Enfin, on va tenter le coup, tout de même…

— Peut-être que d'autres promeneurs ont réussi à le sauver ? déclara le jeune garçon avec l'optimisme de son âge.

— Non, fiston. Tu penses bien que si c'était le cas, il n'aurait pas filé comme un lapin pour prendre sa douche ! Lui et ses sauveteurs auraient attendu sur place ! Il savait que la dame allait revenir avec des secours… Bon… Simon, accroche bien la corde à ta planche. Il vaut mieux que tu y ailles, toi. Tu es plus léger que moi. Je vais essayer de dénicher un bâton. Je connais mal la profondeur, ici.

Hébétée, Judith scrutait toujours la surface de la vase, incapable du moindre mouvement. D'ailleurs, on ne lui demandait rien. Ses compagnons d'infortune s'activaient, sans lui prêter attention.

Quand le père revint, une longue branche à la main, il avait changé d'avis. Malgré son embonpoint, il tenait à prendre la place de son fils sur la planche.

Judith comprit avec horreur ce changement de programme. L'homme, certain de la présence d'un cadavre sur les lieux, ne voulait pas que son fils le découvre grâce à la sonde improvisée.

Simon, d'ailleurs, choqué lui aussi, ne discuta pas les ordres de son père.

Allongé sur la planche, l'homme parcourut les quelques mètres à la vitesse d'une tortue. Pour avancer, il s'aidait de ses mains qui s'enfonçaient dans la vase comme dans du beurre mou.

— C'est là, Monsieur ! réussit à articuler Judith en claquant des dents. À vingt centimètres environ de votre main droite.

Dans un geste lent, il se saisit de son bâton et commença à sonder la vase. Il le relevait de temps à autre pour le replacer plus loin.

— Je ne sens rien de dur ici… Mais je n'aurais jamais imaginé une telle profondeur !

À ce moment-là, ils entendirent des clameurs. Quatre points lumineux dansaient par intermittence à travers les brèches des taillis. L'homme tourna la tête de ce côté.

— Les pompiers ! Faites-leur des signes, Madame, avec la lampe.

Judith accueillit la nouvelle, remplie d'un espoir inconsidéré. Ces hommes d'expérience allaient sûrement réussir à sauver Sébastien !

Elle déchanta vite. Le riverain, un certain Jean-Pierre Le Duff, comme l'entendit Judith par la suite, était revenu sur la berge. Il s'entretint avec le capitaine des pompiers qui, aussitôt, appela son homologue gendarme sur un talkie-walkie, tandis que ses hommes relayaient le sauveteur improvisé.

Le capitaine Mariani s'approcha ensuite de Judith.

— Madame, vous avez été témoin de la chute, je crois. D'après vous, était-ce délibéré ou accidentel ?

— Il a sauté sur le tronc pour s'amuser et a été déséquilibré.

— Naturellement, il ne vous a pas dit son nom ? demanda alors le pompier sur un ton plus affirmatif qu'interrogatif. Judith répondit non d'un signe de tête. Elle s'était empêtrée dans un mensonge par omission. D'ailleurs, personne n'avait cherché à savoir si elle connaissait ou non Sébastien. À présent, elle ne se sentait pas le courage de faire marche arrière. Si elle avouait la nature de leur relation, ne viendrait-il pas à l'idée des gendarmes qu'elle avait pu pousser son amant dans la vase ? En ce qui la concernait, sa vie était fichue. Mais il ne fallait absolument pas que le scandale éclabousse Philippe. Il ne méritait pas cela, en plus du reste. Quand les pompiers ramèneraient Sébastien, elle expliquerait sa position au jeune homme. Il saurait la comprendre.

— Il faut le trouver vite, Monsieur ! Il va finir par étouffer !

Le capitaine des pompiers dévisagea alors la jeune femme d'un air consterné.

Il en conclut que l'accident l'avait plongée dans un état de choc.

— On va vous donner un calmant, Madame. Mais il est inutile de vous culpabiliser. Jamais vous ne seriez parvenue à temps pour le sauver ! Ce jeune homme est enlisé depuis vingt minutes au pire, dix au mieux… Et quand je dis « au mieux », c'est une façon de parler. Mes hommes recherchent un corps, Madame. Vous comprenez ?

Trois quarts d'heure plus tard, la voiture de Jean-Pierre Le Duff ramenait Judith chez elle. Les gendarmes dépêchés sur les lieux peu après l'arrivée des pompiers les avaient brièvement interrogés. Pour eux aussi, l'affaire était entendue. Un malheureux jeune homme était mort par la faute de son inconscience. Avec le jour, les recherches qui, pour l'heure, n'avaient rien donné, seraient facilitées.

Jean-Pierre Le Duff déposa sa passagère juste devant la porte.

— Tâchez de dormir, tout de même, Madame. Moi aussi, je suis assommé. Je crois que je vais aller me coucher sans manger. Bonsoir…

Judith referma la porte derrière elle et y resta appuyée un long moment, les yeux clos, l'âme vacante. Le chagrin d'avoir perdu Sébastien à tout jamais ne s'était pas mis en marche. Sa forte émotion était encore trop récente. Elle ne pleurait pas, ne pensait pas. Sur le guéridon, son portable sonna. Elle le regarda sans ciller, incapable de se mouvoir.

Quand il sonna plus tard une seconde fois, elle tressaillit. Elle se trouvait toujours dans l'encoignure de la porte, lovée sur elle-même en chien de fusil. Elle s'était endormie… Un éclair de lucidité déchira son esprit embrumé. Sébastien ! Tout allait bien ! Il avait réussi à s'en sortir et tenait à la rassurer !

Galvanisée par cette unique pensée, elle rassembla ses forces, se dirigea vers le téléphone et consulta la messagerie. Les deux coups de fil provenaient de Philippe. Rien d'autre…

Un réflexe la rattacha alors au monde des vivants. Judith vérifia l'horloge du portable. Il était 22 heures.

Philippe avait examiné sa célèbre patiente et, sans doute excité, tenait à faire part à sa femme de cet entretien. Elle ne le rappela pas, sachant pourtant qu'elle aurait dû le faire. Son mari penserait qu'elle dormait. C'était bien ainsi. Elle ne se sentait aucun courage de l'entendre.

À présent, elle ne désirait écouter qu'une seule voix : celle de sa mère. Le choix fut délicat. Elle opta pour *La Betulia Liberata* de Mozart.

Ce n'est que lorsque sa maman emplit la pièce de ses chaudes modulations que Judith reçut la grâce de pouvoir pleurer. La jeune femme communia avec la contralto et chanta, tout en fouillant son secrétaire à la recherche de son bloc-notes et d'un stylo.

L'en-tête lui posa problème. Elle ne se souvenait plus de la date. Bah ! Quelle importance… Là où elle allait, personne ne lui demanderait de comptes sur le temps qui passe.

Continuer à chanter tout en écrivant l'inspira. Les mots couraient sur le papier, évidents comme des notes de musique.

Quand elle eut fini, Judith monta à l'étage pour en redescendre aussitôt, une petite boîte blanche et bleue à la main. En passant devant le bar elle réfléchit. Oui… deux précautions valaient mieux qu'une. Elle sortit la première bouteille lourde, soupesée au préalable. Du gin. Il ferait l'affaire. Elle s'assit à nouveau devant le secrétaire, dévissa le bouchon et but au goulot une grande rasade.

Sa gorge brûlait. Dieu, que c'était mauvais !

Soudain, Judith se ravisa. Elle ne procédait pas dans le bon ordre. Elle reposa donc la bouteille et décortiqua les petites pastilles blanches de leur gaine d'argent.

Pour les avaler toutes, elle dut s'y prendre à trois fois. Puis, avant de s'attaquer à nouveau au gin, elle résolut de relire sa lettre tant que sa lucidité le lui permettait. N'avait-elle rien oublié ?

« *Philippe,*

Je te demande pardon pour le chagrin que je vais te causer. Je n'ai pas envie de mourir mais je ne peux plus vivre… Ne te reproche rien ! Tu as toujours fait ce qu'il fallait. Mais je ne veux pas devenir pour toi un boulet, ni pour quiconque, d'ailleurs.

Je perds la mémoire ainsi que mes facultés intellectuelles. Le processus de ma maladie est irrémédiable et irréversible. Tant que je suis encore consciente de mes actes, je choisis de m'en aller dans la dignité. Je voudrais que tu fasses en sorte de m'enterrer auprès de mes parents. Je sais pouvoir compter sur toi. Distribue aussi mes dernières toiles à ma famille, sans oublier Léonor. Voilà, c'est tout…

Merci, Philippe, de ce bout de chemin. Promets-moi de refaire ta vie et de penser à moi, parfois, sans trop de peine.

Ta femme qui t'aime.

Judith. »

Sa vue se brouillait mais la jeune femme pensait n'avoir rien omis. En avalant une seconde rasade de gin, elle eut un haut-le-cœur. Elle attendit un moment avant de poursuivre l'infâme torture. Elle ne devait surtout pas vomir. Elle n'avait pas d'autres boîtes de somnifères en réserve.

Il restait encore un fond dans la bouteille lorsque Judith sombra dans le coma.

XII

— Martine ! Préviens la surveillante ! La 212 se réveille.

L'accent martiniquais de Baptista chanta loin dans le couloir. Puis elle regretta sa précipitation. Par trois fois déjà, son optimisme exagéré lui avait fait voir des choses qui n'existaient que dans sa volonté de sublimer le monde. Ce travers lui avait valu de vertes remontrances de la part de madame Besson, la surveillante.

Pourtant, Baptista était presque certaine d'avoir entraperçu dans la pénombre les cils de la p'tite dame bouger. La femme de charge délaissa son chariot pour s'approcher du lit, un peu ennuyée tout de même. Martine, l'aide-soignante, saurait peut-être faire la part des choses ? Comme la 214 venait de sonner, elle mangerait sans doute la commission… Du moins, Baptista l'espérait…

Car en ce qui concernait la 212, à y regarder de plus près, ce n'était pas demain la veille que la p'tite dame danserait la biguine sous les cocotiers ! Elle, non plus d'ailleurs! pensa Baptista pour s'auto-punir… La forte matrone hocha une tête sceptique devant la forme allongée et, selon son habitude, parla haut:

— Si c'est pas malheu'reux! Un si joli poulet de g'ain! Ma p'tite caille, tu vas me fai'e le plaisi'r d'ou-v'i tes jolis yeux. Je suis su'e qu'ils sont bleus! Hein!

Aucune réaction. Aussi, la femme de service changea de méthode et haussa le ton.

— C'est pas le moment de fai'e ta mijaurée! J'entends les pas du ser'gent major' dans le couloi'! Et qui va se fai'e engueuler? C'est pas toi, mais la pauv'Baptista qu'a le tort d'avoi'un trop beau clai'on?

Mais non! Elle n'avait pas rêvé! La zombie dodelinait de la tête! Même si ce n'étaient pas les yeux qu'elle ouvrait mais la bouche, Baptista ne pouvait pas trop lui en vouloir… Le visage aussi noir qu'une nuit veloutée embrassa comme du bon pain la pauvre figure exsangue.

— Jésus, Ma'ie, Joseph! Soyez tous t'ois bénis. dans l'esp'it saint de not'e Seigneu' ! T'es une chic fille! Si tu veux, tu peux di'e, à l'aut'e capo'al que, grâce à Baptista, tu es 'evenue à la vie! Je te pe'-mets!

— Baptista! gronda une voix derrière la femme de service. Que diable faites-vous là?

Rappelée à l'ordre, Baptista recula du lit.

— Je la su'veillais, Madame! Des fois qu'elle nous aurait fait un nouveau cap'ice.

— Combien de fois faudra-t-il vous répéter qu'on ne pénètre pas dans la chambre des malades avec un chariot rempli de linge souillé! Tirez-moi ça de là et allez prévenir le docteur Le Végant que la patiente se réveille.

De sa démarche nonchalante et chaloupée, Baptista obtempéra, ravie à plus d'un titre. D'abord, elle avait échappé aux crocs du pitbull, ensuite, et pour la première fois de sa carrière, elle rencontrait un horizontal d'excellente composition, enfin et surtout, c'est à elle que revenait l'honneur d'annoncer une bonne nouvelle au gentil docteur. Tout en fredonnant un air créole, elle frappa à la porte de la salle de repos. Baptista aimait beaucoup le docteur Le Végant. Toujours un mot aimable, ce qui ne mange pas de pain... Et il était le seul ici à se rappeler le prénom de ses cinq enfants. En plus, et cela ne gâchait rien, il était presque beau pour un zoreille...

Dans la chambre 212, l'infirmière en chef tentait d'endiguer la crise de larmes de la patiente à présent bien réveillée. Celle-ci n'avait de cesse de manifester son désir de partir.

— Calmez-vous, Madame, et montrez-vous un peu raisonnable ! Il n'est pas question, qu'après une TDS, on vous laisse nous quitter ainsi ! Ne vous affolez pas comme cela. Le psychiatre de service cette nuit va venir vous parler. Cela vous fera du bien. Vous verrez.

— Je ne veux pas parler ! Encore moins à un psychiatre, s'entêta Judith, d'une voix si rauque qu'elle ne la reconnaissait pas. Laissez-moi partir ! Je vous signerai une décharge... C'est mon droit !

— Si vous commenciez par nous dire votre nom ; ce serait déjà le début d'une véritable conversation ! Vous ne le pensez pas ? continua madame Besson, imperturbable.

Judith tourna ostensiblement la tête à l'infirmière qui, pourtant, essayait de l'aider.

Elle ne se montra d'ailleurs pas plus coopérative à l'arrivée du médecin de garde. Recroquevillée en position fœtale, la jeune femme s'obstinait à fixer un point du mur. L'infirmière jeta un coup d'œil éloquent au nouveau venu et sortit de la chambre dont la porte était restée grand ouverte.

Sans se presser, le psychiatre ne tenta pas de capter le regard de la patiente et s'assit de l'autre côté du lit.

— Bonsoir, Judith… Décidément, chaque fois que j'ai la chance de vous rencontrer, vous voulez vous esquiver d'une façon ou d'une autre.

La voix grave et chaude rappelait un vague souvenir à la jeune femme encore engluée dans une torpeur grise.

Pourquoi l'avait-il appelée par son prénom ? L'infirmière avait-elle fait semblant de ne pas savoir son identité ?

D'un geste lent, elle se retourna vers le médecin et le reconnut.

— Serge Le Végant… C'est ça ? articula-t-elle à travers ses lèvres sèches et craquelées.

Le regard du psychiatre se posa un instant sur les cernes violacés de la jeune femme.

— Oui… C'est un endroit assez insolite pour poursuivre des mondanités à peine ébauchées, mais nous nous en contenterons, ajouta-t-il d'un sourire doux.

Judith s'agita :

— Vous n'avez pas alerté mon mari ni mes grands-parents, hein ?

— Non, calmez-vous. En entrant dans votre chambre, j'ignorais qui vous étiez. Les pompiers vous ont transportée ici, il y a quelques heures. Vous n'aviez pas de papiers sur vous.

Une larme roula sur la joue de Judith.

— Mon Dieu… j'ai même raté ça… Ce n'est pas possible… Je croyais que ce serait fini… J'avais pourtant fermé la porte… Qu'est-ce qui n'a pas fonctionné ? Et où suis-je d'abord ? Que m'a-t-on fait ?

— Un lavage d'estomac des plus banals, répondit le psychiatre, point par point. Vous vous trouvez à l'hôpital de Pont-l'Abbé. D'après la fiche que je viens de parcourir, il était plus que temps. Vous pouvez remercier votre sauveur inconnu…

— Sébastien ! murmura Judith. Il est revenu et m'a trouvée ! C'est ça ?

La lueur d'espoir insensé dans le regard de la jeune femme n'échappa pas au psychiatre.

— Qui est Sébastien, Judith ? Un ami ?

Les questions du médecin firent sur la patiente l'effet d'un couperet. Elle se referma aussitôt.

Serge Le Végant, désireux de ne pas rompre leur lien déjà si ténu, décida de ne pas insister davantage.

— Hier soir, poursuivit-il, vers vingt-trois heures, des habitants de l'île Chevalier ont entendu sonner à leur porte. Ils venaient de monter se coucher. Le réflexe du riverain a été d'ouvrir la fenêtre de l'étage pour voir ce qui se passait. Ils ont aperçu de dos la silhouette d'un homme qui s'enfuyait à toutes jambes. Une sorte de colosse, paraît-il, d'après leur témoignage aux pompiers. Ces gens, intrigués, n'ont pas cru à la blague d'un vieux potache en mal de distractions. Ils sont descendus vérifier. Vous étiez allongée sur le pas de leur porte, inanimée.

L'homme avait déposé en évidence, sur votre ventre, une boîte de somnifères vide. Ils ont aussitôt compris la situation.

Mais Judith se moquait à présent des explications du médecin. Replongée dans ses pensées sans joie, elle n'éprouvait aucune reconnaissance vis-à-vis de l'intrus qui l'avait sauvée. Elle lui en voulait même. Peu lui importait de savoir par quelles circonstances ce fouineur s'était introduit chez elle. D'après la description sommaire des voisins, il ne pouvait pas s'agir de Sébastien… C'est tout ce qui comptait pour Judith.

Les tentatives de Serge Le Végant pour renouer avec elle restèrent vaines. Cependant, le médecin jugeait plus prudent de ne pas la laisser seule tant qu'elle ne serait pas rendormie.

— Je vous laisse vous reposer, Judith. Il est cinq heures. Nous nous reverrons dans la matinée. Je vous envoie quelqu'un.

— Inutile, docteur.

Un peu soucieux, Serge Le Végant quitta la chambre en laissant, comme il se doit, la porte ouverte.

Il arpenta le couloir de ses longues foulées et atteignit le bureau de la surveillante.

— Brigitte, avez-vous vu madame Barthélémy ?
Madame Besson consulta l'horloge.

— Elle doit être aux vestiaires à cette heure-ci, docteur. Madame Barthélémy vient de terminer son service de nuit.

— Je sais… mais j'ai besoin d'elle encore un petit moment, au sujet de la TDS d'hier soir.

Madame Besson fronça les sourcils, contrariée.

— Vous ne pouvez pas demander aux femmes de charge de faire des heures sup', docteur.

Serge Le Végant lui adressa un clin d'œil de connivence.

— Je sais, Brigitte… Je sais. Mais vous comme moi, nous ne les comptons plus, les heures sup' ? Pas vrai ?

— Ce n'est pas pareil ! rétorqua madame Besson. Et je…

Serge Le Végant avait filé dans le vestiaire du personnel.

Madame Barthélémy avait déjà endossé son manteau et s'apprêtait à troquer ses mules blanches contre de solides chaussures de marche.

Après avoir entendu le « gentil docteur », Baptista Barthélémy, qui ne savait rien lui refuser, reposa tout simplement, sans mot dire son manteau sur le cintre et suivit le médecin.

— Vous comprenez, Baptista… Tant qu'elle n'est pas endormie, je crains qu'elle ne récidive. Une minute d'inattention peut suffire… Et je crois qu'elle en a assez de me voir…

— No'mal, répondit la Martiniquaise, philosophe. Sans vous offenser, docteu', les hommes, c'est bon à 'ien. Ça sert au lit, c'est tout. Et enco'e ! C'est pas du solide… Tenez, docteu', moi qui vous pa'le, à cette heu'e, j'ai déjà enterré deux ma'is.

Tout en marchant dans les couloirs, Serge Le Végant se retourna vers la femme.

— Je suis navrée de l'apprendre, Baptista !

La femme partit d'un éclat de rire monumental, découvrant deux rangées de dents d'un blanc superbe et se tapa la cuisse, énorme comme un tronc d'arbre.

— Pas autant que moi, docteu' ! Mais c'est pas trop g'ave ! J'en che'che un t'oisième, plus costaud !

— À la santé du futur élu, alors ! répondit Serge Le Végant, un peu inquiet de savoir si Baptista avait des vues sur lui…

Il laissa la femme de charge à l'entrée du service et repartit.

Baptista Barthélémy trouva Judith, l'air hagard, au beau milieu de la chambre. Elle cherchait ses vêtements qu'on avait pris soin de lui retirer.

— C'est quoi ce ci'que ! gronda la statue d'ébène en roulant des yeux qu'elle pensait féroces.

— Laissez-moi partir ! Je veux m'en aller d'ici. Vous ne pouvez pas m'en empêcher.

— Tss ! Tss ! Joue pas les terreurs de village avec Baptista ! T'as l'ai'd'un pauv'môineau déplumé ! On voud'ait même pas te manger comme ga'nitu'e ! Oust ! Au pieu ! À voi'tes bagues, on doit te payer pour do'mir. Et t'as pas honte de fai'e ta mécontente ! poursuivit la Créole en conduisant Judith manu militari dans son lit. Moi, j'aime'ais bien aussi pouvoi'roupiller tout mon saoul ! Mais voilà ! Faut que je trime pou'un salai'e de misè'e et payer le loyer d'un appa'tement de me'de. Et je possède 'ien ! J'ai même pas mon cul à moi, alors !

Ce dernier argument dut paraître suffisamment éloquent aux yeux de Judith qui, impressionnée par la maîtresse femme et exténuée aussi à dire vrai, se montra docile.

Elle enfouit sa tête dans l'oreiller et sanglota. Assise à ses côtés, bras croisés et jambes écartées, Baptista Barthélémy assumait son rôle de cerbère.

Quand elle se mit à fredonner une berceuse de « là-bas », les spasmes de sanglots de la jeune femme s'espacèrent ; elle semblait l'entendre malgré son désarroi.

Aussi, toujours sur la même ritournelle, Baptista improvisa des paroles destinées, croyait-elle, à Judith. Dans cette rengaine sans fin, il était question de cas de figure si variés et si rocambolesques que Judith commença à l'écouter pour de bon. Tous les couplets débutaient par : « Pauv'petit poulet de grain, tu as voulu fuir le soleil parce que… » Il s'ensuivait des tragi-comédies aussi ahurissantes que ravissantes du genre : « Tu étais trop maigre et ton homme avait froid avec toi, aussi il est parti avec une couverture blonde et deux oreillers lolos. »

Au bout d'une demi-heure, Baptista avait épuisé tous les malheurs du monde de son répertoire. En outre, elle commençait à avoir soif. elle se leva sur la pointe de ses grands pieds, se pencha vers Judith et hocha la tête d'un air satisfait. La petiote dormait, un sourire aux lèvres…

*

Sur le parking de l'hôpital, l'homme faisait les cent pas pour se réchauffer des rigueurs de la nuit. Le jour allait bientôt poindre mais il ne se résignait pas à partir. Pas avant de savoir. Il attendait un signe. N'importe lequel.

Il n'ignorait pourtant pas que, s'il ne se renseignait pas à l'accueil, il n'obtiendrait rien. Or, cette démarche naturelle, sans doute, lui semblait au-dessus de ses moyens.

Causer, il pouvait déjà pas… Expliquer, encore moins. Alors, il fixait l'une après l'autre toutes les fenêtres du bâtiment en marmonnant, agité parfois de gestes saccadés.

Dans l'un de ses incessants va-et-vient, il se heurta, devant la porte d'entrée, à une grosse femme noire qui sortait de l'hôpital. Comme elle n'avait pas l'air commode, il s'excusa, chose rare chez lui. Il eut l'impression qu'elle lui donnait un coup de seins pour le déstabiliser et lui apprendre les bonnes manières.

La mère allait finir pas se réveiller. Comment réagirait-elle s'il ne répondait pas à l'appel de sa canne ? Pont-l'Abbé-Combrit à vélo, ça faisait tout de même une sacrée trotte ! Il ne pouvait plus rester…

La mort dans l'âme, il enfourcha son deux-roues qui tituba aux premiers coups de pédales. Une seule chose lui mangeait les sangs. N'avait-il pas trop tardé pour secourir Sarah ? Il était délicat, malgré tout, de se servir de sa nouvelle clef pour pénétrer chez elle. Qu'aurait-elle pensé de lui ?

Tout en ruminant ses sombres pensées, Joseph, flanqué de son corniaud qui trottinait derrière lui, quitta le parking de l'hôpital.

*

— Si c'est pour le 212 que vous vouliez me voir, docteur, son premier et seul désir a été de réclamer le journal local. Sinon, elle a refusé de prendre un petit-déjeuner.

Serge Le Végant réfléchit.

— Vous n'auriez pas remarqué, Brigitte, quelle page l'intéressait plus particulièrement ?

Brigitte Besson eut un sourire finaud qui éclaira son visage un peu austère au demeurant.

— Je ne suis pas née de la dernière pluie, docteur ! Je lui ai moi-même apporté le quotidien et j'ai tournicoté, mine de rien, dans la chambre. Une femme qui fait une TDS durant la soirée et dont le premier réflexe est de se ruer sur les nouvelles locales a de quoi étonner ! Sachez donc, pour votre gouverne, qu'elle s'est littéralement jetée sur un article quelconque au bas de la page de Pont-l'Abbé… Maintenant c'est à vous de voir. Je n'ai pas eu le temps d'approfondir la question…

— Vous êtes une perle, Brigitte !

— Et vous, un vil flatteur, docteur…

Dans le bureau des infirmières, Serge Le Végant compulsa un exemplaire du quotidien. La page concernée offrait, en fait, peu de possibilités d'attiser ainsi la curiosité de Judith. La jeune femme était-elle fascinée à ce point par un concours de pétanque, ou par le service à domicile de repas chauds aux personnes âgées ? Un seul entrefilet pouvait convenir. Le médecin le lut. Il s'agissait d'un accident survenu la veille au soir sur l'île Chevalier. Un jeune homme, dont l'identité n'était pas connue, avait glissé dans la vasière et s'y était enlisé. Une promeneuse, témoin de la scène, avait tenté d'alerter les secours qui étaient arrivés, selon toute vraisemblance, trop tard pour sauver le malheureux. Les recherches reprenaient dans le courant de la matinée.

— Eh bien ! soupira Serge Le Végant en repliant le journal. Allons voir comment se porte notre joli témoin, ce matin !

*

On lui sauve la vie et ça boude ! Charmant tableau, pensa le psychiatre en réitérant sa question.

— Ce n'est tout de même pas un secret d'état que de vous demander, Judith, si l'interne est passé prendre votre tension ?

— 10.4, finit-elle par lâcher, les lèvres serrées.

— Bien. Ce n'est pas un triomphe, mais c'est déjà mieux.

— Je peux partir, alors ? s'enquit Judith.

— Votre envie de nous fausser compagnie devient obsessionnelle ! Qui sera auprès de vous ? Votre mari ? Une amie ? Quelqu'un de votre famille ?

Le silence soudain de la jeune femme était éloquent.

Serge Le Végant se tut, lui aussi, afin de déstabiliser son attitude défiante et pour mieux lui exposer, ensuite, l'idée qui lui trottait dans la tête depuis la lecture du journal.

— J'ai un marché à vous proposer, Judith. Personne ne peut, en effet, vous garder ici quelques jours contre votre gré, même si cette solution est la seule raisonnable. Je veux bien vous signer une décharge à une condition…

Le regard tendu de Judith attendait clairement la suite. Mais le psychiatre prit le temps de griffonner la feuille de soins adossée aux barreaux du lit avant de continuer :

— Je me sens à présent responsable de vous et je ne vous lâcherai pas seule dans la nature. D'autre part, j'ai un problème personnel à résoudre. On est dimanche aujourd'hui. Je termine mon tour de garde dans la soirée. J'ai un fils, Paul, que j'élève. C'est un enfant facile mais il n'a que huit ans. Il a une grosse angine et beaucoup de fièvre. Sa baby-sitter est obligée de s'en aller à midi et je n'ai trouvé personne pour la remplacer. Si vous acceptez de vous occuper de lui cette journée, je signe votre bon de sortie.

Judith réfléchit à cette alternative aussi inattendue qu'insolite. Tout cela sentait le coup monté mais elle ne parvenait pas à discerner les fins du médecin. Avait-elle, par ailleurs, le choix de refuser l'offre ?

— Pourquoi faites-vous cela ? Vous ne me connaissez pas, Docteur. Avez-vous songé aux risques que vous prenez pour votre fils ? Et si j'étais une malade mentale ?

— Je n'ai pas d'inquiétude à ce sujet, rétorqua Serge Le Végant.

— Moi si… répondit Judith, laconique. Et puis, personne autour de moi n'a de jeunes enfants. Je n'ai pas l'habitude de jouer avec eux. C'est une grande responsabilité…

— Vous refusez alors ?

— Non, j'accepte… murmura Judith.

*

Deux heures plus tard, Serge Le Végant conduisait la jeune femme chez lui, à bord de son 4 x 4. Le médecin habitait au Méjou-Roz, un lieu-dit de Plonéour-Lanvern à un kilomètre environ de la chapelle de Tronoën.

Sa maison, coquette mais sans ostentation, était entourée d'un grand jardin ceint de murs.

Après avoir présenté Judith à Paul, le psychiatre repartit pour Pont-l'Abbé, laissant le soin à Isabelle, la baby-sitter, d'expliquer le fonctionnement de la maison.

Judith eut peur d'avoir trop présumé de ses forces. La tête lui tournait et ses jambes, flageolantes, avaient du mal parfois à la porter. Tendue, elle essayait d'assimiler les mille et un détails dont la jeune fille l'assénait à propos des habitudes alimentaires de l'enfant, des antibiotiques à lui donner, de la chaudière déficiente, de la manie du médecin d'éteindre le gaz de la cuisinière après chaque usage. Pièce après pièce, Judith hochait la tête d'un air entendu, tout en sachant qu'elle n'avait pas retenu le tiers des explications.

Quand la jeune fille s'en alla, la laissant seule avec le petit Paul, elle fut prise d'une crise d'angoisse et dut demander à l'enfant où se trouvaient les sacs plastique, unique manière de stopper une tétanie naissante.

Le jeune garçon, de ses yeux graves et doux, la regarda souffler dans le sac sans mot dire. Quand les picotements de ses muscles encore durcis s'estompèrent, Judith s'arrêta, exténuée.

— Si tu veux, tu peux gonfler les ballons que j'ai dans ma chambre ! Ce sera plus facile ! Moi j'y arrive pas et papa m'a dit qu'il fallait attendre mon goûter d'anniversaire.

Judith sourit à l'enfant. Il lui semblait mignon.

— D'accord ! Montre-moi ta chambre, bonhomme !

La sonnerie du téléphone dérangea un instant leur projet. Aussitôt, Paul courut répondre.

— Tout va bien, P'pa ! répondit-il sans quitter Judith des yeux. Elle est très jolie mais pas blonde…

Non… T'inquiète pas… Je m'occupe de tout… Ben, non ! Pourquoi tu veux qu'elle pleure ? On va jouer dans ma chambre, alors. Hein ! Pourquoi tu me dis « Chut » ? Bon… Oui. Je te laisse aussi. Bisou. À t'à l'heure, P'pa.

Ainsi, comprit Judith, la désinvolture de Serge Le Végant était feinte. Sans doute appellerait-il plusieurs fois dans la journée pour prendre la température de la maisonnée… Elle ne savait plus très bien qui, du médecin, de son fils ou d'elle, avait chargé l'un de surveiller l'autre…

La jeune femme n'avait jamais eu l'occasion encore de se rendre compte à quel point le fait de s'occuper d'un enfant suffisait à accaparer tout votre temps.

Une chose la tracassait. Il fallait à tout prix qu'elle téléphone à son mari, à Paris. Philippe devait s'inquiéter de son silence. Après avoir essuyé une fin de non-recevoir la veille au soir, il avait sûrement tenté de la rappeler sur son portable, resté à l'île Chevalier. Mais pour téléphoner librement, elle devait avoir les coudées franches. Philippe n'aurait pas compris la présence d'un enfant à ses côtés.

Une occasion de liberté restreinte se présenta après le déjeuner. Paul, à nouveau, avait les yeux fiévreux. Judith lui proposa une petite sieste à laquelle il consentit après un quart d'heure de concessions mutuelles. Il était donc entendu que la garde-malade, fatiguée elle aussi, s'allongerait auprès de l'enfant, une fois la vaisselle faite.

Ses craintes furent très vite avérées. Philippe avait l'humeur maussade des mauvais jours. À quoi passait-elle son temps depuis la veille ? Elle trouva une parade. Son téléphone portable était en panne. Elle l'appelait de chez les voisins. Comme Serge Le Végant avait eu la bonne idée de se mettre sur liste rouge, Judith savait que son mari n'aurait pas le loisir de vérifier la provenance du coup de fil. Afin de l'amadouer un peu, elle l'interrogea sur sa soirée. Son entretien avec la mystérieuse ministre s'était-il déroulé selon ses désirs ? Philippe resta évasif, encore contrarié, semblait-il. Puis, il lui fit part de son intention de passer son triste dimanche solitaire - il pleuvait à Paris - au cinéma de son quartier. Judith interpréta ses sous-entendus. Philippe commençait à trouver longue sa vie de célibataire. Elle raccrocha, attristée. D'ici peu, elle devrait renoncer aux échappatoires et accepter de subir tout le tremblement de tests médicaux, ou alors en finir une fois pour toutes, en prenant soin, cette fois-là, de fuir les boy-scouts à l'âme de saint-bernard.

La gentille tyrannie de Petit Paul, ravi de trouver en elle un compagnon de jeu, n'avait laissé que peu de loisirs à Judith pour ressasser ses idées noires. Comme elle s'allongeait auprès de l'enfant endormi, le visage souriant de Sébastien s'imposa à elle. Elle emprisonna la vision dans son esprit et ne tarda pas à sombrer dans un sommeil abruti.

Vers 18 heures, Serge Le Végant, en rentrant chez lui, trouva Judith et son fils assis en tailleur sur le tapis du salon. Devant eux, s'étalaient une multitude de petits cartons retournés.

Sans jeter le moindre regard à son père, Paul tint toutefois à le prévenir :

— Ne nous dérange pas, P'pa. On termine une partie de Mémory. Judith est trop forte ! Mais, au moins, elle n'est pas comme toi ! Elle ne fait pas exprès de perdre pour me laisser gagner ! C'est plus rigolo !

Serge Le Végant respecta à la lettre les consignes de son fils. Il se servit un verre, en proposa un à Judith qui accepta un jus de fruits, puis il s'assit avec eux et les regarda jouer.

Le tas de cartons accumulés par la jeune femme était impressionnant. Pourtant, de ce jeu, qui exige concentration et mémoire visuelle, les enfants sortent habituellement vainqueurs. Judith retrouva huit paires d'animaux de rang et gagna la partie.

— Bien, bonhomme, décréta le médecin. Tu feras mieux la prochaine fois... Pour l'instant, tu vas aller ranger ta chambre. C'est un vrai bazar !

— Dis plutôt que tu veux te débarrasser de moi pour rester seul avec Judith ! bougonna le petit garçon.

— Exact, mon grand ! Nous devons parler de choses qui ne te concernent pas. Allez, file !

Quand l'enfant obéit en maugréant, Judith se sentit déstabilisée. Elle n'avait qu'une envie : fuir la présence gênante du psychiatre. Ce dernier devina son trouble mais ne lui laissa aucune échappatoire.

— Au début de l'après-midi, attaqua-t-il, j'ai reçu à l'hôpital, une visite vous concernant.

— Moi ? balbutia Judith sur le qui-vive.

— Oui... Le capitaine Balbec, de la gendarmerie de Pont-l'Abbé.

La jeune femme, tout à coup très pâle, déglutit. Serge Le Végant lui accorda quelques secondes de répit pour encaisser le choc et poursuivit d'une voix toujours aussi calme.

— Figurez-vous que cet homme ne croit pas aux coïncidences. Hier, au cours de la soirée, les pompiers sont dépêchés à l'île Chevalier sur les lieux d'un tragique accident. Ils questionnent le témoin du drame, une promeneuse quelconque… Or, quelle n'est pas leur surprise lorsque, quelques heures plus tard, ces mêmes pompiers sont encore appelés, cette fois-ci, pour tenter de sauver une femme qui vient de faire une tentative de suicide. Inutile de vous préciser qu'ils ont reconnu le témoin en question. Curieux, non?

Judith baissait la tête, incapable de répondre. Puis, le souffle court, elle puisa en elle le courage de lui demander:

— Que lui avez-vous dit? Pourquoi ce Balbec n'est pas là pour me questionner?

— Disons qu'il a en moi une certaine confiance… J'ai soigné son épouse, il y a quelques années. Elle souffrait d'une dépression sévère à la suite d'un accouchement difficile. Je ne lui ai pas caché que vous vous trouviez ici. Mais j'ai un peu travesti la vérité. Je lui ai raconté ce que j'ai pu apprendre de vous par notre ami commun, l'ancien impresario de votre père. Vous êtes donc officiellement dépressive vous aussi — çà, Balbec peut le comprendre — et vous n'avez pas pu supporter le choc occasionné par l'agonie de cet inconnu que vous n'êtes pas parvenu à sauver malgré vos efforts…

— C'est un peu vrai… murmura Judith.

— Oui, excepté que cet homme ne vous était pas étranger, n'est-ce pas?

Percée à jour, Judith fondit en larmes et raconta au médecin son aventure avec Sébastien ainsi que les raisons pour lesquelles elle s'était laissé aller aux pièges de l'adultère. Sa solitude morale… La ressemblance de Sébastien avec son fiancé mort… Épuisée, elle ne chercha plus à dissimuler.

Serge Le Végant l'écoutait sans qu'aucun muscle de son visage puisse trahir une émotion quelconque. Après avoir fini d'un trait son verre _de jus de fruits, il se leva et se prépara un whisky léger.

— Je ne vous en propose pas… Je suppose que d'ici longtemps vous ne pourrez plus voir en peinture une bouteille d'alcool ! Mais dites-moi une chose ? Ce garçon… Vous l'aimiez ? Est-ce la véritable raison de votre volonté d'en finir avec la vie ?

Judith hocha la tête.

— Non, je le trouvais émouvant, c'est tout. Mais je me sens responsable de sa mort, comme celle de mes parents et de Pierre… J'abîme tout ce que je touche. Je me fais l'impression d'être une femme fatale, au sens étymologique, s'entend. Je porte malheur à ceux qui m'aiment.

Serge Le Végant se garda de tout commentaire.

— …Et puis, ajouta Judith d'une voix devenue enfantine, je suis atteinte de la maladie d'Alzheimer.

La réaction du psychiatre, spontanée et immédiate, choqua la jeune femme. Il était en train de boire une gorgée de whisky, quand il s'étrangla. L'alcool lui monta au nez et il fut pris d'une quinte de toux.

— Excusez-moi, nasilla-t-il en se mouchant. Ça fait un mal de chien, ce truc-là !

Puis, il prit une grande respiration et, les yeux larmoyants, réussit à s'exprimer à nouveau :

— Je suppose que vous avez subi tous les examens possibles ?

— Non, aucun… avoua Judith. Mais je le sais… J'en ai tous les symptômes.

Le rire du médecin fut franc et massif. La jeune femme lui en voulait de cette hilarité indécente.

Serge Le Végant s'essuya les yeux et tenta de reprendre son calme.

— Ne m'en veuillez pas, Judith… Mais… c'est tellement absurde ! Qui vous a fourré dans la tête de pareilles inepties ? Je côtoie tous les jours des cas d'Alzheimer… Je puis vous assurer que, de ce côté-là, je n'ai aucune crainte à votre sujet. Tenez ! Regardez les deux tas de cartes sur le tapis.

— Eh bien ? rétorqua Judith déboussolée.

— Si vous aviez, ne serait-ce qu'un début d'Alzheimer, vous seriez incapable de battre mon fils au Mémory ! Vous ne pourriez même pas retrouver deux couples de cartes semblables d'un seul jet !

Mais Judith hochait la tête, obstinée.

— N'essayez pas de me donner le luxe d'un espoir, Docteur. Après, c'est trop cruel… Je sais de quoi je parle…

— Vous peut-être, répliqua le psychiatre. Moi, je ne suis pas devin. Si vous m'expliquiez vos troubles ? Hein ? Quand et comment ont-ils commencé ?

Hésitante, la jeune femme fixa le regard vert posé sur elle. Puis, elle décida de lui faire confiance. D'ailleurs, avait-elle le choix ? Les non-dits de Serge Le Végant à propos de Sébastien ne la laissaient pas dupe. Tant que les gendarmes n'avaient pas retrouvé le corps du jeune homme, ils pouvaient peut-être la considérer comme une pauvre déséquilibrée en proie à des hallucinations. Ensuite, ce serait une autre histoire…

Alors Judith rapporta au psychiatre les premiers symptômes de ses pertes de mémoire. À Paris, tout d'abord. Des rendez-vous manqués avec Léonor… Le soir de ce fameux dîner, chez elle, où les invités de son mari avaient débarqué sans qu'elle ait rien préparé… Puis elle raconta, d'un seul jet, ses déboires sur l'île Chevalier : l'histoire du tapis qu'elle avait cru rouge comme celui de son enfance et, surtout les gestes insensés qu'elle accumulait depuis quelque temps.

Quand elle eut fini, Serge Le Végant garda un instant le silence. La jeune femme interpréta ce mutisme en sa défaveur. D'un air bravache, elle ironisa :

— Ça vous laisse sans voix, hein ? Alors ? Toujours aussi sûr de vous ?

— En ce qui concerne la maladie d'Alzheimer, oui. Je ne pense pas me tromper… Maintenant, je ne veux pas vous mentir… Certains faits sont troublants. Je suppose que, si vous vous droguiez, vous me le diriez ?

— En effet… décréta Judith d'un ton hargneux. Inutile de chercher une explication de ce côté.

Puis, comme le silence s'éternisait, la jeune femme se leva et prit sa veste adossée à une chaise.

— Que faites-vous ?

— Pouvez-vous me prêter un peu d'argent ? J'appelle un taxi et je rentre chez moi.

— Il n'en est pas question, Judith. Vous êtes sous ma responsabilité. Vous ne partirez pas d'ici sans moi.

La colère manqua d'étouffer la jeune femme. Les traits durcis, incapable de proférer un mot, elle se jeta sur le médecin et s'agrippa à son pull-over. À quel marché de dupes s'était-elle livrée ? Qu'avait promis le psychiatre à Balbec ? Ivre d'une tension accumulée, elle émit des sons inarticulés, semblables à des jappements.

— Calmez-vous, Judith ! implora le médecin en lui bloquant les poignets. Pensez à mon fils. Vous allez l'effrayer… Je ne suis pas votre ennemi… Au contraire. Je veux vous aider ! Nous allons tous les trois chercher vos affaires et vous passerez la nuit ici, dans la chambre d'amis… Je peux vous lâcher à présent ? Vous serez raisonnable ?

L'irruption de Petit Paul dans le salon, acheva les dernières résistances de Judith qui s'affaissa dans un fauteuil.

— Qu'est-ce qu'il y a, P'pa ? Pourquoi Judith pleure ? Elle a attrapé ma maladie ?

— Non, mon chéri. Va vite mettre ton blouson. Nous allons chez ton amie chercher son pyjama. Ce soir, nous avons une invitée. Tu es content ?

— Oh, oh… Je vois ! souligna le garçon d'un air entendu.

— Tu ne vois rien du tout, idiot. Allez, file !

*

En entrant dans sa maison sans la moindre difficulté, Judith frissonna. La porte n'avait pas été verrouillée. Dès qu'elle eut allumé l'interrupteur, elle chercha sa clef dans une boîte à gants posée sur le secrétaire : sa cachette habituelle. La clef s'y trouvait…

— Quelque chose ne va pas, Judith ? la questionna Serge Le Végant, en constatant son trouble.

— Oui… Hier soir, quand je suis revenue de cette abominable promenade, je me suis enfermée chez moi. Je ne laisse jamais ma clef dans la serrure… Je la mets là, dans cette boîte. Comme vous pouvez le voir, elle y est toujours.

— Qui d'autre possède le double des clefs ?

— Personne… et c'est cela qui me perturbe.

Judith raconta alors au médecin ses craintes lors de son installation dans la maison de l'île Chevalier. Plusieurs fois, elle avait eu le sentiment d'être épiée. Sur les conseils de son mari, ils avaient alors changé de serrure et s'étaient accordés sur le choix d'une seule clef.

— Il semblerait que votre mystérieux sauveteur en ait décidé autrement. Il possède un double…

Judith esquissa une moue de dégoût. Se savoir la proie d'un quidam qui violait son intimité lui était hautement désagréable.

Elle demanda au psychiatre son avis sur le profil d'un pareil individu.

— Un voyeur, sans doute, répondit Serge Le Végant. Quelqu'un qui vous voue un culte sans borne. Une chose me rassure en tout cas : il ne vous fera pas de mal. Il vous aurait laissé mourir, sinon.

Paul interrompit leur conversation. Il s'ennuyait. Après avoir fureté pourtant au rez-de-chaussée, il s'interrogeait sur l'endroit où Judith pouvait avoir caché le poste de télévision et les jeux vidéo. Quand la jeune femme lui annonça que la maison en était dépourvue, il eut un air compatissant.

— Tu es si pauvre que ça ? Tes enfants doivent être tristes…

Judith lui ébouriffa les cheveux.

— Je n'ai pas la chance d'avoir un bonhomme aussi gentil que toi. Veux-tu que je te montre des livres de peinture ? Ils sont très beaux, tu sais.

À défaut de mieux, Paul s'installa sur le tapis et se mit à feuilleter l'album que lui avait choisi la jeune peintre.

— Après le fils, c'est au tour du père de se montrer casse-bonbon. J'aimerais beaucoup voir vos toiles. Vous me les présentez ?

Judith eut un instant d'hésitation puis conduisit le médecin à l'autre bout du salon, dans son coin-atelier.

Serge Le Végant observa la dizaine de toiles achevées durant un long moment. La jeune femme, un peu déstabilisée par son silence, attendait le verdict. Il passait d'un tableau à l'autre, revenait au premier, le prenait entre les mains afin de l'étudier sous un éclairage différent.

— Vous n'aimez pas ? finit-elle par décréter, sans vouloir lui montrer sa déception.

— Si… Au contraire, répondit-il avec sincérité. C'est tout à fait remarquable. Vous êtes très douée. Je ne vous ferai pas l'offense de vous dire que je trouve vos toiles belles. C'est autre chose… Étranges… Votre vision de vous-même est-elle si dramatique ?

Il n'espérait pas de réponse de la part de Judith. Elle ne vint d'ailleurs pas.

Serge Le Végant semblait fasciné par le plus grand tableau qui, par ses couleurs vives, tranchait sur les autres.

— Je l'ai peint, commenta Judith, en respectant le plus fidèlement possible le bouquet qui hante mes cauchemars.

Le psychiatre, intéressé, encouragea là jeune femme à s'expliquer davantage.

— Depuis que je suis installée ici, je fais toutes les nuits le même rêve. Je suis petite. Je m'approche d'un guéridon sur lequel trône un magnifique bouquet dans un vase de cristal. Je fais un faux pas et renverse le vase qui se brise. Il y a de l'eau partout et je dois réparer ma bêtise en cachant les fleurs. Sinon, je vais me faire gronder. En fait, murmura Judith en caressant du bout des doigts sa toile, je suis persuadée que ce bouquet a existé. Je ne garde aucun souvenir du jour où j'ai tué mes parents, si ce n'est le flash de ces fleurs.

— Pouvez-vous les nommer, Judith ? demanda le psychiatre d'une voix douce.

La jeune femme manifesta son étonnement.

— Moi qui pensais les avoir représentées de façon réaliste ! Encore une illusion ! Bon, comme vous voulez… Au fond, vous reconnaissez les chrysanthèmes, j'espère. Puis, des roses et des marguerites violettes. Enfin, au premier plan, des coquelicots et des myosotis.

— Et ces tiges tronquées ? interrogea le médecin. Judith haussa les épaules.

— J'ai peint seulement les tiges de ces fleurs parce que je ne me rappelle plus leur nom. Sans doute, une variété exotique peu commune.

— Vos parents sont morts à quelle saison ?

— Le 20 octobre, 1972. Pourquoi une telle question ?

Serge Le Végant s'approcha de Judith et lui toucha amicalement l'épaule.

— Parce que votre bouquet est improbable…

— Ce qui veut dire ? réagit aussitôt la jeune femme sur la défensive.

L'explication du médecin était simple. D'une part, une maîtresse de maison ne composerait jamais un bouquet aux fleurs aussi disproportionnées les unes les autres du point de vue de la taille. D'autre part, au mois d'octobre, on ne trouve plus de coquelicots, encore moins de myosotis, lesquels fleurissent au printemps. Judith l'approuva mais, cependant, elle semblait sûre de son fait.

— J'ai vu ce bouquet. J'en suis certaine !

— Dans un sens oui… Parce qu'il est symbolique. Les pétales des coquelicots ont toujours été associés par les poètes à des taches de sang. Quant aux myosotis, rappelez-vous le langage des fleurs : « Ne m'oubliez pas. » Le traumatisme dont vous m'avez parlé tantôt et qui concerne l'amnésie consécutive à la mort de vos parents, prend ici toute sa signification. Votre subconscient, lui, refuse d'oublier ce qui s'est passé.

— Cela me paraît raisonnable, en effet. Et pour les autres fleurs, avez-vous un avis ?

— C'est en vous que gît la solution, Judith. Permettez-moi juste une remarque. Vos marguerites violettes sont inconnues dans la nature. Il peut s'agir d'asters, peut-être, ou d'une variété de chrysanthèmes… Mais jusqu'à présent, les marguerites ont toujours été blanches…

La jeune femme ferma les yeux comme pour mieux se souvenir de son bouquet onirique.

— C'est idiot… Mais ce sont des marguerites et elles sont bien violettes.

— C'est donc parfait ainsi, commenta Serge Le Végant, laconique. Cherchez et vous trouverez…

Tous deux revinrent au milieu du salon. Petit Paul, occupé à feuilleter son livre, ne fit pas attention à eux. Judith proposa au médecin un café, le temps pour elle de préparer son sac. Il accepta et la jeune femme se rendit à la cuisine, le laissant en compagnie de son fils.

Elle branchait la cafetière électrique quand, de l'autre pièce, il lui cria :

— Votre fameux tapis rouge, Judith… Était-il plus grand ou plus petit que celui-ci ?

— Plus grand ! s'égosilla-t-elle. Il couvrait presque tout le coin du salon, jusqu'à la cheminée.

Lorsqu'elle revint dans la pièce commune, les bras chargés d'un plateau, quel ne fut pas son étonnement de découvrir le médecin à quatre pattes près de l'imposant fauteuil de cuir ! Paul, habitué sans doute aux excentricités de son père, ne faisait aucun cas de lui.

— Si vous jouez au chien de salon pour amuser le petit, je crois que c'est raté !

Serge Le Végant se releva, nullement déconfit d'avoir été surpris dans cette posture grotesque.

Cependant, Judith lui trouva un air plus soucieux qu'à l'ordinaire. Cette impression se confirma d'ailleurs quand, après avoir servi les cafés, elle déclara vouloir monter préparer ses affaires.

— Je vous suis, si vous le permettez. Je veux savoir exactement tout ce que vous mettrez dans votre sac… À propos, avez-vous utilisé un paquet déjà entamé pour faire votre café ?

— Oui… répondit Judith, ahurie. Pourquoi ? Il n'est pas bon ?

— Nous ne le saurons jamais parce que nous n'allons pas le boire… Par contre, je vais emporter le paquet. J'ai un ami chimiste à l'hôpital. Il est d'un naturel nonchalant. Je tiens à le faire travailler!

La tentative de boutade du médecin n'eut aucun impact sur Judith.

— Vous me faites peur, Serge! À quoi pensez-vous? Vous croyez que quelqu'un cherche à m'empoisonner?

— C'est une hypothèse que je n'exclus pas, Judith. Je vais m'arranger pour vous faire passer un scanner au plus vite, ainsi que des analyses et des tests médicaux. Si tout est normal, ce que je souhaite, il faudra bien trouver une autre piste. Mais, pour l'instant, deux précautions valent mieux qu'une.

De voir le médecin à ce point si vétilleux, agaça et amusa à la fois la jeune femme qui devait lui montrer chaque objet, avant de le déposer dans son sac. Il arrêta son geste alors qu'elle s'apprêtait dans un réflexe, à fourrer une boîte de médicaments.

— Donnez-moi ça! ordonna-t-il en tendant la main.

— Pas question! regimba Judith. Ce sont mes antidépresseurs. J'en ai besoin.

Mais la boîte se retrouva aussitôt dans la poche du veston du médecin.

— J'ai des échantillons de toutes sortes à la maison. Je vous en donnerai. Ceux-ci, ajouta-t-il en tapotant sa poche, c'est pour mon petit camarade chimiste.

— Dans une vie antérieure, vous avez dû vous appeler Watson! Élémentaire, mon cher… Puisque votre penchant naturel est de tout contrôler, à votre avis, je prends quel soutien-gorge? Le noir ou le blanc?

Fort, satisfaite d'elle, Judith eut le plaisir de constater qu'une légère rougeur empourprait les joues de son geôlier.

— Comme vous voudrez… bougonna-t-il. Bon, je passe dans la salle de bains. Votre trousse de toilette est prête?

— Oui, sur le lavabo. Mais je ne me rappelle plus si j'ai pris ma brosse à dents. Vous pouvez vérifier?

Pas mécontent d'échapper à l'air narquois de Judith, Serge Le Végant inspecta les tablettes de la salle d'eau, sur lesquelles s'alignaient des pots de crèmes et d'onguents. Rien d'anormal. Le peigne de la jeune femme était tombé à terre. Il se baissa pour le ramasser, ainsi que son tube de dentifrice qui avait dû glisser derrière le meuble. Il déposa les deux objets dans la trousse et la rapporta à sa propriétaire.

Il la trouva assise sur le lit, le sac de voyage fermé à ses pieds. Elle avait l'air d'une pensionnaire au regard triste et perdu. Il eut un peu pitié d'elle.

— Demain matin, si vous le voulez, je vous ramènerai chez vous. Vous pourrez peindre…

Elle hocha la tête en signe d'acquiescement.

— Je pensais à une chose… Pratiquez-vous l'hypnose sur vos patients?

— Il m'est arrivé de le faire en psychothérapie, oui.

Ses beaux yeux d'ambre s'allumèrent aussitôt.

— Vous voulez bien tenter l'expérience avec moi? Oh! Dites oui… S'il vous plaît! Cette histoire de tableaux me tracasse. J'ai besoin de savoir la vérité.

Il s'assit à côté d'elle sur le lit et lui parla d'une voix douce:

— L'hypnose n'est pas une pratique anodine. S'il s'agissait de vous faire arrêter de fumer, soit ! Mais j'ai peur qu'une régression, étant donné votre fragilité momentanée…

— Il n'y a rien à craindre, Serge… La vérité ne m'effraie pas. Les zones d'ombre, si. Être dépossédé de sa mémoire est pire que tout. Je sais pertinemment que j'ai tué mes parents. Mais il faut que je m'en rappelle pour pouvoir tirer un trait sur ce passé douloureux. Le crime d'une enfant de quatre ans, aussi odieux qu'il soit dans les faits, ne peut l'être dans l'intention. J'ai besoin de pardonner à la fillette que j'étais pour continuer à vivre. Vous comprenez ?

Oui, il la comprenait, et fort bien. Aussi proposa-t-il à la jeune femme de tenter l'expérience le soir même, chez lui.

*

Paul Le Végant, comme la plupart des enfants, aimait la nouveauté qui pimentait sa vie quotidienne. Aussi, après dîner, voulut-il que ce fût l'invitée de la maisonnée qui lui lise la sacro-sainte histoire du coucher.

Judith ne se déroba pas à cette mission quoiqu'elle craignît, après les nombreuses recommandations de l'enfant, de ne pas se montrer à la hauteur de la tâche. Il ne fallait pas oublier de mettre le ton, de changer de voix pour les différents personnages et, surtout, de ne pas sauter de lignes comme le faisait parfois papa.

Les bras croisés sur son oreiller, Paul attendait sa manne.

— J'ai une idée, proposa Judith. Ce soir, je ne vais pas te lire une histoire, mais je vais t'en raconter une. Donne-moi seulement la première phrase. Réfléchis bien.

— Il était une fois, un pauvre petit dinosaure rejeté des autres parce qu'il était né bleu ciel avec des étoiles jaunes… Mais n'oublie pas le cruel « vélociraptor » !

— Soit ! J'ai dit une seule phrase, Paul. Donc, il était une fois…

Et Judith, au gré de son inspiration, inventa une histoire rocambolesque parsemée de péripéties nouvelles où elle distillait, selon les expressions de l'enfant, des passages terrifiants ou tendres.

Paul l'écoutait, bouche bée, et ne l'interrompit que trois ou quatre fois pour changer le cours des événements.

Quand elle eut terminé, elle se soumit à l'examen critique du garçonnet.

— C'était génial, Judith ! Mais il y a sûrement une suite ! Demain, tu me raconteras comment « Dragon Noir » a réussi à vaincre cet affreux génie des Volcans ! Mais tu ne le tueras pas, hein ! Si les méchants vivent, c'est plus rigolo !

— D'accord, bonhomme. Bonne nuit !

L'enfant eut alors un geste qui émut Judith. il prit la photograpie encadrée sur sa table de chevet et l'embrassa. Elle représentait une jeune femme rieuse aux cheveux châtains.

— C'est ta maman ? Elle est très jolie…

— Oui, hein ! Tu trouves aussi ? J'embrasse toujours Maman Phénix avant de m'endormir. C'est elle qui me donne de beaux rêves !

— Maman Phénix ? répégta Judith, intriguée.

— Oui, on l'appelle comme ça, papa et moi. Papa l'a bien connue. Moi pas. Elle est morte un peu après ma naissance. Mais papa me dit que, dans le ciel, elle est devenue immortelle ! Et que si je lui confie mes secrets, elle m'écoute toujours ! Là-haut, tu sais, ils ont des oreilles mégadéveloppées ! Par contre, c'est trop loin pour nous de les entendre. Sauf quand on dort ! Alors on fait chacun la moitié du chemin ! Mais un jour, peut-être, avec les nouveaux satellites, ça sera plus facile… Tu ne crois pas ?

— Si, j'en suis persuadée, répondit Judith en l'embrassant. Bonne nuit, mon petit. J'éteins maintenant.

En refermant la porte, la jeune femme entendit l'enfant déclarer :

— Moi, plus tard, je serai poseur de satellites-pompier.

Dans le salon, Serge Le Végant attendait Judith en regardant la fin du journal télévisé.

— Je pensais que vous aviez décidé de vous attaquer aux Mille et une nuits !

— Votre fils est si mignon… Il aime les longues histoires.

— Oui… Mais je crois qu'il vous manipule ! Ça va être coton pour moi de reprendre le flambeau quand vous serez partie ! déclara-t-il d'un air faussement fâché.

Puis il éteignit le poste de télévision et lui montra la porte de son bureau.

— Vous êtes toujours décidée ?

— Plus que jamais ! Une petite conversation avec Paul m'a redonné le goût de vivre… J'espère seulement que la vie voudra de moi.

Allongée sur le divan, Judith fixait à présent les oscillations d'une boule suspendue dans un miroir concave. La voix du docteur Le Végant lui semblait de plus en plus lointaine. Ses paupières s'alourdissaient.

— Vous êtes calme et détendue… Plus aucune crainte ne peut vous atteindre. Vos yeux se ferment… Vous n'écoutez que ma voix… Quand j'aurai compté jusqu'à trois, vous dormirez, mais vous pourrez me répondre. Un… vos paupières sont lourdes, très lourdes. Deux… le sommeil vous enveloppe. Vous ne pouvez pas lui résister. Trois… Dormez à présent…

Assis auprès de Judith, le médecin constata que la jeune femme était réceptive à l'hypnose. Par paliers successifs, il la replongea dans le passé. Elle avait vingt ans, puis quinze, puis dix…

— Maintenant, vous avez quatre ans, Judith. Nous sommes le 20 octobre 1972, au matin… Vous êtes auprès de vos parents dans la maison de l'île Chevalier… Que faites-vous ?

— Une grosse bêtise… murmura Judith d'une petite voix. J'ai cassé le vase de maman. Elle va me gronder… Mais j'ai une idée… Je vais cacher les morceaux de verre dans le meuble. Comme ça, elle ne verra pas.

— Et les fleurs, Judith ?

— Je les jette dans le feu de la cheminée.

— Elles sont belles, ces fleurs ?

— Non… moches. Toutes fanées.

— Décrivez-les, Judith.

— Ce sont des chrysanthèmes, un peu marron.

La jeune femme semblait calme. Aussi, le psychanalyste décida-t-il de pousser plus en avant la régression.

— Est-ce que votre maman se rend compte de votre bêtise ?

— Non, elle est allongée par terre, à côté de papa.

— Pourquoi sont-ils par terre, Judith ?

— Ils jouent à mourir.

— Qui a décidé de ce jeu, Judith ?

La jeune femme dodelina de la tête. Elle était maintenant la proie d'émotions violentes.

— C'est pas moi… fit-elle d'une voix plaintive.

Le psychanalyste savait qu'il ne devait pas la brusquer. Pas plus d'une seule question à la fois, au risque de tout faire échouer.

— C'est peut-être alors votre papa ou votre maman ?

— Je ne crois pas, murmura Judith.

— Où étiez-vous quand vous avez entendu les coups de feu ?

— Dans l'escalier. Je descendais pour prendre mon petit-déjeuner.

— Qu'est-ce qui vous a réveillée ?

— Des cris… Tout le monde se disputait.

— Tout le monde, Judith ? Il y avait des gens avec vos parents ?

— Quelqu'un, oui.

— Et cette personne a eu l'idée du jeu ?

— Oui… Elle m'a donné le revolver et m'a expliqué qu'on jouait.

— Elle ? C'était une femme ?

— Non… Je ne sais pas, dit Judith d'une voix altérée.

Serge Le Végant observa sa patiente. La souffrance marquait son visage. Il était clair qu'il ne pourrait pas trop longtemps la maintenir en état hypnotique.

— Qui était avec vos parents ce jour-là, Judith ?

— …

La jeune femme, les mâchoires crispées, avait le corps agité de convulsions. Elle luttait contre elle-même.

Son visage reflétait une telle terreur que le psychanalyste décida de mettre un terme immédiatement à l'expérience. Il claqua des doigts.

— Tout va bien, Judith. Je vais compter jusqu'à trois. À trois, vous vous réveillerez et vous serez détendue.

Peu après, la jeune femme se retrouva assise sur le divan, face au médecin qui, souriant, lui tendait un verre d'eau.

— Je préférerais une cigarette. Je peux ?

— Soit. Même si je fume peu, je vais en griller une avec vous.

Il la regardait. Pour la première fois depuis leur brève rencontre au café de l'Île-Tudy, une sorte de lumière intérieure l'irradiait. Elle paraissait apaisée, presque sereine.

— Vous vous souvenez de ce que vous avez dit ?

— Oui… Serge ! Je n'ai pas tué mes parents. Si vous saviez !

Les grands yeux d'ambre s'embuèrent de larmes bienfaitrices. L'émotion l'empêcha de parler un instant. Il lui tapota là main.

— Je sais, Judith… Je suis heureux pour vous. Ils ne se sont pas suicidés non plus, hein ?

Judith hocha la tête en signe de dénégation.

— Je n'ai pas réussi à savoir qui était là… L'assassin était comme enveloppé dans un brouillard. J'ai juste vu une paire de bottes en caoutchouc et j'ai senti l'odeur…

— Quelle odeur, Judith ?

— De vase…

Serge Le Végant se leva pour s'asseoir à côté de la jeune femme, sur le divan.

— Voilà qui est fort intéressant, Judith, et qui explique votre souvenir-écran.

— Un souvenir-écran ? demanda-t-elle intriguée. J'avoue ne pas comprendre.

Le psychanalyste lui expliqua alors que, pour une raison ou une autre - la peur, la crainte des représailles, le refus d'admettre l'identité de l'assassin - elle avait occulté la scène du meurtre et s'était focalisée sur un souvenir qu'elle pouvait admettre et qui cachait l'essentiel. Ce souvenir-écran, en l'occurrence le vase brisé, hantait les nuits de la jeune femme.

— Vous rappelez-vous ce que je vous ai dit tantôt quand vous me montriez vos tableaux ? Je vous ai demandé de verbaliser ce que vous aviez peint.

— Et ? interrogea Judith, incertaine quant au cheminement du médecin.

— Quel est le thème principal de votre exposition ? — Des fleurs fanées et des vases brisés…

— Vous vous rendez compte de l'importance du mot « vase » à présent ?

Un éclair dans les yeux de Judith prouva au psychiatre-psychanalyste qu'elle avait compris.

— Je me suis attachée à peindre des « vases » non pas à cause de ma bêtise ce jour-là mais parce que ce mot est l'homophone de la « vase » ? C'est ça ?

— Oui, acquiesça Serge Le Végant. Votre inconscient, pour se protéger, ne vous a autorisé qu'à utiliser ce mot-clef. La seule chose que vous puissiez avouer, en ce qui concerne l'assassin, est qu'il chaussait des bottes souillées de vase. Un pêcheur à pied, peut-être ? On ramasse des coques et des palourdes à l'île Chevalier, non ?

— Je suis incapable de m'en souvenir. Vraiment, répondit Judith dépitée.

Serge Le Végant consola la jeune femme. Sa mémoire, en partie déverrouillée, pouvait à présent lui revenir, d'un moment à l'autre.

— En tout cas, ajouta-t-il, une chose est certaine. Cela m'étonnerait beaucoup que vos nuits soient encore agitées par ce cauchemar récurrent. Dorénavant, vous connaissez la véritable composition du bouquet.

— Rien que des chrysanthèmes… soupira Judith, déçue.

— Vous ne devez pas vous en attrister. Ce qui compte, c'est la signification, non pas de la composition originelle mais du bouquet rêvé. À vous de jouer et de trouver la clef.

Serge Le Végant proposa alors à son invitée d'aller prendre une tisane au salon avant de se coucher. Il la questionna sur son état de santé et notamment sur ses crises d'amnésie. Avait-elle eu des signes avant-coureurs ? S'était-il produit un incident de ce type durant l'après-midi passée avec Paul ? Sur ce dernier point, Judith était affirmative. Elle avait repris l'habitude de consulter sa montre aussi souvent que possible et n'avait rien noté d'anormal. Quant à ces crises, rien ne semblait les annoncer si ce n'est, peut-être, un léger bourdonnement d'oreilles.

— Donc, depuis que vous êtes ici, aucune perte de mémoire à signaler… Essayez maintenant de vous rappeler. Qu'avez-vous mangé ou bu avant qu'elles n'arrivent ?

Judith réfléchit. En fait, elle avait subi deux longues traversées du désert. Sans doute davantage d'ailleurs, mais il n'y avait pas de témoin pour les lui signifier.

La première crise s'était produite le lendemain de sa rencontre avec Sébastien, le jour où la femme de ménage lui avait signifié son congé. Léonor était partie à Quimper. Judith se sentait nauséeuse ce matin-là. Elle était certaine de n'avoir rien mangé. Avait-elle bu un café ? Elle ne s'en souvenait plus. La deuxième crise importante s'était passée l'avant-veille, au cours de la soirée, alors qu'elle attendait son mari. Cette fois-là, elle pouvait, en toute certitude affirmer qu'elle n'avait rien ingéré depuis au moins trois heures.

— Hum… soupira Serge Le Végant. C'est un laps de temps bien trop long, en effet.

— À quoi pensez-vous exactement ?

Le psychiatre décida de jouer cartes sur table avec elle.

— Pour moi, il existe trois solutions. Ou vous souffrez d'une maladie neurologique et les examens que vous allez passer nous le diront. Mais j'en doute… Ou l'on vous drogue à votre insu. Cependant, si vous ne buvez ni ne mangez avant l'apparition des crises, je ne vois pas de quelle façon il est possible de procéder.

— Et la troisième solution ? s'enquit Judith, attentive.

— La dépression peut engendrer des troubles de la mémoire du type de ceux dont vous avez été victime à Paris. Les rendez-vous ratés… Un dîner oublié, etc. Toutefois, je n'ai encore jamais vérifié sur mes patients dépressifs la présence de trous noirs tels que vous mes les décrivez et qui se sont passés sur l'île Chevalier.

— Et alors ? Qu'en concluez-vous ?

— Je pense que votre subconscient est très sollicité depuis votre arrivée dans ce lieu qui est tout, sauf neutre. Il peut se défendre de cette manière. Et encore, ce que j'ai trouvé tout à l'heure chez vous, me pose problème…

— Qu'est-ce que c'est ? demanda Judith sur le qui-vive.

Serge Le Végant fouilla dans la poche de son pantalon et en sortit un petit tas informe de couleur rouge que la jeune femme ne reconnut pas.

— Heureusement, votre aide-ménagère n'était pas d'une conscience professionnelle à toute épreuve ! J'ai déniché ces moutons de laine sous le fauteuil de cuir.

Judith s'approcha du médecin et, d'une main tremblante, saisit l'amas duveteux.

— Ce n'est pas possible ! hoqueta-t-elle, les larmes aux yeux. Au moins, pour ça, je ne suis pas folle ! J'avais raison !

Le médecin opina du chef.

— Oui, vous aviez raison à ce sujet. Et c'est cela qui m'inquiète… Ce brave tapis rouge de votre enfance n'est pas l'objet d'une hallucination. Il doit être bien mité… Je suppose, d'après la longueur des fibres, qu'il pesait son poids !

— En effet, répliqua Judith encore sous le choc. C'était un tapis africain de haute laine, très grand. Une cinquantaine de kilos peut-être.

— Même dans un état second, étant donné votre carrure, vous n'auriez pas pu le porter… Quelqu'un, pour un motif inconnu, l'a donc placé là. Et cette personne vous manipule dans l'ombre… Qui était au courant de votre désir de vous installer sur l'île ?

— Mes grands-parents maternels, mon oncle et ma tante, mon cousin et Philippe, mon mari.

— Personne d'autre ?

Judith prit son temps pour réfléchir.

— Non… à part Simone bien sûr, la femme de ménage. Ma grand-mère lui a téléphoné pour qu'elle vienne le lendemain donner un coup de propre.

— Simone… Simone… Ce prénom me dit quelque chose. Ah ! Oui… J'y suis. Germain Reçonveau, l'ex impresario de votre père m'a parlé d'elle. Lors de nos parties de pêche, il me racontait des histoires à son propos. Une sacrée bonne femme, paraît-il ! Elle venait aussi l'aider quand il louait votre maison. Bon… Si nous faisons le point, étant donné la vitesse à laquelle se propagent les cancans, votre installation sur l'île était un secret de polichinelle.

Judith acquiesça d'un mouvement de tête, en fermant les yeux. Serge Le Végant s'aperçut aussitôt de sa fatigue bien compréhensible et se leva pour lui montrer la chambre d'amis et la salle de bains.

— Vous trouverez des gants et des serviettes dans le placard, au-dessus du radiateur. Bonne nuit, Judith, et faites de beaux rêves…

— Bonne nuit, Serge, répondit-elle. Oh ! Une seconde… J'ai l'esprit un peu embrouillé. Dites-moi… Vous pensez que quelqu'un m'en veut et agit dans l'ombre ?

— N'ayez pas peur, Judith. Ici, vous ne craignez rien. Je n'en suis pas encore certain, mais c'est, en effet une possibilité. Ce n'est pas à vous qu'on en veut, mais à la petite fille d'il y a trente ans, témoin d'un meurtre. Tant que vous ne recouvrerez pas la mémoire, vous ne risquez pas grand-chose, ajouta-t-il pour la rassurer. Si, le cas échéant, elle vous revenait, n'en parlez à personne, sauf à moi. Mais vous devez, pour votre équilibre, œuvrer dans ce sens et ne plus vous voiler la face.

Après une rapide toilette, la jeune femme regagna sa chambre. Elle se glissa avec bonheur entre les draps frais, fleurant bon la lavande. Malgré les différentes menaces qui pesaient sur elle : la mort de Sébastien, la visite probable de la police, un assassin qui guettait ses réactions, pour la première fois de sa vie, elle se sentait allégée d'un grand poids. Ses parents ne l'avaient pas abandonnée en se donnant la mort et, surtout, elle ne les avait pas tués. Elle fermait les yeux, apaisée, quand elle eut le sentiment d'avoir oublié quelque chose chez elle… La lettre expliquant son suicide ! Il fallait à tout prix la récupérer et la brûler avant qu'on ne la découvre ! Demain serait un autre jour… Curieux, cependant. Elle n'avait pas eu l'impression de revoir la lettre là où elle l'avait laissée, sur son secrétaire… Bah ! Elle était si fatiguée… Ses oreilles bourdonnaient très légèrement…

XIII

Tout en enfilant sa veste, Serge Le Végant fit irruption dans la cuisine.

— Dépêchez-vous, Judith, de boire votre café ! Si je dois vous déposer à l'île Chevalier, il faut se dépêcher. Je vais être en retard à l'hôpital.

— Ne vous préoccupez pas de moi, Serge. Je vais appeler un taxi. Vous voyez, c'eût été plus simple si vous m'aviez laissée prendre ma voiture hier soir !

— Pas question. Vous étiez encore trop fragile. Bon… Si vous partez en taxi, je me pose cinq minutes. Vous revenez ici ce soir, Judith ? demanda-t-il d'un ton neutre.

La jeune femme lui sourit.

— Je vous suis très reconnaissante, Serge, de tout ce que vous avez fait pour moi. Mais je dois être autonome. J'ai ma vie à suivre.

Serge Le Végant hocha la tête. Quand, la veille, ils étaient passés prendre les affaires de Judith, il pensait qu'il devrait la guider encore durant un bon bout de chemin. Mais depuis la séance d'hypnose, les choses avaient changé. Il ne craignait plus que la jeune femme n'attente à sa vie.

— Tu ne vas pas me raconter la fin de l'histoire, alors ? demanda Paul, si déçu que son menton tremblait un peu.

Judith ébouriffa les cheveux de l'enfant.

— Si, mon chaton. Mais cette suite est tellement effrayante qu'il vaut mieux que je te la raconte ce matin !

Les grands yeux de Paul brillèrent d'excitation.

— Et puis, ajouta Judith, si Isabelle, ta babysitter, a une voiture, elle pourra peut-être te conduire chez moi ? Tu aimerais que je t'apprenne à peindre sur de vraies toiles ?

Paul sauta de sa chaise.

— Tout de suite ! Attends-moi. Je vais m'habiller. Son père l'attrapa par la veste de son pyjama.

— Un instant, bonhomme ! Pas si vite ! Je crois que tu as oublié deux petites choses… Ce matin, Isabelle doit te conduire chez le dentiste. Et cet après-midi, tu as promis à mamie de Quimper d'aller lui rendre visite.

— Pas grave, P'pa ! tenta de plaider l'enfant. On n'a qu'à lui téléphoner et lui dire que j'ai trop de fièvre !

— C'est donc la solution que tu as trouvée ? Mentir à ta grand-mère ? Eh bien, mon gros, inutile de te prévenir qu'il n'en est pas question ! rétorqua son père d'une voix douée mais ferme. Tu as fait tes choix, tu les assumes à présent ! Ce n'est pas parce qu'on te propose une activité qui te plaît davantage, que tu dois trahir ta parole donnée. Ce n'est pas digne d'un homme !

Boudeur, Paul revint à table d'une démarche nonchalante et termina son bol de chocolat.

Judith se sentait coupable d'avoir parlé trop vite et déçu, par conséquent, l'enfant. Cherchant du regard le consentement du père, elle promit au petit de venir le chercher le lendemain afin de passer la journée avec elle. La jeune femme avait attendu l'arrivée d'Isabelle pour prendre congé de l'enfant. Quand le taxi klaxonna devant l'entrée, il se jeta dans ses bras. Judith mesura alors la solitude de son nouveau petit compagnon de jeux.

Durant le trajet en voiture, elle songea à sa propre enfance. Fille unique, orpheline de surcroît, elle aussi avait toujours navigué dans les eaux souvent troubles du monde des adultes. Elle comprenait la carence affective de Paul, même si son père, de toute évidence, faisait son possible pour lui assurer une vie agréable. Le taxi déposa Judith au pignon de sa maison. Là, une surprise l'attendait. Victorine Le Du et Iris, sa belle-fille, tambourinaient au carreau de la porte d'entrée. Du perron, elle héla les femmes qui se retournèrent. Toutes deux avaient les traits altérés par l'inquiétude.

— Ah ! Tu es là, Judith ! Mon Dieu ! On s'est fait un sang d'encre, glapit Victorine.

— Grand-mère ! Iris ! Mais que se passe-t-il ? Vous en faites une de ces têtes !

— C'est peut-être à toi, ma petite fille, de nous expliquer la situation ! répliqua sa tante d'une voix peu amène. Songe un peu à la frayeur que tu causes à toute la famille ! Depuis que Simone a mis au courant ta grand-mère ce matin, nous te cherchons partout.

En ouvrant à ses visiteuses la porte de la maison, Judith commençait à comprendre. Son court séjour à l'hôpital n'avait pas dû passer inaperçu… Mais comment cette diablesse de Simone l'avait su ?

Judith ne tarda pas à l'apprendre. Tandis qu'elle faisait chauffer de l'eau pour le thé, sa grand-mère et sa tante, énervées, se lancèrent à tour de rôle dans des explications confuses, se coupant l'une l'autre la parole.

Peu à peu, la jeune femme rétablit elle-même le canevas des faits. Comme unis les lundis matins, Simone s'était rendue au domicile d'Émile et de Victorine pour y faire le ménage. Un peu plus tôt, semblait-il, ce jour-là… C'est qu'elle en avait des choses à raconter ! L'avant-veille au soir, le plus jeune de ses fils, en rentrant chez lui à vélomoteur, avait heurté une borne kilométrique et s'était cassé un os du pied. Sa mère l'avait conduit aux urgences de l'hôpital de Pont-l'Abbé. Tandis qu'on plâtrait son rejeton, elle attendait dans le service. Quelle ne fut pas sa surprise quand les pompiers amenèrent sur un brancard une jeune femme de sa connaissance ! Elle avait entendu une infirmière dire à une autre un mot qu'elle n'avait pas aussitôt compris mais qu'elle avait retenu. Il fallait faire vite. C'était une TDS. Simone n'avait tout de même pas osé réveiller les Le Du à une heure aussi tardive, ni se rendre chez eux un dimanche pour leur apprendre la terrible nouvelle, mais le son du clairon avait retenti dès huit heures, ce matin-là ! Sans perdre un instant, Victorine avait téléphoné à sa belle-fille. Toutes deux s'étaient rendues à l'hôpital pour s'entendre dire que Judith était déjà sortie.

— Tu te rends compte, ma petite fille, on n'a pas voulu me donner d'explications ! La seule chose que l'on m'ait affirmée, c'est que tu allais bien !

— C'est normal, grand-mère ! Le personnel de l'hôpital est tenu au secret professionnel, voyons !

— J'ai demandé à une infirmière qui me paraissait gentille s'il était vrai que tu avais voulu mourir ! Elle m'a juste souri et rassurée. Et comme Serge Le Végant arrivait à ce moment-là, elle m'a conduite vers lui.

Judith sentit les accélérations de son coeur. Serge l'avait-il trahie ?

— Et alors ? demanda-t-elle d'une voix blanche.

— Je ne m'étais jamais rendu compte encore à quel point les gens pouvaient être aussi médisants ! poursuivit Victorine. Sacrée Simone, tout de même ! Elle comprend tout de travers ! Mais toi, ma petite fille, j'espère que cela t'a servi de leçon !

— Certainement, grand-mère, répondit Judith dans le brouillard le plus total.

Son regard croisa alors celui de sa tante. Elle put y lire une anxiété presque palpable qu'Iris tentait pourtant de dissimuler devant Victorine. Judith comprit que, si sa grand-mère était à présent rassérénée, il n'en allait pas de même pour sa tante qui, elle, n'était pas dupe du mensonge du médecin, quel qu'il fût.

À mots couverts, Iris tenta d'éclairer sa nièce.

— Je ne m'étais jamais laissé dire encore, Judith, que les palourdes étaient impropres à la consommation ! À quel endroit les as-tu pêchées pour être à ce point malade ?

Enfin, la jeune femme comprenait le message.

— Je pense plutôt à une indigestion… Je raffole tellement des palourdes que j'en ai mangé six douzaines, cuites au beurre d'escargot…

— Mais ma petite fille est folle ! s'exclama Victorine assez ravie en fait. Moi qui étais persuadée que tu avais un appétit d'oiseau !

Elles prirent toutes trois le thé dans la bonne humeur retrouvée. Seul, le visage d'Iris montrait des traces d'inquiétude que démentaient pourtant ses propos allègres. Trois quarts d'heure plus tard, alors qu'elle installait Victorine à l'avant de sa voiture, elle s'arrangea pour oublier son écharpe à l'intérieur de la maison et, ainsi, avoir un rapide aparté avec sa nièce.

— Tu me promets de ne plus recommencer ? J'en suis malade…

— Oui, Iris… chuchota Judith en serrant les mains de sa tante. N'aie aucune inquiétude à ce sujet. Je suis en train de recouvrer la mémoire. Serge Le Végant m'y aide… Pas un mot pour l'instant à Émile ou à Victorine. À leur âge, les émotions… Mais sache une chose que j'ai apprise hier, sous hypnose. Ce n'est pas moi qui ai tué mes parents… Ils ne se sont pas suicidés non plus.

— Quoi !

La stupéfaction d'Iris était compréhensible. Mais le despotisme de Victorine ne lui laissa pas le temps de se remettre. Les deux femmes l'entendirent piaffer d'impatience dans la voiture.

— Téléphone-moi tout à l'heure, je t'expliquerai.

— Est-ce que tu te rends compte au moins, Judith, que, si c'est la vérité, tu cours peut-être un grave danger ? Il y a un assassin en liberté ! ajouta-t-elle d'une voix étranglée.

— Ne t'en fais pas pour moi… J'ai un ange gardien… Maintenant, file ! Sinon, c'est Victorine qui va finir par te tuer !

Une fois sa grand-mère et sa tante parties, Judith essaya de peindre. Elle travailla, en vain, sur une nouvelle esquisse. Sans grand bonheur. L'inspiration semblait l'avoir désertée.

Elle fut, il est vrai, plusieurs fois dérangée par le téléphone. Son amie Léonor, soucieuse d'avoir de ses nouvelles ; Iris, comme prévu ; et enfin son mari, aux alentours de midi.

Philippe aussi s'inquiétait de ne pas lui avoir encore parlé. La veille, au soir, elle lui avait paru un peu distante. Se sentait-elle bien ? Avait-elle des ennuis ?

Alors qu'elle écoutait son mari, Judith se rendit compte, avec une once de coquetterie, que, sans vouloir se l'avouer, il lui faisait bel et bien une scène de jalousie. Sortait-elle ? Avec qui ? Pourrait-il espérer la joindre au cours de la soirée ? Au son de sa voix, il la trouvait plus en forme. Y avait-il à cela une raison particulière ? Judith rassura Philippe de son mieux et lui rétorqua même, en riant, que ses sous-entendus flattaient sa vanité. Elle tut, bien sûr, sa tentative de suicide avortée mais admit avoir rencontré chez ses grands-parents - sur ce point, elle était obligée de mentir -un psychanalyste de leurs amis.

— Un vieux barbu ou un beau gosse ? demanda Philippe avec un brin d'humeur.

— Il rentrerait plutôt dans la seconde catégorie… Oh, Phil ! Ne sois pas idiot ! Ce n'est pas son physique qui m'excite mais plutôt ce qu'il me propose !

— De mieux en mieux ! Tu es d'une naïveté, ma pauvre fille !

— Bougre d'âne… Tu as les idées mal placées. Non… écoute. C'est un médecin qui pratique l'hypnose. Au cours de la conversation, je lui ai demandé s'il pouvait essayer sur moi cette méthode afin que je sache exactement ce qui s'est passé le jour où mes parents sont morts.

La réaction de Philippe, comme le présumait Judith, ne se fit pas attendre. Il glapit au téléphone :

— Quoi ! Mais tu es folle ! Je vais te dire, moi, sans hypnose, ce qui va t'arriver. Tu vas te voir refaire ce geste fatidique, tu ne pourras pas le supporter et tu vas péter les plombs ! Belle réjouissance en perspective ! Tu ne crois pas que tu vis déjà suffisamment mal avec le sentiment de culpabilité qui te colle à la peau depuis que je te connais ? Je n'ai aucune envie de ramasser ma femme à la petite cuillère !

Judith laissa passer l'orage de son mari au tempérament sanguin. Tout en comprenant, ô combien, ses réticences, elle ne pouvait pas lui avouer que la séance avait déjà eu lieu et qu'elle s'était déroulée avec un relatif succès, sans lui en dévoiler les circonstances.

Elle entreprit donc, calmement, de le ranger à ses vues. Point par point, elle argumenta. Elle connaissait l'acte qu'elle avait commis, en admettait la responsabilité mais avait besoin de le revivre pour mieux l'écarter par la suite. Ce discours, déjà servi la veille à Serge Le Végant, eut plus de mal à convaincre son mari.

— Tu es une vraie mule, Judith ! Je sais bien que tu feras ce que tu as décidé. Mais promets-moi une chose. Donne-toi quelques jours pour réfléchir encore, sans foncer tête baissée dans cette entreprise qui me paraît fumeuse. De mon côté, je vais en parler à des confrères qui, eux, sont compétents dans ce domaine…

Judith retrouvait là, avec une certaine exaspération, le côté mondain de son mari. Hormis Paris, point de salut ! Néanmoins, en croisant les doigts pour conjurer son pieux mensonge, elle lui donna sa parole.

Quand elle eut raccroché, Judith retourna à son chevalet. Elle peignit quelques heures d'affilée, s'accordant juste une pause de dix minutes pour avaler un sandwich sommaire et boire un café. Son tableau prenait forme. Pourtant la jeune femme n'était pas très satisfaite de cette toute nouvelle œuvre. Il y manquait quelque chose d'essentiel. La grâce, peut-être. Plus son travail avançait, moins Judith était sûre que la toile rejoindrait les autres lors de sa future exposition. Une simple séance d'hypnose avait-elle suffi à assécher sa source d'inspiration ? Peindre des fleurs fanées et des vases ébréchés ou brisés ne lui disait plus rien qui vaille. Il semblait qu'une page fût tournée. Un peu dépitée, Judith délaissa ses pinceaux et compta ses toiles. Fort heureusement, elle avait bien travaillé jusqu'ici. Dans l'idéal, vu la configuration du salon d'exposition, quatre ou cinq tableaux de plus auraient été les bienvenus, mais on ne pouvait pas forcer le destin.

Un rayon de soleil fit danser la poussière de la pièce. Un besoin d'air, de lumière et de mer l'envahit. Elle ôta sa blouse de peintre pour la troquer contre une vareuse et une paire de bottes. Sa prétendue indigestion de palourdes n'avait pas réussi à entamer le plaisir de pêcher ces mollusques ni de les manger non plus, d'ailleurs.

Elle décida, après avoir consulté les horaires de marée, de se rendre à la pointe en voiture. La mer commençait à peine à remonter. Une petite demi-heure de pêche suffisait à son plaisir.

Sur la route, elle ne put s'empêcher de songer à Sébastien. Lors de sa dernière partie de pêche, le jeune homme l'accompagnait. Judith déglutit. Une boule d'angoisse lui serrait la gorge. Son premier geste matinal, chez Serge Le Végant, avait été de consulter le journal. Un simple entrefilet annonçait que le corps du mystérieux promeneur n'avait toujours pas été retrouvé. Rien d'étonnant à cela, d'après le journaliste local. La vase avait déjà, par le passé, englouti à tout jamais des gens et des bêtes.

Le parking de terre battue sur lequel se gara Judith était presque vide. Les professionnels avaient déjà déserté les lieux pour la plupart.

Cela n'empêcha pas la néophyte en matière de pêche à pied de parcourir le chemin côtier avec optimisme. Personne ne la doubla. Par contre, elle croisa quelques pêcheurs au panier ou au seau alourdi.

Judith se plaça au bord de l'eau, non loin des parcs désaffectés. Seule, une dizaine de silhouettes courbées ou accroupies occupait l'espace. elle mit aussitôt en pratique la leçon de pêche reçue quelques jours auparavant, fouilla du regard la vase à la recherche de deux trous oblongs séparés l'un de l'autre par une très légère protubérance. Le temps, ensoleillé et peu venteux, favorisait la remontée des palourdes vers la surface. La méthode enseignée portait déjà ses fruits. Au bout d'un quart d'heure, la jeune femme eut la satisfaction de compter une douzaine de mollusques au fond de son panier.

Judith, à genoux dans la vase, était si concentrée sur sa tâche qu'elle n'entendit pas l'homme s'approcher. Aussi, sursauta-t-elle lorsqu'elle aperçut dans son champ de vision une paire de bottes maculées de boue. Elle leva la tête pour identifier leur propriétaire mais fut éblouie par le soleil.

— Bonjour Sarah… Je suis content de vous parler un peu. Après toutes ces longues années passées sans vous.

La voix rauque de l'homme fit sur Judith l'effet d'un détonateur. En voulant se relever trop brusquement, elle tomba assise. Comment l'avait-il appelée ? Sarah ! Le coeur de la jeune femme cognait à tout rompre. Avait-elle devant elle un fou qui la confondait avec sa mère ?

Il lui tendit une main pour l'aider à se relever. Apeurée, elle ne la saisit pas. Incapable de proférer un seul mot, elle resta là, une fraction de seconde à fixer les pieds de l'homme chaussés de bottes en caoutchouc bleu… Puis ce fut un choc terrible… L'espace d'un éclair, surgit dans sa mémoire une autre paire de bottes identiques à celles-ci… C'était le 20 octobre 1972… Elle avait quatre ans… La personne qui les portait était entrée chez eux, sans frapper… Après trente années de nuit noire, le visage de l'assassin sortait enfin de l'ombre…

— N'ayez pas l'air si effrayé, Sarah. Je ne vous veux pas de mal… Comme vous étiez seule, je voulais juste vous donner des palourdes. J'en ai plein. Tenez…

L'homme lui tendit deux poignées de coquillages mais, sous le choc, hébétée, Judith n'eut qu'un réflexe : s'éloigner le plus vite et le plus loin possible de ces bottes. Encore assise, s'aidant de ses jambes et de ses mains, elle recula. Puis, elle réussit à se lever et, poussant un hurlement, elle se mit à courir vers la berge.

Resté sur la grève, Joseph regarda la gracile silhouette s'éloigner de lui à toute allure. Perplexe, il se gratta le crâne à travers le tissu de sa casquette. Quelle mouche piquait sa Sarah ? Elle avait même abandonné sa cuillère et son panier d'osier sur place.

Des larmes de rage mouillèrent les yeux de l'homme frustré. Quelle preuve d'amour pouvait-il encore lui donner ? N'avait-il déjà pas tout tenté ? À plusieurs reprises, il s'était introduit chez elle, avait peint sur ce tableau si triste une belle rose rouge pour l'égayer un peu. Il lui avait aussi glissé dans son sac à main un bouquet de pâquerettes. Sarah avait l'air d'aimer tellement les fleurs ! Et puis, surtout il l'avait sauvée de la mort… Que lui reprochait-elle alors pour le fuir ainsi ? Peut-être de ne pas avoir pu empêcher de se produire la même chose, il y a trente ans ?

Judith arriva hors d'haleine près de sa voiture. Avant de prendre le volant, elle tenta de se calmer, de retrouver un semblant de souffle. Elle s'affaissa sur le capot du véhicule. Le contact du métal rafraîchit un peu sa joue brûlante. Ses tempes cognaient. La sensation d'une barre de plomb appuyée contre son estomac l'empêchait de se redresser. Elle eut soudain un haut-le-cœur et vomit près de la portière son chagrin d'enfant abandonnée, ses illusions perdues et son désespoir.

Cela la soulagea. Alors, seulement, tout en ahanant, elle tourna la tête en direction du chemin conduisant à la grève. Il ne l'avait pas suivie… Sa tension nerveuse était si ébranlée qu'elle aurait crié s'il l'avait fait.

Quand elle put conduire à nouveau, elle cala tandis qu'elle négociait une marche arrière. Ses jambes flageolaient encore. Elle remit le contact et démarra sur les chapeaux de roues. Un seul désir la portait : s'enfermer chez elle et pouvoir dans son lit pleurer tout son saoul… Peut-être, ensuite, si elle s'en sentait le courage, téléphonerait-elle à Serge Le Végant… Il saurait la conseiller…

*

Au même moment, Paul Le Végant, houspillé par Isabelle, sortait de la salle de bains.

— Montre-moi tes mains et ton museau. Ils sont propres maintenant ? Si à chaque fois, au goûter, tu tartines plus ta peau que ton bout de pain, je ne te donnerai plus de chocolat. Compris ?

L'enfant soupira.

— Oui, Isabelle… Mais tu ne comprends rien à mes expériences… Je teste tous les produits sur ma peau avant de les avaler. Si, au bout de cinq minutes, je n'ai pas de boutons ou de cloques, c'est bon !

— C'est ça, va ! La prochaine fois que je t'empoisonnerai, je m'y prendrai différemment. En attendant, il fait un temps splendide. Va jouer un peu dehors. Je repasse un pantalon et deux chemises et ensuite on va se promener. D'ac' ?

— D'acco'd'ac'… Je vais faire du vélo…

Un quart d'heure plus tard, la jeune fille au pair sortait de la maison. Éblouie par la lumière, elle se servit de sa main comme d'une visière pour repérer Paul dans les allées du jardin. Elle aperçut le vélo, appuyé contre le tronc d'un pommier mais ne vit pas l'enfant.

Agacée, Isabelle l'appela. Le garçon n'était pas autorisé à franchir, seul, les limites de la propriété.

— Paul ! Où es-tu ?

N'obtenant aucune réponse, Isabelle descendit l'allée médiane du jardin. Caché de la maison par un rhododendron centenaire, l'enfant était assis sur la pelouse, immobile.

— Qu'est-ce que tu fais là ? Tu ne peux pas me répondre quand je t'appelle ?

Le garçon tourna la tête vers elle.

Aussitôt la jeune fille se rendit compte de quelque chose d'anormal. Le regard de Paul, si vif d'ordinaire, semblait vide.

Elle lui toucha le front. Il était tiède. L'enfant n'avait pas de température.

— Ça va, bonhomme ?

— Oui, je vais bien.

Le ton neutre du petit et la vacuité de son regard démentaient pourtant ses propos. On aurait dit un somnambule. Isabelle s'en inquiéta.

— Tu n'es pas resté assis au soleil ?

— Non.

— Tu peux bouger la nuque ?

— Oui.

Le petit, toujours immobile, ne joignit pas, comme s'y attendait Isabelle, le geste à la parole.

— Eh, bien ! Fais-le, alors ! Bouge la nuque ! Paul, docile, s'exécuta. Apparemment, il ne montrait pas de signes de crise méningée.

— Tu as mal quelque part ?

— Non, nulle part… répondit-il de façon aussi laconique.

Perplexe, Isabelle se demanda ce qu'elle devait faire. Prévenir le père de l'enfant à l'hôpital ? Ne l'alarmerait-elle pas pour rien ? Mais si elle s'en abstenait, Serge Le Végant ne le lui reprocherait-il pas lorsqu'il rentrerait ? La jeune fille trancha pour la première solution. Dans le doute, il lui semblait nécessaire de prendre toutes les précautions. Elle rentrait à la maison pour téléphoner quand elle entendit une petite voix l'appeler. Elle se retourna. Paul trottait vers elle.

L'enfant avait retrouvé son enjouement habituel.

— Tu m'as fait peur ! C'est le dernier jeu que tu as inventé pour m'effrayer ? gronda-t-elle.

Paul, interloqué, ne paraissait pas comprendre l'émoi de la jeune fille.

— Qu'est-ce que tu as ? Pourquoi tu me disputes ? Tu dis que tu vas faire du repassage et tu me suis pour crier !

Isabelle s'agenouilla devant l'enfant et lui saisit le menton du pouce et de l'index afin de forcer le petit boudeur à la regarder.

— Mais enfin, Paul ! Sors de ta planète ! J'ai fini de repasser depuis un moment déjà !

Le fils de Serge Le Végant lui jeta un regard médusé.

— Ça alors ! T'es trop forte ! Tu vas plus vite que Spiderman ! Bon, on va faire une balade alors ?

*

Judith avait laissé sonner le téléphone à deux reprises, sans vouloir répondre. Allongée sur son lit, le visage enfoui dans les rondeurs protectrices de l'oreiller, elle réfléchissait, à présent que toutes ses larmes s'étaient taries. Que ferait-elle ? Dénoncer l'assassin de ses parents aux autorités ou tenter de le confondre elle-même ? Elle avait besoin de connaître les raisons de son geste quoique, ayant appris par bribes le caractère de son père, elle s'en doutât un peu.

Le jour déclinait. Serge Le Végant n'allait pas tarder à rentrer chez lui. Elle allait l'appeler. Il la conseillerait. Elle songeait, avec amertume, au paravent qu'elle avait dressé, petite, entre elle et la réalité des faits, en se réfugiant dans l'amnésie. Aurait-elle pu agir autrement ? Judith en doutait. Il n'est pas confortable, parfois, de recouvrer la mémoire… Une à une, les images, d'abord floues, avaient trouvé leur place dans l'immonde puzzle.

L'odeur de vase qu'exhalaient les bottes… La dispute dont elle n'arrivait pas à saisir la cause… Le jeu rituel qui appartenait à son père et à elle, quand on lui avait remis entre les mains le véritable revolver. Cette fois-là, son père n'était plus en mesure de jouer.

Judith se leva, entra dans la dalle de bains et se rafraîchit le visage sous l'eau courante du lavabo.

Prise d'une rage soudaine, elle tambourina la cloison de son poing. Non ! Il n'y avait pas de pardon possible ! Le meurtre était forcément prémédité ! Ou, tout au moins, l'assassin avait gardé tout son sang-froid quand il s'était agi de faire porter les soupçons sur une malheureuse enfant de quatre ans ! C'était dégueulasse !

Judith eut une envie subite de fumer! Mais elle n'avait plus de cigarettes. Faire un saut en voiture pour aller en acheter? Elle examina dans la glace ses yeux bouffis et rougis par les larmes. Bah… tant pis. Celui qui sait pleurer a encore une chance de pouvoir s'en sortir…

*

Quand, aux alentours de 19 heures, Serge Le Végant rentra chez lui, son premier geste fut d'appeler Judith.

Il avait déjà essayé de la joindre dans le courant de l'après-midi alors qu'il quittait son service à l'hôpital pour ses consultations privées au centre-ville de Pont-l'Abbé. Judith n'avait pas décroché, ou alors, s'était absentée…

Il se faisait du souci pour elle. Certes, majeure et autonome, la jeune femme n'avait pas besoin d'un chien de garde à ses basques, mais sa récente-tentative de suicide démontrait tout de même sa fragilité.

Tandis qu'il composait le numéro sur le combiné, de la cuisine lui parvinrent les bruits familiers de la maison.

Aidée de Paul, Isabelle dressait le couvert. Il entendait leurs rires et leurs bavardages.

Chez Judith, la sonnerie du téléphone résonnait dans le vide. Il raccrocha.

Perplexe, Serge Le Végant se dirigea vers la cuisine pour embrasser son fils et libérer Isabelle. La jeune fille sursauta lorsqu'il appela Paul.

— Oh! Excusez-moi, Monsieur. Je ne vous avais pas entendu rentrer.

— Bonsoir, Isabelle ! Tout s'est bien passé ? Son angine… essaya d'articuler le médecin, tandis que Paul l'étreignait à l'étouffer.

— Oui… Monsieur.

Serge Le Végant avait remarqué l'hésitation embarrassée d'Isabelle.

— Il a fait une bêtise ? C'est ça ?

— Non, pas du tout… Mais j'aimerais vous dire un mot…

Le médecin perçut la mimique de la jeune fille. Elle ne désirait pas parler devant l'enfant.

L'homme demandait à son fils d'aller regarder la télévision lorsque la sonnerie de la porte retentit.

— Une seconde, Isabelle. Je me débarrasse de ce gêneur et je suis à vous.

Tout en remuant la purée qu'elle venait de préparer, la jeune fille soupira. Elle aimait beaucoup travailler dans cette maison, mais il ne fallait pas chipoter sur les horaires ! Il arrivait assez rarement qu'un patient du psychanalyste sonne à son domicile privé. Quand c'était le cas toutefois, elle se faisait un devoir de ne pas laisser l'enfant livré à lui-même pendant la durée de l'entretien.

Serge Le Végant fit entrer son visiteur dans le bureau et revint d'un pas prompt dans la cuisine.

— Isabelle, j'ai un petit service à vous demander… Pouvez-vous rester un quart d'heure de plus ? Une urgence, me semble-t-il.

Le médecin n'avait pas pour habitude d'afficher ses sentiments sur son visage. Ce soir-là, pourtant, Isabelle lui trouva les traits tendus.

— Prenez votre temps, Monsieur. De toute façon, je n'ai rien prévu de spécial pour ma soirée.

Serge Le Végant, derrière son bureau, observait son vis-à-vis assis, en pleurs, dans un fauteuil. En silence, le médecin tentait de maîtriser ses propres émotions car il se sentait personnellement concerné par le cas présent et venait de tout comprendre…

— Je vous écoute…

Devant lui, l'autre déchirait un mouchoir de papier entre ses doigts nerveux :

— C'est très difficile… Je ne viens pas vous voir en tant qu'amie de la famille, ce soir… J'ai un lourd aveu à vous faire… Je ne peux plus garder ce secret pour moi. Il me brûle de l'intérieur…

— Ce secret concerne le passé de Judith, n'est-ce pas ? demanda le psychanalyste, d'une voix douce.

— Comment le savez-vous ? Judith est au courant, elle aussi ?

— Non… Du moins, je ne le crois pas… Pas encore. Dès que j'ai ouvert la porte, j'ai compris que c'était vous. À cause du bouquet…

— Quel bouquet ?

— Celui de ses cauchemars… Et celui qu'elle a peint… L'avez-vous vu ?

La femme, exténuée, hocha la tête. Oui, elle savait que Judith, tôt ou tard, devinerait la vérité.

— J'ai très peur pour elle, Serge… Vous devez la sauver…

— Je crois qu'elle est sur la bonne voie. Parlez-moi plutôt de vous. Pour quelle raison avez-vous tué ses parents ?

La femme fut secouée par une crise de sanglots. Mais le fait que le médecin verbalise son acte soulagea un peu le poids de ses remords. Plus apaisée, elle put parler :

— J'aimais tant Antoine ! Si vous saviez comme je l'aimais ! J'étais sa maîtresse depuis six mois. Ce matin-là, nous devions aller tous les deux à la pêche. Quand je suis arrivée à la maison de l'île Chevalier pour aller le chercher, c'est Sarah qui m'a accueillie. Elle était supposée chanter en Italie… Mon visage a dû trahir ma surprise de la trouver là et ma déception. Antoine n'avait même pas pris la peine de s'isoler un instant afin de me téléphoner et d'annuler notre rendez-vous ! J'ai compris alors que je n'existais pas à ses yeux.

La femme, à ce souvenir, cacha son visage entre ses mains et se tut. Serge Le Végant quitta le siège de son bureau pour se placer, debout, à ses côtés.

— Vous vous êtes sentie humiliée, n'est-ce pas, Iris ?

La tante de Judith releva vers lui des traits congestionnés, accentués encore par les marques de ses anciennes cicatrices.

D'expérience, le psychanalyste savait qu'on pouvait haïr quelqu'un, le battre même, sans provoquer chez lui des blessures rédhibitoires. Seule, l'humiliation, arme redoutable, l'abattait à coup sûr.

— Quand Sarah a deviné les liens qui vous unissaient à son mari, que s'est-il passé, Iris ?

— Elle est devenue comme folle, s'est mise à gifler Antoine, le traitant de tous les noms. Alors, pour se défendre, il a osé me prendre à témoin.

Les yeux perdus dans le vague, Iris Le Du revivait encore cette effroyable scène, pourtant vieille de trente ans. Elle revoyait son beau-frère pour qui, seul le pardon de sa femme revêtait de l'importance. Il lui jurait n'aimer qu'elle, demandait à Iris - une simple aventure, aussi insignifiante que les autres - de confirmer ses dires auprès de Sarah.

Serge Le Végant écoutait avec attention le récit pitoyable de cette femme. Bafouée, niée, même si elle avait elle-même forgé son propre malheur, Iris lui sembla pathétique lorsque, d'une voix monocorde, elle raconta de quelle façon, Antoine et Sarah s'étaient réconciliés devant elle, unique spectatrice de leur mélodrame.

— Ils étaient là, sous mes yeux, à s'embrasser et se caresser, balbutia Iris. Je n'ai pas pu le supporter… Non, je n'ai pas pu… Deux mois auparavant j'étais enceinte d'Antoine. Il avait refusé catégoriquement que je garde l'enfant. Je me suis pliée à sa volonté pour le conserver, lui, Antoine, même si, à l'époque, le médecin m'avait dissuadé de me faire avorter. Selon lui, étant donné mes graves problèmes gynécologiques, cette grossesse relevait déjà du miracle… Mon sacrifice n'avait servi à rien…

Iris avait donc laissé le couple toujours enlacé. Ni l'un ni l'autre ne s'étaient rendu compte qu'elle avait quitté la pièce pour se rendre à l'étage, dans la chambre d'Antoine et de Sarah. Elle savait y trouver le coffre-fort dans lequel son amant rangeait son arme. Elle connaissait la combinaison du coffre, qui n'était d'ailleurs un secret pour personne. Après avoir enveloppé le revolver dans un mouchoir, elle était redescendue.

— Antoine et Sarah n'avaient pas bougé, sanglota Iris. Comme s'ils étaient seuls au monde, ils se juraient des mots d'amour, ne me voyaient même pas… À la demande de Sarah, Antoine s'est écarté de sa femme pour mettre sur le pick-up leur disque porte-bonheur. J'ai d'abord tiré sur elle… Je voulais qu'Antoine souffre, ne serait-ce qu'un instant. Il l'a vue à terre… Et, pour la première fois, il m'a regardée. Dans ses yeux, je n'ai pu lire que de la stupéfaction… Alors, je l'ai tué…

— Et Judith ? Où était-elle ?

À cette question du médecin, Iris parut sortir de sa torpeur.

— La petite a dû se réveiller en entendant les coups de feu. Elle est descendue. Quand elle m'a vue, elle s'est jetée dans mes bras pour me dire bonjour… je m'occupais beaucoup d'elle à cette époque. Nous étions très proches… Je pense avoir tiré sur ses parents dans un état second… Judith, en m'embrassant, m'a réveillée… J'ai compris, à ce moment-là, l'horreur de mon geste. J'ai été prise de panique…

— Pas au point, cependant de perdre votre sang-froid, Iris, souligna Serge Le Végant. C'est vous qui avez eu l'idée du jeu ?

Les yeux hagards, la femme le scruta.

— Non ! Je vous le jure ! C'est Judith ! Elle n'a pas eu peur en voyant ses parents sur le tapis. Elle a cru que son père jouait pour nous faire une farce. Judith en avait l'habitude. Je ne l'ai pas dissuadée, c'est tout… Je lui ai donné le revolver vide, et je suis partie. Je suis rentrée chez moi, m'attendant à tout moment à être arrêtée par la police. Rien n'est venu…

— Et pour cause ! rétorqua le médecin en s'approchant d'Iris. quand la petite fille a compris la situation, son psychisme n'a pas pu le supporter et elle s'est réfugiée dans l'amnésie… Si Judith n'avait pas peint ce bouquet, peut-être le meurtre de ses parents n'aurait-il pas encore émergé de son inconscient…

— Vous pensez à la fleur sans nom ? interrogea Iris d'un sourire désabusé.

— Oui, et à tous les signes que Judith nous donnait sans s'en rendre compte. Seuls, les chrysanthèmes avaient existé… Les myosotis évoquaient le rappel du passé… Les coquelicots, le sang… Les marguerites n'ont jamais été violettes, les roses, si… Mais le lien entre ces trois mots est clair. Marguerite, Rose et Violette sont aussi des prénoms féminins… Pourquoi Judith s'obstinait-elle à ne pas vouloir de marguerites blanches dans son bouquet ? Cette couleur aurait pu faire l'affaire ! Blanche, aussi est un prénom ! Mais voilà… la fleur sans nom… celle qu'il faut oublier pour ne pas souffrir : l'iris, en l'occurrence, est bel et bien violet…

Accablée, Iris s'affaissa dans son fauteuil :

— Que comptez-vous faire, Serge ?

— Je suppose, répondit le médecin, que si vous êtes venue me parler de votre plein gré, c'est pour soulager votre conscience ? Je vais téléphoner à Judith, lui demander de passer ici. C'est elle qui avisera…

— Protégez-la… balbutia la femme.

Serge Le Végant ouvrait la porte du bureau quand

il se retourna vers sa visiteuse.

— Je ne fais que ça, il me semble ! riposta-t-il d'un air farouche.

*

Judith, encore choquée par sa récente découverte, se préparait un repas frugal lorsque la sonnerie de son portable retentit dans le salon. Serge était-il rentré chez lui ? En voulant se précipiter pour répondre, la jeune femme se prit le pied dans l'anse de son panier et trébucha. La musique du portable s'était déjà arrêtée et l'appareil devait enregistrer le message.

Elle s'apprêtait à rappeler le médecin, quand la porte d'entrée s'ouvrit.

— Comment ? C'est toi ? s'exclama-t-elle, ahurie.

— On peut dire que ton enthousiasme de me voir fait plaisir ! répondit le nouveau venu avec un brin d'humeur. Tu attendais quelqu'un d'autre ? Je te dérange, peut-être ?

— Mais non… Ne sois pas bête ! répondit Judith en souriant pour accueillir son mari. Je suis étonnée, c'est tout ! D'habitude, tu ne viens jamais en semaine. Et tu ne m'as pas prévenue ce midi.

— La prochaine fois je t'enverrai un bristol, grommela Philippe. Je voulais te faire une surprise… C'est raté ! Mais je vois que tu allais téléphoner… Ne te gêne surtout pas pour moi…

Judith se blottit dans les bras de son mari.

— Ça peut attendre. Oh ! Phil ! Ne sois pas grognon ! Je suis contente de te voir. Il s'est passé tant de choses… Si tu savais !

— Tu as fait ta foutue séance d'hypnose ? éructa-t-il. Si je suis venu, c'est un peu pour cette raison. J'ai pris mes renseignements. Cela pourrait se révéler très dangereux pour toi.

Judith jugea inutile de contrarier son mari. Mais, un sanglot dans la voix, elle lui avoua ne plus avoir besoin de recourir à cette méthode. Elle avait, en partie, recouvré la mémoire. À présent, elle connaissait l'assassin de ses parents… Ce fut au tour de Philippe d'être stupéfait. Il s'alarma.

— Te rends-tu compte de ce que tu m'annonces là, Judith ? En as-tu parlé, à quelqu'un ? Le meurtrier est-il au courant de ta découverte ? Qui est-ce, d'abord ? S'il a eu vent de la chose, tu cours un grave danger !

Judith, devant l'avalanche de questions, calma son mari. Personne, encore, ne savait. Elle sollicitait son avis, tant elle était bouleversée.

Fatigué de son trajet et un peu déboussolé, Philippe proposa un verre à sa femme. Ils discuteraient ensuite calmement de la démarche à suivre. Judith accepta qu'il lui prépare un cocktail sans alcool.

*

— Répondez, Judith… Oh ! Zut !

Serge Le Végant, après avoir laissé un message sur la boîte phonique, raccrocha.

Isabelle s'approcha du médecin et lui demanda d'une voix timide :

— Excusez-moi, Monsieur. Est-ce que je réchauffe la purée ou j'attends encore un peu ?

Le médecin traduisit aussitôt la question de la jeune fille.

— Je suis désolé, Isabelle, d'avoir ainsi empiété sur votre temps libre… Vous pouvez partir, je me débrouillerai tout seul. Ma visiteuse risque d'être là encore un bon moment.

Comme pour démentir ses propos, Serge Le Végant et Isabelle entendirent alors un crissement de pneus. Le médecin se précipita vers la porte-fenêtre et l'ouvrit, juste à temps pour apercevoir les feux arrière de la voiture qui s'en allait. La conduite était si nerveuse, qu'avant de se fondre dans la nuit, le véhicule heurta la grille dans un bruit de tôles froissées.

Ahurie, la douce Isabelle s'exclama :

— Ça alors ! Je ne sais pas ce qui l'a mise dans cet état, mais on dirait qu'elle a la mort aux trousses !

— C'est un peu ça... murmura le docteur Le Végant pour lui-même. Que peut-elle faire à présent ?

À l'expression de la jeune fille, Serge Le Végant pouvait lire dans ses pensées. Isabelle supputait une aventure amoureuse entre le médecin et cette singulière visiteuse. Il ne chercha pas à la détromper, trop pressé de tenter de joindre Judith une nouvelle fois. Et si Iris avait décidé de se rendre à l'île Chevalier ? Il se devait de tenir au courant la jeune femme des révélations de sa tante. Mieux... il allait faire un saut chez Judith. Paul l'accompagnerait. Ainsi, il libérerait Isabelle.

— À propos, qu'aviez-vous à me dire au sujet de mon fils ? demanda le médecin distraitement, tout en en enfilant son pardessus.

— C'est que, hésita la jeune fille, c'est un peu délicat...

— S'il vous a manqué de respect, Isabelle, j'exige de le savoir !

— Oh, non... pas du tout ! répliqua la jeune fille contrariée. Au contraire... Mais j'ai cru, un instant, à une méningite...

— Quoi !

Le teint du médecin était devenu cireux. Maladroite, Isabelle s'empressa de le rassurer. Elle connaissait la force de l'attachement de ce père pour son fils. Ses explications, sans doute, manquèrent de clarté car il lui fit répéter ce qu'elle bredouillait.

— Gardez votre calme, Isabelle ! intima celui qui perdait le sien. Et parlez-moi de ses symptômes.

— J'ai laissé Paul un quart d'heure seul dans le jardin, recommença la pauvre fille. Lorsque je suis allée le chercher, il avait le regard vitreux. Il me répondait mais on aurait dit un somnambule. J'allais vous appeler quand il a retrouvé son état normal. Seulement, il avait tout oublié durant ces quinze minutes. Comme un trou de mémoire…

— Nom de Dieu ! souffla Serge Le Végant. Paul !

Le médecin, suivi de la jeune fille, courut dans le salon où l'enfant regardait la télévision. Il éteignit le poste malgré les protestations de Paul et caressa d'une main tremblante la joue de son fils. Isabelle n'avait jamais encore vu une expression aussi angoissée dans le regard de cet homme. En s'adressant à son enfant, il tenta pourtant de maîtriser sa voix.

— Paul, mon bonhomme, écoute-moi, c'est très important ! Je sais que, parfois, il t'arrive de me mentir pour ne pas te faire gronder… Jure-moi, ce soir, de répondre à mes questions en toute sincérité ! Il y va, peut-être, de la vie de quelqu'un…

Étonné par la gravité inhabituelle de son père qui ne lâchait pas son regard, l'enfant hocha la tête.

— Bien… poursuivit le médecin. Quand cet après-midi tu te trouvais dans le jardin, Judith est-elle venue te voir ?

— Non… j'étais tout seul.

Isabelle ne comprenait rien au tour que prenait la conversation. Serge Le Végant paraissait déçu. Assis aux pieds de son fils, il réfléchissait.

— Et hier ? Paul ? Elle ne t'a rien donné ? Un bonbon, par exemple, que tu aurais mangé aujourd'hui ?

— La blague ! riposta l'enfant. Si elle m'avait offert un bonbon, je l'aurais avalé tout de suite !

Serge Le Végant soupira. Il était pourtant si sûr de son fait ! Il marmonnait, à part lui, ses hypothèses.

— Tu ne lui as rien pris dans ses affaires, non plus, je présume… ajouta-t-il en dépit de cause.

La rougeur immédiate de Paul l'alerta. Il bondit sur ses pieds.

— Tu lui as pris quelque chose, hein ! Quoi ? Dis-le moi !

— J'ai rien volé ! pleurnicha le petit. Elle a juste oublié sa trousse de toilette dans la salle de bains et…

Paul n'eut pas le temps de terminer sa phrase. Son père le prit par la main et grimpa les escaliers quatre à quatre en l'entraînant dans sa course. Alarmée par le comportement bizarre de son patron, Isabelle leur emboîta le pas.

Dans la salle d'eau, Serge Le Végant remarqua, en effet, la trousse de toilette de Judith. Sans état d'âme, il en déversa le contenu dans le lavabo et inspecta les divers produits de beauté et de maquillage. Ils paraissaient anodins…

— De quoi t'es-tu servi, mon petit ? Et quand ?

— Ne me gronde pas… Tu as promis, p'pa. Avant d'aller dans le jardin, j'ai voulu essayer son dentifrice… Regarde… Elle a deux tubes… Ils sont pareils. J'avais jamais goûté de dentifrice à la mandarine. C'est pas grave, hein ?

Serge Le Végant, les traits soudain apaisés, accueillit son fils dans ses bras. Tout en respirant l'odeur de sa peau, il ferma les yeux. Il comprenait, à présent, de quelle façon on avait essayé de rendre folle Judith… L'un des tubes était en trop… Il se revoyait encore, dans la salle de bains de la jeune femme, quand il avait ramassé celui-ci ou l'autre, qu'on avait délibérément caché derrière le placard…

— Ça va aller, mon bonhomme. Je t'aime… Il faut que je téléphone à Judith. Je vais lui rendre sa trousse.

Comme tous trois redescendaient l'escalier, Serge Le Végant s'arrêta brusquement à mi-palier.

— Mais que je suis con ! éructa-t-il. Pas la peine d'être analyste pour être aussi abruti ! Iris m'a pourtant prévenu, et deux fois même !

Sous l'œil interloqué de Petit Paul et d'Isabelle, le psychiatre dévala les marches et se jeta littéralement sur le téléphone.

— Allô ! La gendarmerie de Pont-l'Abbé ! Ici le docteur Le Végant. Puis-je parler au capitaine Balbec ? Oui, extrêmement urgent. Non… j'attends.

*

Judith terminait son verre. Assise près de son mari, dans le vaste canapé, elle s'interrogeait toujours sur le mobile d'Iris. La tête commençait à lui tourner un peu.

— Je suppose, commenta Philippe en bâillant, qu'elle a tué par jalousie… Ton père était plutôt beau gosse à ce qu'on dit…

Judith fut surprise du ton indifférent que venait de prendre son mari, comme si cette histoire ne le concernait que de loin. Elle cherchait des mots pour lui exprimer sa déception mais fut incapable d'agencer une syntaxe cohérente.

C'est alors qu'il se pencha vers son visage, l'air satisfait. En lui tapotant familièrement le genou, il lui murmura à l'oreille :

— Nous y voilà…

— Que veux-tu dire ? bafouilla-t-elle.

Avant de répondre à sa femme, Philippe Despré se dirigea vers la porte d'entrée qu'il ouvrit.

— J'ai une surprise pour toi, ma chère Judith. Devine qui j'ai invité ce soir ?

La jeune femme entendait son mari mais les mots qu'il prononçait lui faisaient l'effet de gouttes d'eau glissant sur du verre poli.

Elle n'éprouvait plus rien : ni peine, ni joie, ni peur…

Seul, ce bourdonnement d'oreilles qui allait en s'amplifiant avait quelque prise sur elle.

Elle reconnut, bien sûr, la nouvelle venue, mais ne manifesta aucun étonnement de la voir.

La jolie blonde, un peu inquiète, s'adressa au chirurgien.

— Tu es sûr de toi ? Elle est dans les choux ?

— Avec la dose que je viens de lui administrer dans son verre, sois sans crainte, ma chérie ! Elle a un QI aussi développé qu'un escargot de Bourgogne, à cette heure !

Léonor Bianchi s'approcha alors de Judith, toujours assise sur le canapé et lui releva, de sa main délicatement gantée, le menton.

— C'est tout de même très impressionnant ce truc-là. J'ai beau l'avoir testé sur elle déjà, je ne m'y fais pas ! Elle me suit du regard…

— Mais notre chère Judith, rassure-toi mon amour, n'a aucun état d'âme. Pas vrai ?

Judith se sentait en danger, incapable malgré tout de réagir. Elle comprenait, de façon confuse, que son mari et sa meilleure amie projetaient de la tuer. Comment ? Pourquoi ? Les connexions déficientes de son cerveau refusaient de lui fournir une explication.

— Qu'est-ce que c'est ? parvint-elle à formuler au prix d'un violent effort.

— Que veux-tu savoir, Judith ? répondit Philippe d'un ton neutre, tout en essuyant les deux verres que lui et sa femme avaient utilisés. Le nom du produit-miracle ? Comme tu as pu le constater lorsque tu te brossais les dents parfois, il est inodore, sans saveur et possède, en outre, deux autres atouts et non des moindres. Il est hyperpuissant et ne laisse pas de traces. Allez ! Comme je suis bon prince, je te donne son nom poétique : la drogue des violeurs ! Celle que les petites frappes utilisent pour arriver à leurs fins dans les boîtes de nuit… La pauvre fille qui l'ingère ne se souvient plus de rien, pas même d'avoir été abusée… Mais, n'aie aucune crainte : je ne te réserve pas ce sort. Je n'ai nulle envie de te violer… De ce côté, d'ailleurs, tu ne m'as jamais intéressé, Judith. Tu n'es pas du tout mon genre…

Soudain, le portable de Judith sonna.

À la manière d'un automate, la jeune femme se leva pour répondre. Très maître de lui, son mari le lui interdit :

— Assieds-toi, Judith !

Elle obéit aussitôt. L'appel, renouvelé deux fois, ébranla les nerfs de Léonor Bianchi.

— Dépêchons-nous, Philippe. Si jamais sa tante s'était ravisée…

— Ne t'inquiète pas comme cela ! On la tient… Elle ne peut pas parler sans se dénoncer elle-même. Mais c'est vrai qu'il était plus que temps d'agir ! Judith vient de m'annoncer qu'elle savait qu'Iris avait tué ses parents… Tu as la lettre ? Mets-la bien en évidence sur le secrétaire et on file…

Judith suivit des yeux l'actrice. Celle-ci sortit de son sac une feuille de papier à lettres qu'elle déposa sur le meuble.

Philippe Despré surprit le regard de sa femme.

— Tu la reconnais, hein ? Quelle bonne idée tu as eu l'autre jour de ne pas la dater ! Tu ne t'es même pas aperçu que tu l'avais perdue ? Ma pauvre Judith… Vraiment… Quelle mémoire ! Heureusement, je l'ai récupérée quand l'ambulance t'a amenée à l'hôpital… On n'est jamais assez prévoyant… Tu vois, cette déchirante lettre d'adieu va pouvoir servir à nouveau… Cela compensera l'extrême désappointement que j'ai ressenti lorsque tu as raté ton premier suicide ! Bon ! Je crois qu'on peut partir…

Le regard bleu acier balaya la pièce une dernière fois pour revenir au secrétaire. Philippe sursauta.

— Léonor ! As-tu vu ta bourde ? Regarde un peu le stylo que tu as posé à côté de la lettre ?

— Oui… Et alors ? fit la jeune femme en haussant les épaules.

— Et alors ? gronda le chirurgien. Le stylo est noir et la lettre est écrite à l'encre bleue…

— Merde ! jura la jolie blonde en fouillant les tiroirs du meuble. Je n'en vois pas d'autres ! Où a-t-elle pu le fourrer, cette garce ?

Philippe s'approcha de sa femme et se pencha vers elle.

— Judith, donne-moi le stylo qui a servi à écrire ta lettre de suicide, s'il te plaît !

Docile, la pauvre droguée fouilla son sac et tendit à son mari l'objet demandé.

— Merci ma chère. Maintenant, tu vas te lever et nous suivre bien gentiment. Je crois que tu connais l'endroit où va se terminer ta malheureuse vie de femme bafouée par un destin tragique ! Je me suis laissé dire que, dans ce charmant lieu, ton amant aussi était mort. Drôle de coïncidence, hein ?

*

Lorsque la voiture banalisée de la gendarmerie s'arrêta devant le perron de Serge Le Végant, le médecin, qui rongeait son frein dehors en l'attendant, se précipita vers elle et ouvrit la portière au capitaine Balbec.

Déçu, il constata qu'un seul de ses hommes l'accompagnait. Il aurait volontiers alerté une armée de CRS.

— Il faut aller voir sur place, Capitaine ! Je n'arrête pas d'appeler Judith sur son portable. Elle ne répond pas.

— Calmez-vous, Docteur ! Si, à chaque fois qu'une femme ne décroche pas son téléphone, il fallait nous appeler, on devrait poster un gendarme devant toutes les maisons.

Dépité, Serge Le Végant comprit que, si Balbec s'était déplacé, c'était uniquement par amitié pour lui. Néanmoins, il se trouvait là. Déjà cela…

Il prit donc le temps d'exposer à nouveau ses craintes. Exercice somme toute difficile sans accuser Iris.

Le capitaine ponctuait de temps à autre ses discours d'un « hum » dubitatif.

— Cette jeune femme est bien la nièce d'Iris Le Du, n'est-ce pas ?

— Oui… pourquoi ?

— Raymond Le Du vient d'appeler la gendarmerie de Pont-l'Abbé. Son épouse n'est pas encore rentrée non plus et il s'inquiète. Il est clair que les deux femmes sont allées faire un tour ! Pas de quoi fouetter un chat ! Il n'est que vingt-et-une heures trente !

— Je suis sûr que non, capitaine. Bon, soupira le médecin. Excusez-moi de vous avoir dérangés. Moi, je file à l'île Chevalier…

Comme Serge Le Végant tournait le dos aux deux gendarmes, Balbec l'interpella.

— Une seconde, Docteur ! Montez dans la voiture. Nous vous accompagnons. Après tout, la soirée est calme…

Tandis qu'ils roulaient, le médecin, assis à l'arrière du véhicule, réfléchissait. Le flegme de Balbec, homme de terrain habitué à pressentir le danger, le déstabilisait un peu. Se pouvait-il qu'il se fût alarmé pour rien ? Il passa en revue le faisceau de présomptions qui l'avaient conduit à ses propres déductions, en tentant de les analyser. Quelqu'un, dans l'entourage de Judith, droguait la jeune femme dans un but aussi précis qu'odieux : lui faire croire qu'elle perdait la mémoire et était atteinte de la maladie d'Alzheimer… Que recherchait X ? Probablement, ce qui avait déjà failli se produire : le suicide de Judith… Comme la drogue était cachée dans un tube de dentifrice, X avait les mains libres. Il pouvait agir dans l'ombre, à des centaines de kilomètres de la jeune femme. Maintenant qui se cachait sous X ? Iris ? Illogique… Par deux fois, au cours de leur entretien, la tante de Judith l'avait supplié de protéger sa nièce… De qui ? Sûrement pas d'elle… C'est donc qu'elle possédait des éléments qui lui permettaient de penser que Judith courait un danger. Rongée de remords, la femme avait préféré avouer son propre crime pour sauver sa nièce…

Serge Le Végant revoyait ce visage en pleurs, tendu vers lui. Un visage qui aurait pu être beau encore, malgré le temps, n'eussent été ses nombreuses cicatrices… Dans le cercle amical des Le Du, tout le monde connaissait les circonstances tragiques qui avaient défiguré Iris, un soir de réveillon. Un chirurgien plastique avait été dépêché à l'hôpital cette nuit-là, pour tenter de réparer les outrages faits à ce visage ensanglanté. Aux yeux de tous, cet homme avait passé pour le sauveur d'Iris.

Plus il réfléchissait, plus Serge Le Végant trouvait dans cet épisode dramatique la solution de son problème. Un anesthésiste avait endormi Iris. Pour ce genre d'intervention, il avait utilisé sans doute du penthotal. On connaissait bien les autres propriétés de ce barbiturique… Ce n'était pas pour rien que le penthiobarbital s'appelait aussi « sérum de vérité ».

Il ne pouvait pas en être autrement. Durant l'opération, Iris, obsédée par son crime, avait lâché quelques bribes de phrases qui avaient mis la puce à l'oreille du chirurgien. Il suffisait alors à ce dernier de l'interroger… À qui, à présent, profitait la mort de Judith, l'héritière d'un empire du showbiz ?

— On arrive, Capitaine. C'est la seconde maison, sur votre gauche… Les lumières sont éteintes.

*

Au même moment, à deux kilomètres de là, Judith, encadrée de ses deux bourreaux, longeait la vasière, insensible à la beauté de la nuit, pure et fraîche pourtant.

Elle suivait son mari, exempte d'état d'âme. Les nombreuses ronces lui griffaient les mollets, mais elle n'y prêtait aucune attention. Léonor fermait la marche.

Philippe Despré avait caché sa voiture plus haut, dans un bosquet, à l'abri des regards.

L'homme s'arrêta, balaya la vasière noire et morne de sa lampe-torche.

— Le tronc d'arbre est là, Léonor. À cinq mètres devant nous. Nous y sommes. Je vois d'ici les titres des journaux de demain : « *Pèlerinage morbide. Une jeune femme se suicide à l'endroit même où son amant a trouvé la mort !* »

Ils s'étaient à présent arrêtés. Judith, hébétée, fixait la vase. Philippe passa un bras autour des épaules de sa femme.

— Marche sur le tronc, Judith. Quand tu seras arrivée au bout, tu sautes. Tu as compris ?

— Oui, répéta la femme au regard de zombi. Quand je suis au bout, je saute…

— C'est bien! lui murmura Philippe en l'embrassant dans le cou. Tu es une gentille femme. Vas-y maintenant…

*

— Elle n'a pas fermé la porte à clef, Capitaine! Entrons…

— Je vous préviens, Docteur… Si votre Judith a décidé de se coucher de bonne heure et qu'elle dort du sommeil du juste, c'est vous qui vous expliquerez avec elle!

— Pas de problème, Capitaine.

À l'intérieur de la longère, tout leur parut normal. Tandis que les gendarmes visitaient les pièces du rez-de-chaussée, Serge Le Végant montait quatre à quatre les marches de l'escalier.

Sa voix étouffée parvint aux deux hommes restés en bas.

— Elle n'est pas là!

Balbec leva les yeux au ciel en haussant les épaules.

— S'il prend autant à coeur le sort de toutes ses patientes, marmonna-t-il à son collègue, il est mûr pour une dépression…

Le gendarme, dont l'œil musardait dans le salon, s'arrêta devant, le secrétaire.

— Venez voir capitaine! Elle a écrit une lettre…

Balbec, tout en maugréant, rejoignit son coéquipier et lut la feuille offerte aux regards derrière son épaule. Puis il enleva son képi et se gratta le crâne.

— Merde… En fait d'un prétendu assassinat, nous voici confrontés à un suicide…

Puis, plus haut, il ajouta:

— Docteur ! Vous pouvez descendre ? Je crois que nous avons trouvé quelque chose…

À présent, la feuille de papier tremblait entre les mains de Serge Le Végant tant il avait du mal à maîtriser ses émotions.

— Judith n'a pas pu écrire cette lettre ! murmura-t-il dans un souffle.

— Vous connaissez son écriture, Docteur ? demanda le gendarme, circonspect.

— Non ! gémit le médecin. Mais je vous dis que c'est impossible… En tout cas, plus maintenant ! Je lui avais redonné espoir. C'est un coup monté. J'en suis sûr ! Il est dans les parages…

— Mais, qui, Docteur ?

— Son mari ! Le docteur Philippe Despré… Je mettrais ma main au feu qu'il essaie de la tuer !

La perplexité du capitaine Balbec se lisait sur son visage. Malgré tout, une femme se trouvait en danger. Son devoir était de tout tenter pour la sauver, contre le gré de cette pauvre neurasthénique… Il songea à sa propre épouse. Le docteur Le Végant avait réussi à la sortir de sa longue dépression, certes, mais au bout de trois tentatives de suicide.

— Vous qui connaissez un peu cette jeune femme, Docteur, si vous vous mettiez à sa place, quel endroit choisiriez-vous pour mettre fin à vos jours ?

Serge Le Végant réussit à endiguer la colère qui montait en lui.

— Je vous répète, Capitaine, que Judith ne cherche pas à mourir. Quant à savoir où elle se trouve, j'ai peut-être une petite idée…

*

En tombant dans la vase, Judith fut saisie par le froid. Cette sensation brutale l'aida à sortir un peu de sa léthargie. Même si son cerveau, incapable encore de la gouverner, ne se rebellait pas, son corps traduisit sa souffrance psychique et se révolta contre l'agression.

Elle eut donc le réflexe de s'agripper au bout d'une branche solidaire du tronc.

Sur la berge, à trois ou quatre mètres d'elle, Philippe Despré et Léonor Bianchi surveillaient les opérations. Les faisceaux de leur lampe-torche évaluaient la succion de la vase, lente mais inexorable. La cage thoracique de la jeune femme était déjà prisonnière du ventre monstrueux et Judith continuait à s'enfoncer.

— Philippe ! s'inquiéta soudain Léonor. Pour l'assurance, il faut qu'on retrouve le corps !

— J'y ai pensé, figure-toi ! répondit-il en mettant dans la main de sa maîtresse un objet. Tu es plus légère que moi. Rampe sur le tronc et place cette chaîne en or en évidence. J'ai offert ce pendentif à Judith il y a quelques mois, en prévision de sa mort prochaine. Nos deux noms sont gravés sur le coeur.

Léonor se blottit contre son amant tout en observant Judith qui commençait à s'agiter.

— Ses mains restent accrochées à la branche, Philippe. On ne va pas faire le poireau ici pendant des heures ! Je gèle !

— Tu as raison, mon amour. Vas-y maintenant et aide-la à nous faire ses adieux. D'autant plus que les effets de la drogue devraient à présent s'estomper… Il ne faudrait pas qu'elle se mette à hurler. Même s'il n'y a personne dans ce bled paumé.

La jolie blonde s'exécuta, se mit à plat ventre sur le tronc et commença à ramper.

Quand la pellicule d'eau saumâtre effleura le menton de Judith, la pauvre femme sortit de sa torpeur. Que faisait-elle là ? Pourquoi prenait-elle un bain de boue ? Une crampe soudaine au bout des doigts lui arracha un faible cri. La douleur fulgurante irradia jusqu'à son épaule. Pourtant, une voix confuse la suppliait de ne pas lâcher prise.

À quelques centimètres au-dessus d'elle, surgit un visage connu et aimé.

— Léonor ! Aide-moi ! Au secours ! Je m'enfonce... Je n'arrive plus à respirer. Quelque chose bloque mes poumons.

— C'est parfait... répondit la voix dont le calme glaça Judith d'épouvante.

L'eau lui caressa la lèvre inférieure et le lobe des oreilles. Judith sut alors qu'elle allait mourir. Elle tendit la nuque, cherchant à capter encore une bouffée d'air dérisoire. Le ciel étoilé lui offrit une douce image du monde.

— Pourquoi ? balbutia-t-elle.

— Je suis contente que tu me poses cette question, Judith. Ne t'es-tu jamais doutée à quel point je pouvais te haïr ? Toute ma vie, tu m'as fait de l'ombre. Au lycée, à la fac et puis plus tard, il n'y en avait que pour toi ! Judith est si fine ! Judith est si belle ! Même Pierre, tu me l'as chipé !

— Non ! tenta de se défendre l'accusée dans un dernier effort.

— Oh, si ! explosa Léonor ! J'étais amoureuse de Pierre. Mais quand il t'a vue, je n'ai plus compté pour lui. Sois tranquille ! Je me suis vengée après !

J'ai rencontré Philippe. Nous nous sommes plu aussitôt. Nous sommes de la même race des vainqueurs ! Je lui ai parlé de toi, bien sûr. Et nous avons aussitôt flairé l'aubaine. Il t'épousait, tu mourais au bout d'un temps convenable, et il héritait de ta fortune ! Compte sur nous. Il l'aura, va, la clinique de ses rêves !

Tout en parlant, Léonor décrochait un à un les doigts tétanisés de Judith. La voix de Philippe l'interpella :

— Dépêche-toi, Léonor ! Il y a de la lumière sur le sentier. Des gens arrivent. Il faut filer par le bois.

L'actrice attendit cependant quelques secondes, juste le temps pour elle de voir le visage de Judith disparaître dans la vase. Quelques bulles d'air crevèrent la surface de la fange. Seules, les mèches de cheveux de la jeune femme surnagèrent comme des algues noires et mortes.

ÉPILOGUE

Serge Le Végant arpentait le boulevard Saint-Michel de ses longues foulées. Un doux soleil printanier incitait les parisiens à la flânerie.

Il avisa l'enseigne du bistrot où il avait rendez-vous et pénétra dans l'établissement.

Elle était déjà attablée. Il se dirigea vers elle et, après un furtif baiser à la lisière de ses cheveux, s'assit à ses côtés.

— Tu as déjà pris la commande ?

— Non, je t'attendais. Mais le plateau de fruits de mer me fait diablement envie !

Il la contempla avec toute sa tendresse.

— Je suis tellement heureux que tu aies retrouvé ton appétit… Ta matinée s'est bien passée ? Que t'a dit le notaire ?

— Il est sûr de vendre l'appartement de la rue Montaigne dans les vingt-quatre heures. Parfait ! Une affaire de faite.

— Et les meubles ? Tu es toujours décidée à t'en débarrasser ? Tu ne regretteras pas ?

Judith, obstinée, secoua la tête. Exceptées quelques pièces qui lui venaient de ses parents, elle ne voulait rien conserver de son passé, rien qui lui rappela sa vie conjugale. Un serveur s'approcha d'eux. Judith se ravisa et choisit une assiette de palourdes farcies, sous l'œil narquois de Serge…

Ils goûtaient au sancerre lorsque Judith effleura du bout des doigts la main de son compagnon.

— Je voulais te remercier pour hier… Tu avais raison. Le choc a été bénéfique… Maintenant, tout ira bien pour moi…

Ému, le psychanalyste hocha la tête, en silence. La veille au soir, il avait tant insisté pour amener Judith au théâtre que la jeune femme avait fini par céder à ses instances. Pourtant, assister à la pièce dans laquelle aurait dû jouer Léonor ne lui disait rien qui vaille. Au début de la représentation, elle se sentait si terrorisée qu'elle avait failli quitter la salle. Serge, en lui serrant la main, l'en avait empêchée. Elle se souvenait encore des phrases qu'il avait prononcées : « Regarde bien l'acteur qui va entrer sur scène. Il s'appelle Pablo Randal. Il joue le rôle de Valentin. »

Jamais elle ne connaîtrait la fin de la pièce. À l'instant où l'acteur était apparu sous les feux de la rampe, elle s'était évanouie. On avait dû l'évacuer. La police avait attendu la fin de la représentation pour arrêter le jeune homme.

— Tu as appris quelque chose, Serge ? Il a avoué ?

— Bien obligé ! Il a subi une telle pression nerveuse, ces deux dernières semaines, qu'il s'est dégonflé comme un ballon de baudruche. Il va être inculpé pour complicité de meurtre.

— Comment as-tu deviné ? murmura Judith.

— La première nuit où tu as dormi à la maison, le seul soir où je t'ai hypnotisée, j'ai cherché son adresse sur le minitel. Ton Sébastien Farrenger t'avait dit habiter Marseille. Je n'ai trouvé aucune trace de ce nom dans cette ville. Ensuite, sa prétendue mort me turlupinait. Et d'un, on n'avait pas repêché son corps, et de deux, cet accident était si stupide qu'il en paraissait suspect! Plus j'y réfléchissais, plus je pensais que votre rencontre à l'Île-Tudy n'était pas le fruit du hasard. Enfin, depuis cette nuit atroce où l'on a réussi à te récupérer - à propos, ne coupe plus jamais tes cheveux - je gamberge! C'est mon métier, tu me diras!

Judith sourit à ce regard vert qui lui avait déjà tant donné. Mais des larmes perlaient au coin de ses yeux.

— Te rends-tu compte, Serge, comme la vie m'a trahie? Ma tante Iris... mon mari, ma meilleure amie, mon amant... Tous étaient de mèche! C'est atroce!

D'un geste maladroit, Serge Le Végant prit la femme qu'il aimait dans ses bras.

— Chut, Judith! C'est fini... Tu vois, j'ai beau être analyste, je crois au châtiment divin. Un jour ou l'autre, ici ou ailleurs, on rend des comptes. Iris a choisi de se noyer après m'avoir parlé. À mon avis, elle ne savait pas exactement ce que tramait Philippe. Elle l'a aidé, sans doute, à transporter un vieux tapis de son grenier, mais son rôle s'est arrêté là. Ton ancien amant va passer quelque temps en prison... Quant à ton mari et à Léonor, en essayant d'éviter le barrage de la police qui - comble d'ironie - n'était même pas dressé contre eux, ils ont eu ce qu'ils méritaient.

— Tu crois que Léonor sortira un jour du coma?

— Je n'en sais rien et je m'en fiche. À présent, il faut penser à toi... Tu es la plus jolie et la plus gentille veuve qu'il m'ait été donné de voir ! La plus gourde aussi… Comment, une femme aussi intelligente que toi a-t-elle pu se laisser manœuvrer à ce point ?

— Un travail de longue haleine, sans doute, murmura Judith avec amertume. J'ai toujours eu, vis-à-vis de mes parents et de Pierre un sentiment de culpabilité. Philippe et Léonor en ont profité. Ils préparaient leur coup depuis longtemps. Progressivement, ils m'ont persuadée que je perdais la mémoire. Je suis sûre à présent, que Philippe avait ramené ses collègues à dîner chez nous sans m'en avoir avertie au préalable.

— Et l'autre, plus tard, s'est radiné avec son histoire d'Alzheimer !

— Tu crois que sa mère n'était pas malade ?

— Comme tu es naïve, ma pauvre chérie… Tous les jours, la mère de ton pseudo Sébastien fait les marchés aux halles de Grenoble. La pauvre femme se porte comme un charme !

Judith baissa la tête. Elle comprenait à présent l'intrusion de cet homme dans sa vie. Léonor avait sans doute tout manigancé quand elle s'était rendu compte de l'aubaine que lui apportait la ressemblance de Sébastien et de Pierre. Serge Le Végant ne laissa pas l'esprit de Judith vagabonder vers les brumes cafardeuses. Il lui releva le menton et lui proposa de rester deux jours de plus à Paris. Elle lui sourit.

— Je préfère rentrer chez nous, si tu veux bien. Petit Paul me manque déjà… Je lui ai promis de l'amener à la pêche.

FIN.

Plogonnec, le 12 janvier 2003.

Inscrivez-vous gratuitement,
et sans aucun engagement de votre part,
à notre bulletin d'information
en nous retournant le coupon ci-contre.

Vous serez averti(e) des parutions en exclusivité,
pourrez bénéficier d'offres spéciales,
de cadeaux, etc.

Chaque nouvel inscrit recevra
une petite surprise…

Rejoignez-nous vite !

Et n'hésitez pas à proposer l'inscription
à vos parents et amis…

Je désire m'abonner gratuitement
au bulletin d'information des Éditions du Palémon :
je serai averti(e) de la parution
de nouveautés de Françoise Le Mer et autres ouvrages,
ainsi que de l'actualité et des offres Palémon.

Nom :...

Prénom :..

Adresse :...

....

....

Code Postal : ....Ville :...

Pour encore plus d'offres et d'infos,
indiquez votre adresse e-mail :

E-mail :..@.....................

Bon à compléter ou à recopier
et à retourner par courrier à l'adresse suivante :

ÉDITIONS DU PALÉMON
ZA de Troyalac'h
10 rue André Michelin
29170 SAINT-ÉVARZEC

FLM05

Retrouvez les Enquêtes de Françoise Le Mer
et tous les ouvrages des Éditions du Palémon sur :

www.palemon.fr

ÉDITIONS DU PALÉMON
ZA de Troyalac'h - 10 rue André Michelin
29170 SAINT-ÉVARZEC
Dépôt légal 4e trimestre 2014

ISBN : 978-2-91624-873-8

Couverture réalisée par PRIMSET,
Quimper 02 98 52 78 78

Achevé d'imprimer
par l'Imprimerie Laballery (409265)
1er tirage
Imprimé en France